www.bbulmedia.com

www.bbulmedia.com

Mistake

미스테이크

: 착각, 실수, 잘못

Mistake

미스테이크

김애정 장편 소설

DAHYANG ROMANCE STORY

contents

프롤로그

어둑한 한강변을 터덜터덜 걸으며 봄은 아무런 표정도 지을 수 없는 자신을 발견했다. 그렇게나 열심히 웃고, 열심히 살았는데 마지막에는 전부 소용없다는 걸 깨달았으니까.

그걸 깨닫게 되는 계기란 의외로 대단치 않았다. 열심히 앞을 보고 있다가 누군가 자신을 툭 치고 지나가 옆을 보게 했는데…… 그대로 갈 길을 잃고 굳어 버린 것과 같달까. 작은 떠밀림에 현실을 직시하고 말았달까.

'봄아…… 미안해.'

현실이란 사실 이렇듯 소소하게 잔인해 더욱 무시할 수 없는 것이니까. 함께 호주로 떠날 계획을 2년이나 세웠던 절친한 친구의 목소리가 귓가로 울렸다. 약간 들떠서는 미안함보다는 흥분이 깃든.

'엄마가, 아무래도 못 가게 해서. 대신 다음 학기부터는 학교 근처에 원룸을 얻어 주겠대.'

종강을 한 오늘, 출국을 고작 일주일 앞두고 가지 못하게 됐다며 웃는 친구를 보고 봄이 느낀 진실은 하나였다. 이 친구는, 그저 부모의 품이 떠나 보고 싶었을 뿐이었다는 것. 함께 여행하고 싶은 것이 아니라.

그러니 이렇게 쉽게 자신을 저버리겠지. 사람을 허무하게 만들어 놓고는. 가타부타 실망의 말을 하는 것도 지지하고 치사해 보이게 하는 태도겠지. 어쩌랴, 이런 친구를 둔 자신의 잘못인 것을.

'정말 미안.'

미안하다는데 무슨 말을 더 해? 입술 한 번 깨물고 주먹 한 번 꽉 쥐는 수밖에 없다. 봄에게는 원망이 드는 일이었지만 친구에게는 별거 아닌 일로 치부되어 더 말할 수도 없었다. 자신은 흡사 버림받은 기분인데, 친구는 웃고 있으니 말이 턱 막혀 나가지도 않았다.

이 여행에 아주 큰 의미를 두는 자신과 달리 친구에게는 한낱 유희였던 거다. 세상의 많은 선택지 중 하나. 의미를 둔 바가 다르니 어쩔 수 없는 갭이다.

선택지가 열 가지인 친구와 한두 개뿐인 자신이 같을 수는 없다. 가진 것의 수가 다르니 소중함의 정도가 달라……. 그러니 어쩔 수 없다. 그렇게 수없이 자신을 위로하고 납득하려 노력할수록 봄은 한 가지 사실만이 사무쳤다.

내가, 고아라서 그래? 그래서…… 쉬워 보여?

그만 그 자리에 멈춰 서고 말았다. 사실 봄은 안다. 고아인 자신과 딸이 어울리는 게 싫은 친구의 부모님 마음 말이다. 괜찮은 체했지만 매우 많이 겪어 봤으니까.

여대생끼리 몇 년씩 해외를 여행하는 건 위험하다든가 하는 건 그 부모가 들이미는 별것 아닌 구실일 뿐이다. 그러니 자신들의 딸은 못 가게 하면서, 빈말로라도 봄을 걱정하진 않겠지. 이로써 봄은 혼자 가게 되었는데, 따지면 그게 더 위험한데 신경도 안 쓸 거다. 자신들의 딸만 고아랑 안 어울리고, 안전하게 지내면 되겠지.

하기야 당연하지. 당연한 일인데 원망할 수 없는 노릇이다. 아마 친구는 실제로도 들었으리라. 고아랑은 친구 하지 말라고. 그러면 친구는, 그래도 내 친구라며 위하는 마음으로 '놀아 줬겠지'. 은연중에 우월함에 빠져서는 기부하듯 어울려 줬겠지. 좋은 일 한다고 생각하며. 나는 네가 고아여도 상관없다는 생각을 하며…… 동정했겠지.

씁쓸한 웃음이 나왔다. 그러나 금세 흩어져 그마저 웃을 수 없게 됐다. 이런 생각은 좋지 않아.

"……하아!"

봄은 애써 심호흡을 하며 활기차게 걸어 보려 했다. 하지만 그건 시늉에 그칠 뿐이었다. 목 아래서 쓴물이 치미는지, 눈물샘에서도 그런지 이래저래 몸이 아파하는 기분이었다. 억지로 이러기 싫다는 욱신거림.

그래, 혼자 있는데도 바보같이 웃을 필요가 뭐 있을까. 멍한 얼굴이어도 괜찮겠지. 아무도 날 보고 있지 않으니까. 어차피 혼자일 때는 웃을 수도 없었다. 웃을 이유가 없으니까. 그간 어떤 삶이었던가.

남들에게 부모 없어 저런다 소리 듣기 싫어 무던히도 밝게 살았다. 정말 바르게 곱게 열심히 살았다. 흠잡히기 싫어서 남들의 배로, 또래의 그 누구보다 있는 힘껏 살았다.

그 결과 명문대에 장학생으로 입학해 고아원을 나왔고. 학비의 상당 부분을 지원받았다. 하지만 조금이라도 성적이 떨어지면 없던 일이 되기에 피나는 노력으로 공부하고 또 공부했다.

하지만 그것만으로는 먹고살 수 없어서 기숙사비를 벌기 위해 근로학생을 3년 내내 자처했고, 주말이면 생활비를 위해 과외 알바를 했으며, 그래도 통장에 잔고가 부족해 새벽에는 편의점 아르바이트를 했다. 매일을 빼곡하게 하루도 허투루 쓰지 않고…….

오로지, 언젠가 떠날 수 있으리라는 꿈과 희망을 품고 앞만 보고 달려왔다. 워킹홀리데이는 남들은 그냥 여행 삼아 해 보는 일일지 몰라도 봄에게는 꿈이었다. 외국을 경험하고, 그곳에서 일해 보고, 많은 곳을 다니며 나를 위해 움직이는 것. 쫓기듯이 아니라 자유롭게.

그곳에서 나는 더 이상 고아가 아닐 테고, 근로 장학생도 아닐 테고, 그냥 여행자일 수 있다. 여러 사람과 편견 없이 친구가 될 수 있을 거야. 내가 나로만 보일 수 있을 거야.

그건…… 그건 얼마나 즐겁고 행복할까?

그런데 겨우 손에 잡힐 듯했던 것이 흔들리고 있다. 강하게 나는 괜찮다 마음먹어 봤다. 혼자 가는 애들도 많고, 혼자라고 못 갈 이유는 없다고. 계획이 조금 바뀌었을 뿐이라고. 새삼 좌절하지 말자고. 하지만, 흔히들 이럴 때 생각하나 보다.

외롭다.

서럽다.

슬프다.

······죽고 싶다.

나는 역시 뭘 해도 소용이 없나 봐. 왜 계속 별것도 아닌데 눈물이 나려 하는지. 그저 믿었던 친구가 우린 갈 길이 다르다 손을 놨을 뿐이다. 둘이 떠났을 여행을 너 혼자 가라고 했을 뿐이다.

살다 보면 백 번쯤 겪을 흔한 일일 뿐이다. 애써 스스로를 위로했다. 힘겹게 다독이며, 그만 앞으로 걷자고 생각했다. 언제까지 청승을 떨 수는 없다. 그건 그거고, 이건 이거니까.

현실을 직시해 기숙사로 돌아가야 했다. 9시가 넘으면 문이 닫혀 버릴 거다. 잘 곳이 없어져.

봄은 다시 발을 움직이며 자신의 바보 같음에 한탄했다. 그러게 버스를 탔어야지. 왜 걸어서는······. 그렇지 않아도 시간이 촉박한데 말이다. 하지만 친구가 저녁을 사며 여행을 못 가게 됐다는 말을 했을 때는 그저 혼자 있고 싶었다.

버스나 지하철은 도저히 탈 수 없는 기분이라······ 정신을 차렸을 때는 이미 한강 둔치를 너덜거리며 걷고 있었다. 아주 먼

길인데 걷고 싶었다. 이 순간 자신이 초라하게 느껴지더라도 말이다.

자신을 잡아끌어 부지런히 걷던 봄은 간이매점 앞에서 문득 발걸음을 늦췄다. 밖에 놓인 냉장고가 밤이라 그런지 유난히 하얀 빛을 흘리고 있었고 안에 진열된 캔 맥주는 시원해 보였다.

그러고 보니 한강 둔치 여기저기, 잔디밭 위에 앉아 한잔하는 사람들이 많았다. 혼자인 사람도 조금 보였다. 그래서였을까? 술도 좋아하지 않고 밖에서 먹는 취미도 없는데 봄은 저도 모르게 매점으로 다가갔다.

"아주머니, 이거 얼마예요?"

지금이라도 버스를 타면 기숙사 폐문 시간까지는 조금 여유가 있으니 10분 정도는 괜찮지 않을까 싶었다. 그래서 홀린 듯 답지 않은 일이지만 캔 맥주 두 개를 사 들었다. 그것은 손이 시릴 만큼 차가웠다. 한강을 보면서 마시면 속이 조금쯤 후련해질까? 그러길 바라며 봄은 잔디 위로 걸어갔다.

적당히 한적하고, 그렇다고 너무 외지지 않은 곳에서 마실 생각이었다. 맥주를 달랑 들고는 사람들 사이를 걸으며 앉을 자리를 찾는데 자신처럼 혼자인 사람을 눈에 가득 담아 버린 건 어쩔 수 없는 일이었다.

그 남자를 향해 그저 시선이 가더니, 저 사람은 무슨 일이 있어서 저렇게 혼자 앉아 외롭게 술을 기울이는 걸까 싶은 의문이 절로 드는 것이다. 왜 멍하니 강을 바라볼까. 눈에 밟히게.

멈춰 선 채로 남자를 지켜보던 봄은, 문득 그가 낯익다는 사실을 깨달았다. 밤이라 잘 보이지 않았지만 그는…….

"어?"

놀란 단말마의 소리를 들었는지 남자가 느리게 고개를 돌렸다. 봄과 마주친 그의 동공이 확장됐다. 그 입술이, 봄을 불렀다.

"……봄아?"

"선배……."

조금 고개 돌렸던 그가 상체를 틀어 온전히 자신을 본다는 사실이 온통 봄의 시야를 차지했다. 짧게 친 검은 머리칼과 선이 분명한 이목구비, 강해 보이는 얼굴로 부드럽게 웃는…… 강오 선배다.

세상에, 이렇게 만날 수도 있는 걸까. 너무도 뜻밖의 마주침이라 봄은 왠지 엉거주춤하니 굴어야 했다. 어떻게 다른 사람도 아닌 그가…… 홀로 한강 둔치에 앉아 외롭게 캔 맥주나 마시고 있는 걸까.

혼자 있다는 게 신기하고 의아할 만큼 그는 항상 사람들에게 둘러싸여 있는 사람인데. 봄의 대학 선배이자, 법학부의 수석이고 총 학생회장까지 맡은 그는 이리 외로워 보이는 게 어울리지 않는 남자였다. 어울려 주는 사람이 없어서 이러고 있을 이는 아니니, 그는 지금 혼자를 자처하고 있는 모양이다.

학생부 일로 가끔 보기는 하지만 둘이 따로 만난 적은 없는 사이다. 애초에 어울리는 그룹이 달라……. 봄은 서둘러 자리를 비키려 했다.

그보다 빨리 그가 자신의 옆자리를 두드려서 그럴 수 없게 됐지만.

"혼자 마시지 말고, 여기 앉아라."

"……네."

강오는 봄이 들고 있는 캔 맥주를 어느새 봐 버린 모양이다. 보일 듯 말 듯 웃는 미소와 낮은 저음에 이끌려 그 곁으로 앉고 말았다. 그것만으로 봄은 심장이 떨려 딱 죽을 맛인데 그는 도리어 기뻐 보였다.

"이렇게 보니까 신기하다."

"그러게요……."

"우리, 학교 밖에서 보는 건 처음이지?"

신기할 만큼 가까워서, 한 뼘 정도 떨어져 앉은 채 잔잔하고 차분한 목소리를 내고 있었다. 어떻게 이렇게 매번 좋은 울림일까. 이미 몇 캔 비운 모양인데도 의연한 눈에 미소가 스민 목소리다. 그리고 그것이 자신을 향하는 것만으로 봄은 조금이지만 행복했다.

강오는 태양보다는 햇살 같은 남자였다. 그리고 자칫 위험할까 염려되는 상황인데도, 그저 심장만 뛸 만큼 동경하는 남자. 물론 그의 인간성이 얼마나 바른가도 알고 있다. 이 긴장감은 설렘이 격해질 때의 것이었다.

"네……."

"핫, 뭘 그렇게 긴장해."

그는 왠지 평소처럼 환하게 웃지는 않았다. 밤이라 그런지 보다 낮게 웃었고 감겨드는 음성을 냈다.

그에 일일이 대답하다가는 목소리를 떨 것 같아 봄은 얼른 캔 맥주를 따서 들이켰다. 그 모양을 빤히 바라보는 강오 때문에 사레들릴 뻔하기도 했다. 힘겹게 몇 모금 넘기고는 숨을 골랐다.

어쩌다…… 일이 이렇게 된 걸까. 혼자 맥주나 한잔하려고 했는데. 사실 통금 시간 핑계를 대고 거절할 수도 있었겠지만…… 봄은 그러지 않았다. 아니, 그러지 못한 것은 이젠 보지 못하리라 여겼던 그와 이렇게 있을 수 있는 기회를 저버릴 수 없었기 때문이다. 나쁜 일 뒤에는 좋은 일이 있다더니, 그런 걸까.

봄이 도통 자신과 시선을 맞추지 못하자 강오가 먼저 말을 걸어왔다.

"휴학신청 했다며."

"네……."

"워홀, 호주로 간다고 들었는데."

"……네."

그는 자신이 휴학했다는 걸 어떻게 아는 걸까. 아, 그쯤은 알 수도 있겠다. 대학은 넓은 듯 은근히 좁은 곳 이니까. 그가 말을 걸수록 봄은 무릎 위로 주먹을 꼭 쥐어 올리고 그만 바라볼 뿐이었다. 강오도 그 손을 보며 웃음 지은 채 물어 왔다.

"미진이도 같이 간다며."

순간 곧장 대답하지 못한 것은 그가 자신의 일정에 대해 필요 이상으로 자세히 꿰고 있기 때문이었다. 어떻게 이렇게…… 잘 알까. 관심 있는 사안이라도 되는 것처럼.

말도 몇 번 안 섞어 본 후배일 뿐인데. 심지어 과도 다른데.

그는 법학과였고, 봄은 흔한 영문과생이었으니 말이다. 봄의 이름을 그가 헷갈려 하거나 몰라도 할 말 없는 사이랄까.

봄은 슬쩍 시선을 들어 강오를 봤다. 무릎 위로 팔짱을 낀 그는 느긋하니 웃고 있을 뿐이었다. 어느새 거의 다 비워 버린 맥주 때문인지 홀린 듯 대꾸했다.

"미진이는…… 못 가게 돼서 혼자 갈 것 같아요."

"……이런, 왜?"

"……부모님이 반대하시나 봐요."

"그럼 너는?"

돌연 강오의 목소리 톤이 변해서 봄은 캔 맥주를 기울이던 것을 멈췄다. 대신 천천히 무릎 아래로 캔을 떨구며 그를 주시했다. 걱정스러운…… 눈이다. 신기하게도.

돌아올 기약도 두지 않고 떠난다는 봄에게 누구도 이런 눈을 해 주지 않았었는데. 생각지도 않은 그에게서 볼 줄이야. 그는 역시…… 사람이 좋다.

"……혼자 가야죠. 원래 혼자 많이 가는걸요."

"미진이, 그렇게 안 봤는데……."

"그럴 수도 있죠, 뭐."

"그러면 안 되는 거지."

정작 그 친구는 그럴 수 있다고 여겼는데, 어렵지 않게 저버렸는데 그는 안 된다고 말해 줬다. 굳은 얼굴로 조금 화난 듯. 봄은…… 그것만으로 위안이 됐다. 손사래 치며 웃어 보인 것은 어느덧 진심이었다.

"선배. 전, 괜찮아요."

그를 다신 보지 못하리라 여겼는데 다시 만난 걸로 기뻤다. 그는 이제 학교를 졸업할 테고 봄은 휴학했으니 정말 다신 인연이 없을 줄 알았다. 옷깃을 스치는 일도 없는 영영 다른 길의 사람일 거라 생각했다. 그래서 지금이 더더욱 의미가 있었다.

그에게는 아주 사사로운 일일 테고 잠시 뒤에 그와 헤어져 다시 홀로 돌아가는 길은 아쉬울 테지만. 후에 지금을 떠올리면 종종 웃을 수 있으리라.

자신을 걱정스레 바라봐 주는 그의 얼굴을 떠올리면 좀 더 오래…… 힘들지 않게 웃을 수 있을 거다. 소소한 추억거리가 생긴 듯했다.

"……혼자 얼마나 여행할 생각인데? 1년? 2년?"

"아…… 될 수 있는 한 오래 할까 해요."

"기다릴 텐데. 사람……들이."

기다린다고? 누가? 그의 입장에서는 맞는 말이겠지만 봄에게는 아니었다. 기다릴 가족 같은 게 없으니 떠나기는 쉽고 돌아오기는 힘들었다. 떠나길 염원했던 이유는 이곳에 달리 아무도 없기 때문이다. 친구? 친구는 글쎄.

봄은 남은 맥주 캔 하나를 마저 따며 웃었다. 그냥 평화로운 목소리가 나왔다.

"……없어요. 날 기다려 주는 사람 같은 거. 돌아와도 반겨 줄 사람도 딱히 없고요. 그러니…… 이왕 이렇게 된 거 오래오래 여행하려구요. 원 없이, 아무것에도 얽매이지 않고…… 계속."

"그래도, 누군가는……."

"선배. 제 이름이…… 왜 봄인 줄 아세요?"

말리려는 듯한 그의 말을 막았다. 더 들었다가는 약해질 뿐이니까. 다름 아닌 그가 그러면 이상한 마음이 생겨 버리니까. 봄은 웃으며 말하고 싶었으나 그럴 수는 없었다. 담담한 목소리가 흘러나왔다.

"봄에 버려져서. 봄이에요."

"……."

말한 뒤에는 그래도 조금이지만 웃을 수 있었다. 굳어 버린 강오를 보는 기분은 좋지 못했다. 봄아, 라고 부르고 싶은 눈으로 그렇게 부르지 못하고 다무는 입술이다.

그는 자신이 고아라는 걸 몰랐을까? 아니면 알고 있었을까? 근로 장학생이니 사정이 딱히 좋지 못하다는 정도로만 알았을까.

알 만한 애들은 다 아는 사실이지만 제 입으로 말하는 건 여전히 내키지 않았다. 그런데도 그에게 말해 버린 이유는, 다만 걱정 말라는 뜻이었다. 그리고 자신은 겨우 이 정도니 진심으로 걱정하지 말라는…… 결국 나 같은 건 걱정할 필요 없다는 뜻이었다.

"저기, 그보다 선배."

"……음?"

"들었어요. 방학 동안, 약혼하신다고. 축하……드려요."

어색해진 이 분위기를 어떻게든 깨뜨려 보기 위해 봄은 자신이 그에 대해 아는 사실을 끄집어냈다.

쉬쉬하는 일이라 모르는 학생들도 많은 모양이지만 봄은……
그를 동경했고, 그것이 짝사랑이라 불리는 감정이라는 걸 알았
다. 사치라 여겨 애써 실감하지 않으려 노력해 왔지만 자신이 그
에 대한 얘기에 저도 모르게 신경을 기울일 때면, 매번 그 감정
을 다시 깨달아야 했다.

나는 그가 좋은가 봐. 강오 선배를, 좋아하나 봐. 많은 동기들
이 그렇듯 그런가 봐.

하지만 평생 내색 못할 짝사랑은 그에 그칠 뿐이다. 애당초 그
와는 흔히 말하는 분수라는 게 맞지 않았다.

신강오는 교내에서도 알아주는 우수한 모범생에 엘리트지만,
그보다는 3선이나 한 모 국회의원의 장남으로 더욱 유명했다.
심지어 학교를 졸업하자마자 약혼할 예정이고 말이다. 내년쯤
에는 결혼한다던가? 얼마나 사랑하면 졸업하자마자 서두르는
걸까.

처음 그 얘기를 건너 들었을 때의 심정은 아주 신기한 것이었
다. 덜컥 처연한 기분이 드는 것이, 이루 말할 수 없게 서글펐다.

"많이…… 좋아하시는 분인가 봐요."

하지만 그로써 됐다 싶었다. 아주 멋진 남자를 짝사랑했다는
건 그 자체로 조금 뿌듯한 일이었다. 지금 웃을 수 있는 건 그의
행복을 진심으로 바라기 때문이다. 당연히 자신의 것이 아닌 남
자의 약혼 소식에 슬퍼하는 건, 이상하다 못해 바보 같은 일이
아닌가. 말도 안 되는 일이…….

"……아니, 아버지 뜻이야."

"……네?"

"정치적인 거라 딱히 감정이 있지는 않아."

"아, 그런…… 게……."

정말 있구나. 돌연한 그의 대꾸에 봄은 멍해져야 했다. 정치적인, 정략적인 결혼이란 게 정말 있다니. 역시 대단한 집안이구나 싶어지는 것이다. 이래저래 실감 나지 않는 이야기다. 하지만 그가 약혼하고 언젠가 결혼할 거라는 건 변하지 않는 사실이었다.

누군가를 너무 사랑해서 이르게 결혼하나, 집안이 너무 대단해서 이르게 결혼하나. 대단키는 마찬가지니 말이다. 봄은 느리게 고개를 끄덕이고는 마저 맥주를 비웠다.

사랑 없는 결혼이라……. 봄에게는 막연하기만 하고 감이 오지 않는 이야기였다. 혹시 그가 혼자 술을 마시고 있었던 이유가 바로 그것일까?

"좋아하는 여학생이 따로 있어."

강오는 멍한 봄의 곁에서 무언가 계속 말하고 있었다. 혼자 하는 얘기처럼 흘려 말하니 한 템포 늦게 인지가 됐다.

"뭐든 열심히 하는 모습이 너무 예뻐서…… 계속 보게 됐는데, 말은 별로 못 붙여 봤지. 항상 너무 바빠 보여서 방해할 수 없었어."

"……."

"그런데…… 같이, 술 한잔할 기회가 생겨서 기쁘다."

술기운과 많은 생각에 둔해졌던 머릿속이 아예 멎어 버렸다.

그 순간 아무 생각도 들지 않았다. 그저 정신을 차리니 그를 똑바로 올려다보고 있었다. 현실일까?

"봄이란 이름이 나는 마냥 예쁘다고만, 참 잘 어울린다고만……
생각했는데."

"선배……?"

"그렇지 않아도 네 생각하고 있었거든……. 널 다신 못 보겠구나, 이제 약혼하면 입 밖으로 낼 기회도 영영 사라지겠구나……
미련한 후회 중이었는데, 네가 나타났어."

뻐끔, 입 밖으로 소리가 나가질 않았다. 저도요. 선배를 좋아해요. 그렇게 말하고 싶은데 왠지 그게 비밀처럼 느껴져서 차마말할 수 없었다. 금기시되는 일로 느껴졌다. 그래서…… 말할 수없었다.

"네게는 부담이 될 것 같지만, 나는…… 말할 기회가 생겨서기쁘다."

항상 모두를 위하고, 모두를 생각하고, 때때로 희생해야 했던 그는 지금 자신이 너무 이기적이라 미안하다고 말한다. 봄은 그것이 기뻤다. 하지만 답할 수 있는 말은 없었다. 그저 무릎 사이로 얼굴을 묻고 고개 젓는 것밖에는 없었다. 지금 여기서 대체무어라 소리 내서 말할 수 있을까. 좋아하는 것조차 잘못인 것같던 사람인데.

그저 심장은 터질 듯 요동쳐 말을 듣지 않았고 눈시울은 계속젖어 들어서 그것을 숨기기에만 급급했다. 욕심내서 미안하다 다독이는 그에게 도리질만 쳐 보였다.

"미안하다."

"아니, 아니에요."

사랑에 미숙한 둘에게는 그저 이것이 최선이었다. 운명처럼 마주쳤다 한들, 술 한 잔 기울이는 것만으로 기뻐하는 소박한 마음이었다. 영원히 담아 두기에는 안타까운 마음이라 소리 내어 말해 봐도, 답하는 건 힘겨운, 연약한 마음이었다. 그것을 빌미로 무언가 바라기에는 경험도 마땅치 않았다. 혼자 품는 걸로도 만족스러웠던 마음이 짝을 찾은들⋯⋯.

"⋯⋯선배. 고마워요."

싫지 않다 하는 것만으로 숨이 벅찼다. 나도 같은 마음이라 화답하기에는 어느 것도 여건이 마땅치 않았다. 울지 말라는 듯 그의 손이 자신의 손끝을 붙들었을 때, 그런 그의 손을 마주 잡는 것만으로 봄은 눈물이 났다.

그 뒤의 일은 잘 기억이 나지 않았다. 애써 웃으며 좀 더 함께 술을 기울였고 봄이 마시려는 것을 말리느라 그는 자신이 더 마셔야 했다. 아주 어두워진 뒤에는 학교로 돌아갔지만 이미 폐문한 뒤였다. 그리고? 그리고 어떻게 됐더라.

다만 봄이 기억나는 것은, 자신을 어딘지 모를 곳에 눕혀 두고 가려는 그를 붙든 건 봄 자신이었다는 거다. 간절하게 그의 손을 잡아당기며 또 울었다. 태어나서 처음으로 누군가를 있는 힘껏 끌어안아 봤다.

내버려 두면 하염없이 울 것처럼 그를 붙들고 그에게 온몸으로 매달려, 그의 어깨 위에서 처음으로 그의 이름을 불러 봤다.

달리 내뱉을 수 있는 것이 없어서 그의 이름만 계속.

"강오…… 선배."

입술에 담아 봐서 다행이다. 그가 들어 줄 때여서 정말……
정말이지 나는 이것만으로 벅차서…… 세상이 온통 흐린데 그만
이 가까이서 지독하게 선명했다. 이렇게 강하게 끌어안기기 역시
난생처음이었다. 뜨거운 체온이었고, 뜨거운 손이었고. 그런 입
술이었다. 그런…… 신음이었다.

"봄, 아…… 봄……아."

열띤 하나였다. 아팠는데, 그 아픔도 기쁨이었다.

♠　　♠　　♠

허겁지겁 그 밤으로부터 도망쳤다.

자신이 한 나쁜 짓과 때아닌 과욕에 놀라 도망치며 봄은 그런
자신이 너무도 바보 같아 무던히도 울고 말았다. 나는, 이리도
이기적이고 욕심쟁이였던가. 대책 없이 사람을 원할 만큼 외로웠
던가. 나는 이렇게나…… 혼자였나.

절실히 와 닿는 건 오로지 그 사실이었다. 자신은 홀로였고 그
걸 무기로 그의 애정을 구했다는 것.

그 밤은 봄이 자신을 동정하게 만드는 동시에 혐오하게 했다.
도망치면서도 등 뒤를 외면하지 못하고 쉼 없이 돌아보며 자신이
무슨 짓을 저질렀는가에 사로잡혀 덜덜 떨게 했다. 혼날 줄 알면
서도, 잘못인 줄 알면서도 일을 저지르는 건 철없는 어린아이들

이나 하는 짓인데, 그렇다면 나는 왜, 그를, 갈구했나. 감히.

뛰고 또 뛰었다. 기숙사로 돌아가 꾸려 둔 배낭만 들고 그곳을 뛰쳐나왔다.

누군가에게 보여 줄 수도 없는 눈물을 속으로만 흘렸더니 줄곧 몸 안이 찰랑거리는 기분이었다. 일주일 뒤 예정이었던 호주행 비행기 표를 그날로 바꾸면서도, 그것이 드라마 따위처럼 바로 되는 것이 아니라 4시간이 넘도록 공항 구석에 앉아 배낭을 끌어안고서도, 비행기 안에 앉아서도 줄곧 멍한 얼굴인데 그 속은 울고 있었다.

"하느님."

어디에 잘못을 빌어야 할지 알 수 없어 무턱대고 하느님을 불러 봤을 정도였다. 하지만 그래도 어지러운 마음은 가시지 않았다. 씻을 수 없는 것이 온몸에 뒤엉켜 살아 꿈틀댔다.

온몸이 또렷이 그를 기억하는 와중에 떠나는 길은 끔찍했다. 내가 무슨 정신으로 그런 욕심을 부렸을까. 어쩌자고 내 것이 아닌 것을 탐했을까. 그로 인해 피해를 입는 건 다름 아닌 그인데. 봄 자신이 아닌 그의 다른 그녀인데.

해서는 안 될 실수를 했다. 그것으로 혹여 그에게 걸림돌이 될까 두려웠다. 있어 봐야 자신은 존재만으로 그를 곤란하게 하고 말 거다.

그에게 그런 상대가 되고 싶지 않았다. 부디 나를 곤란하게 여기지 말아 달라고, 그것만을 바랐다.

차라리 잊어 줬으면 했다. 사람의 수많은 밤 중 단 하루였는데

우연히 조금 특별했다는 정도도 좋았다. 사라질 테니까, 혼내지
만 말아 주길 바랐다. 잘못을 빌 곳이 마땅히 없으니 속죄하는
뜻으로 도망치는 수밖에 없었다. 헝클어진 마음 흘릴 곳은 제 손
바닥 안뿐이었다.

1장

8년 뒤.

봄은 많은 곳을 떠돌아다녔다. 호주를 시작으로 유럽으로 넘어가 무비자로 체류가 가능한 유럽권의 나라라면 어디든 가리지 않고 그야말로 정처 없이. 하지만 한 개국당 무비자로 체류 가능한 날이래 봐야 대부분 90일이 고작이었다.

새로운 곳에 도착할 때마다 무의식적으로 다음에 갈 곳부터 찾았다. 한국이라는 나라는 모르는 것처럼 멀어져만 갔다. 돌아갈 곳이 없는 사람처럼 낯선 곳만 다녔고 결국 동남아까지 다다라 더 이상 갈 곳이 없어졌을 때는…… 이미 많은 시간이 흐른 뒤였다.

나라로 따지자면 20개국이 넘는 나라들을 전전한 뒤. 겨우겨우 자신이 떠나온 곳을 똑바로 돌아볼 마음이 든 것은 그 무렵이었다.

10년에 가까운 8년. 스물둘에 떠난 자신이 서른을 코앞에 둘 만큼의 시간. 왜 이렇게 떠돌고 있는가도 흐릿해질 만큼의 긴 시간. 그러니 이쯤이면 다들 나를 잊었을까. 그도 나를 잊었을까. 당연하다는 듯 모두 잊고 있을까.

나는 아직 그에게 잘못한 것을 잊지 못했는데. 숨겨야 할 것이 생겨 버렸는데.

봄은 만기 되어 가는 10년짜리 여권에 떠밀려 돌아가 볼까 하는 조심스러운 마음을 품고도 몇 달을 더 고심했다. 그리고 마침내 한국에 발을 디딘 것은 어느 봄날이었다.

"김봄 씨?"

"……아, 네."

입국심사대의 직원이 봄의 얼굴과 여권을 확인했다. 8년 전 사진과 지금이 같지만은 않으리라. 일단 긴 생머리는 엉망으로 자른 단발로 변모했다. 젖살이 빠진 얼굴은 갸름하기 그지없었고 살이 붙을 새 없이 혹사한 몸은 툭 치면 그대로 쓰러질 것처럼 기력 없어 보였다. 너무 가느다란 손목은 쥐면 부러질 듯했다. 긴 손가락은 유난히 그녀를 말라 보이게 했다.

"여권 사진 다시 찍으셔야겠네요."

사무적인 지적이 돌아올 만했다. 생글하게 웃던 아이는 지금 지친 어른이 되어 있었다. 게다가 봄이라는 자신의 이름을 낯설어했다. 여행하면서 줄곧 본명 대신 외국인들이 부르기 편한 '킴'으로 불렸다. 일을 했던 몇몇 가게에서도, 짧게 사귄 외국인 친구들에게도 전부 그렇게 불렸다. 그래서인지 봄이라고 불리는 것이 매우 어색했다. 8년 만의 제 이름이었다.

제 나라에 돌아온 것이 어색하게 느껴지다니. 봄은 어서 다시 떠나야겠다는 생각만 했다. 여권 사진을 다시 찍으라는 말에는 굳이 대답하지 않았다.

왜냐하면, 봄은 한국에 다신 돌아오지 않기 위해 돌아왔으니까. 완전히 떠나기 위한 몇 가지 수속을 밟기 위해서, 그리고 자신의 친부모를 찾아보기 위해. 봄의 귀국에 그 외의 이유는 없었다.

앞으로 딱 한 달만. 자신의 생물학적 부모 되는 사람들을 찾아볼 생각이었다. 그게 그나마 고국을 버리기 전에 할 수 있는 마지막 도리라고 여겨졌으니 말이다.

줄곧 한국에서 자신이 정리할 수 있는 일이 무엇이 있을까를 고심하고 탈탈 털어 봤는데 나온 건 그게 전부였다. 그러니 버리지 못할 이유도 없었다. 할 만큼 하고 이제 완전히 털어 버릴 작정이다.

공항 데스크에 가까운 게스트 하우스를 묻자 안내원이 방긋 웃으며 봄의 뒤편을 가리켰다.

"가까운 게스트 하우스를 문의 주셨는데요. 저쪽 컴퓨터를 이용하시면 훨씬 편하게 보실 수 있으세요."

"컴퓨터…… 인터넷 말인가요?"

"네."

"……잘 못하는데. 책자는 없을까요?"

난감했다. 봄은 정확히 말하자면 기계치였고 그중 가장 못 만지는 것이 컴퓨터였다.

8년 전 한창 대중화되었던 컴퓨터들은 봄의 손에만 들어오면 어째 하나같이 파란 화면을 검게 물들이고는 먹통이 되었다. 마우스라는 녀석은 한 번 눌러야 하는지 두 번 눌러야 하는지 헷갈렸고 두 번 누를 때는 빨리 누르는 게 잘 안 됐다. 키보드는 왜 계속 한글을 영어로 바꿔 대는지.

고등학생 때부터 기계치로 유명했다. CD플레이어도 못 만지는 애라고, 고아라 고급품 만져 본 적이 없어서 그런가? 하는 놀림을 들었는데도 기계들만큼은 마음대로 되지 않았다.

비싸기도 비싼 게 만지기만 하면 고장 나려 드는 것이 만질 엄두가 안 나는 것이다. 그런데 저런 걸 어떻게 다루겠는가. 손가락만큼 얇은 모니터 앞에 봄은 채 다가가지도 못했다.

당장 지친 몸을 누일 곳이 필요한데. 몇 시간을 비행해 왔는지 되새기는 것만으로 피곤은 더욱 가중됐다.

"하아……."

봄은 아쉬운 대로 배낭을 벗어 앞으로 안고 가까운 벤치에 앉았다. 반쯤 눕고 싶은 것을 애써 추슬렀다. 긴장을 풀면 끝이 없기에 몸에 힘을 주고 버텼다. 그러곤 피곤에 가물거리는 정신을 다스릴 겸 8년 새 휘황찬란하게 변모한 공항을 살펴봤다.

다른 어느 나라의 공항에도 지지 않을 만큼 크고 멋들어져서 변한 곳보다 변하지 않은 곳을 찾는 게 쉬웠다. 떠나던 그 날에는 벤치도 이런 고급스러운 것이 아니었고, 저렇게 벽이 유리로 되어 있지도 않았다. 천장은 왜 이리 높은지, 벽에 TV가 달려 있는 건 또 어떻고? 공항 한가운데 자동차를 진열한 건 또…….

[신강오 의원님, 한 말씀 부탁드립니다.]

어떤 이름 석 자에 무엇보다도 몸이 먼저 반응했다. 느리지만 확실하게 눈이 가는가 싶더니 절로 고개가 따라가 TV를 바라봤다. 잡아끄는 것의 이유는 명확했다.

[이번 총선거에서 처음으로 민진당에게 의원석이 밀리셨는데, 신 의원님 현재 심경이 어떠십니까?]

"……."

봄은 바보같이 입을 벌렸다. 리포터가 비꼬아 묻자 화면 속의 그가 웃었다. 예전과 다른 방식으로 관록이 붙은 어른이 되어 지그시 웃고 있었다. 웃고 있는데도 어려워 보이는 사람이 되어서는…….

[국민들의 선택 아니겠습니까.]

능숙하게 말했다. 톤은 변했지만 그 낮은 저음은 그대로였다. 웃는 방식도 말하는 방식도 변했지만…… 그다. 그 사람이야. 선배, 선배는…….

봄은 그대로 숨을 쉬지 않았다. 그가 화면 속에서 움직이는 동안 자신의 숨을 참고 그만을 바라보다가 한계에 닿자 그제야 크게 밀린 숨을 들이쉬었다. 그러곤 미간을 일그러뜨리며 울 듯 웃었다.

선배, 대단하다. 너무 멋있어요. 선배.

TV 속에서 흘러나오는 그는 여전히 멋있었다. 그에 감탄하며 안도했다. 들리지 않을 게 분명한데 그를 불렀다.

봄은 손에서 배낭도 놓은 채, 그 어떤 여행길에서도 꼭 안고 다니던 배낭을 의자 위로 떨어뜨린 채 화면이 바뀔 때까지 그 자리에 서서 TV만 올려다봤다.

8년이라는 시간은 그도 변하게 한 모양이다. 당연하겠지만 학생 때보다 훨씬 남자다워졌고, 선이 굵어진 얼굴이었다. 진하고 묵직해 보였다. 근엄한 태도로 명쾌하게 말하는 그는 완전한 어른이었다. 사람을 부리는 데 능숙한 성인 남자.

단순하게 보면 그는 그저 가업을 이은 것뿐인데 봄은 고마웠다. 그 덕에 이렇게 귀국하자마자 그를 볼 수 있었으니까. 행운을 겪은 기분이었다. 대단하다. 다시 한 번 감탄하며 봄은 왠지 기쁨에 빠졌다.

♠   ♠   ♠

공항부터 연결된 전철을 타고 도심으로 빠져나온 봄은 자신이 서울에서 유일하게 지리를 아는 대학으로 향했다. 졸업하지 못한 대학에는 휴학계를 내 둔 상태였는데, 마저 공부하고 싶은 건 아니었다. 단지 공항에서 TV 속의 그를 본 탓일까? 왠지 그곳이 그리워졌다. 문득 학교에 가고 싶어졌고 아직 아무것도 정한 것이 없으니 끌리는 데로 가면 됐다.

흐릿한 기억 속 그대로인지 캠퍼스를 한 번쯤…… 마지막으로 돌아보고 오늘 잘 곳을 찾아서 적당히 쉰 다음, 내일은 자신이 자란 고아원에 가 볼 계획이었다.

딱히 당장 서둘러 가고 싶지는 않은 것이, 그곳은 키워 줬을 뿐인 곳이기 때문이다. 공무원과 봉사자들이 돌아가며 밥을 주고 재워 준. 그곳은 남들이 상상하는 것만큼 다정하지 못했다. 차라리 냉정했다. 어른이 되면 떠밀려 나와야 하는 곳이니까. 물론 그렇지 않은 곳도 있을 테지만 봄의 경우는 그랬다.

그래도 가 보려는 것은 그나마 부모에 대해 기댈 만한 정보가 있는 곳이 그곳뿐이라서다. 달리 갈 곳도 없었다.

전철만 잘 갈아타면 대학 정문으로 나갈 수 있었는데, 정문을 찾자마자 봄은 눈에 띄게 큰 현수막 하나를 발견했다. 자랑스레 내걸린 그것에 저도 모르게 탄성을 흘렸다.

"와……."

「신강오 국회의원 초청 강연 '상식이 통하는 시대를 말하다'
— 총학생회 주최」

또, 또 한 번. 연달아 감탄하며 흐뭇하게 웃어 버렸다. 대단한 사람이 됐구나, 선배. 정말 자랑스럽고 뿌듯하고, 나까지 기분이 좋아져. 너무너무 잘됐다.

봄은 축하해 주고 싶은 마음을 그 자리에 한동안 오도카니 서 있는 것으로 대신했다. 간절히 천 조각 따위를 바라보며 이 학교에 있는 그의 수많은 후배 중 그 누구보다도 진심으로 말이다.

그래서일까, 그 현수막의 주인공이 눈앞에 보였을 때, TV 속이나 플랜카드 속에 있는 것이 아닌 움직이는 진짜가 자신을 향해 다가오는 걸 발견했을 때는 마치 꿈을 꾸는 듯했다.

"김봄!"

크게 자신을 부르는 그의 뒤로…… 휑하니 문이 열린 검은 세단이 보였다. 왜일까. 왜 항상 발 가는 곳에 그가 있을까? 마치 운명처럼. 그럴 리 없는데, 참 이상도 하지? 그럴 리 없는데.

두어 걸음 앞으로 다가온 그를 깨닫자마자 봄은 몸을 틀었다. 왠지 도망쳐야겠다는 생각이 강하게 들었다. 지금 여기서 그에게 붙잡히면 안 될 것 같은, 잡혔다가는 무언가 어그러지고 말 것 같은 기분에 심장이 불안스레 뛰어 대는 것이다. 지금껏 떠돌아다닌 것이 전부 수포로 돌아갈 것 같은 예감에…….

"놔요!"

봄이 불안스레 몸을 뒤로 틀자마자 강오가 손을 뻗어 왔고, 단번에 뒤에서 어깨를 잡아챘다. 어깨의 전부를 잡힌 것 같은 압박감에 놀라 힘껏 밀어내고는 도망치려는데 이번엔 그에게 손목을 잡혔다. 다시 떨쳐 내려 봄이 손에 힘을 주고 뿌리치며 안간힘을 쓰자, 어느샌가 그의 손이 봄의 허리를 가득 끌어안았다. 맙소사.

"봄아."

"왜…… 이래요."

여러 가지 이유로 더 이상 반항할 수 없었다. 꽉 끌어안긴 등 뒤로 그가 느껴졌다. 와 닿은 남자의 가슴에 심장이 아까와는 다른 것으로 요동쳤다. 아, 이렇게 잡히면 안 되는 거였는데. 이렇게 만나면 안 되는 거였는데. 당신이, 나를 이렇게 부르면 안 되는 건데.

"……봄아."

등 뒤에서 자신을 붙든 남자가 흘리는 목소리는 어딘가 안쓰럽게 들렸다. 간절한 듯, 그리운 듯…… 힘든 듯.

"이거…… 놔요, 선배."

"도망치지 마."

"놔, 놔줘요. 왜 붙잡는 거예요?"

정말 그 이유를 알 수 없어 억울했다. 떨리는 목소리를 내며 봄은 몸을 한껏 밑으로 숙였다. 그와 얼굴을 마주하게 될까 봐 땅만 바라봤다. 시선까지 떨려 대는 통에 지금 자신이 온몸을 떨고 있다는 사실을 외면할 수 없었다.

그의 손을 자신의 배 위에서 떼어 내기 위해 붙잡았다가, 커다란 손에 놀라 불에 덴 듯 오히려 제 손만 떼어 냈다.

"왜냐고?"

봄이 몸을 밑으로 웅크리는 만큼 그의 몸이 따라왔다. 어떻게든 자신의 품 안으로 봄을 안으며, 어떻게든 귓가에 속삭였다.

"지금 네가 도망치려는 이유와 같아."

낮은 그의 목소리가 직선으로 머릿속을 갈랐다. 봄이 지금 도망치려는 이유? 그건, 그 밤이 사무쳐서. 그 밤이 잊을 수 없어서. 단 하루였는데, 짝사랑이 짝사랑이 아니었던 아주 찰나의 밤이었는데 그게 사무쳐서. 난생처음으로 대책 없이 욕심을 부린 그 밤의 결과가 감당 못 하게 두려웠다.

그리고 그 사실을 들켜 버릴까 봐 숨이 막히게 두려웠다.

자신을 붙드는 그가 낯설고, 이래도 되나 싶어 두렵고 겁이 났다.

겁 많고 한없이 작은 봄에게 그는 절대 감당할 수 없다고 여겨지는 커다란 남자였다. 바라보는 것만으로 벅찼고 눈길 한 번 마주치면 하루 종일 심장이 설레었던 남자. 존재만으로 자신을 과부하에 걸리게 했던 그런 사람.

그리고 지금의 그는 그때보다 훨씬 커다랬다. 실감이 안 날 만큼……. 그런데 자신이 도망치는 이유로 자신을 붙잡고 있었다. 커다란 것에 눌려, 숨이 막혔다.

"그거…… 내가 잘못했어요. 그러니까……."

순간 말을 잇지 못했다. 뒤죽박죽인 봄의 머릿속은 아직도 왜 자신이 그에게 붙잡혀 있는지 인지하지 못하고 있었다. 토끼 따위가 자신이 왜 사자의 입속에 있는지 알 리 없다. 포획되는 건 아주 한순간일 테니까. 궁지에 몰린 짐승처럼 머릿속이 아득했다. 울먹이며 말을 이었다.

"그러니까, 잊어 주면 안 돼요?"

여전히 땅을 보며 봄이 애타게 애원했다. 그 밤, 순전히 그 밤이 문제였다. 그런 일이 없었더라면 그가 이렇게 자신을 특별하게 대하지 않았을 테니까. 그저 안면 있던 후배에 그쳤을 테니까. 붙잡을 필요 없는 스쳐 지나간 흔한 인연 중 하나. 속으로 조금 좋아했던 후배…… 그걸로 끝이었을 테니까.

"기억이 나는데 어떻게 잊어."

"……그럼, 없던 일로 하면 안 돼요?"

하지만 그럴 수 없는 일이 있었고, 봄은 그것을 제 잘못으로만 여겼다. 고개 숙여야 하는 자신의 죄로만. 그리고 봄을 도망치게 했다. 그는 붙잡고 봄은 도망치게. 여전히 그의 품에서 벗어나려 꿈틀거리는 봄을 강오는 더욱 힘껏 붙잡았다. 도망치려 하지 않으면 이렇게 꽉 붙잡지도 않을 텐데.

땅속으로라도 도망치고 싶은 것처럼 몸을 숙이기만 하는 봄을 강오가 억지로 끌어 올려 돌려세웠다. 자신을 마주 보게 하며 고집스러운 몸을 흔들었다. 얼굴을 보고 똑바로 말하지 않으면 봄이 계속 외면할 것 같아서였다.

"날 봐."

"싫어요."

"김봄!"

낮은 일갈에 봄은 이기지 못하고 고개를 들었다. 울 듯 처절한 얼굴은 한없이 추락하는 사람 같기만 했다.

강오는 제 손아귀 안에 잡힌 봄의 갸냘픈 팔뚝에 화가 났다. 제 딴에는 안간힘을 쓰는데도 두 손으로 잡아 올리자 너무 힘없이 딸려 와 바스라질 것 같았으니까. 더 힘을 주었다가는 이대로 부러진대도 믿을 것 같았다. 그래도, 그의 목소리는 낮고 똑바르게 그녀를 향했다.

"그게 어떻게 없던 일이 돼! 있던 일을 어떻게 잊어."

"……별일 아니었어요."

"난 네게 책임질 짓을 했어."

"아뇨."

지레 겁먹고만 있던 봄이 처음으로 단호하게 고개를 내저었다. 그것만은 절대 아니라는 듯 눈동자에는 거부의 빛만 가득했다.

저는 약할지언정 바보는 아니라고 외치는 눈이었다.

8년 전 봄이 사라졌을 때 그는 깨달았다. 봄은 접근하면 도망친다는 걸. 그러니 만약 붙잡으면 절대 놓아주면 안 된다는 것도.

한 번 호되게 물린 짐승이 저를 문 짐승에게 제 발로 다가올 리 없지 않은가. 도망치려 용을 쓸지언정 다가올 리는 없다. 그는 그것을 되새기며 손목을 잡았나 싶게 가는 봄의 팔뚝을 잡아끌었다.

"따라와."

말은 따라와였지만 실상은 끌려가고 있었기에 그대로 주저앉으려던 봄은…… 어느샌가 자신들에게 쏠린 시선을 깨달았다. 행인 몇몇이 그를 알아보고 수군대기 시작해서 이대로 계속 반항하면 소란스러워질 게 분명했다. 거부의 몸짓을 하는 것도 여의치가 않아졌다. 한 차례 숨을 고른 봄은 그의 걸음대로 따라갈 수밖에 없었다.

그가 나온 차 안으로 밀어 넣어지면서는, 이게 도대체 어떻게 된 건가 하고 다시 한 번 혼란을 맛봤다. 어느 순간 그가 보이는가 싶더니. 정신을 차리기도 전에 붙잡혀서는…… 그의 차 안이었다. 대체 왜 이렇게 흐르는 걸까?

"신 의원님."

"그 여자분은……."

"다들 나가."

그는 누구에게도 여유를 주지 않았다. 숨 쉬지 않는 사람 같은 목소리로 차 안에 있던 양복 차림의 남자들을 쫓아내더니 문부터 잠갔다. 짙게 선팅 된 차 안은 한낮임에도 어두웠다. 무언가 두려워졌다.

"선배."

봄이 채 다듬지 못한 호흡으로 그를 불렀다. 차 안에는 단둘뿐이었기에 더욱 어찌할 바 모르는 기분이 되어서는 그야말로 이러지도 저러지도 못하고 뒤로 물러섰다. 그러다 보니 뒷문에 등이 닿아 더욱 오갈 데 없어졌다.

"내 이름, 부를 줄 알잖아."

성큼 봄의 무릎 앞까지 다가온 그가 검은 카시트를 주먹 쥔 손으로 누르며 으슥한 목소리를 냈다. 그 밤을 떠올리라고, 외면하지 말고 상기하라고. 도리질만 치는 봄의 귓가로 입술을 대더니. 자신은 잊지 않았다는 듯 그 밤 그대로 봄을 불렀다. 상냥한데도 뜨겁게 파고드는 듯한 그 음성.

안타깝고 애가 타, 숨이 막히는.

"봄아……."

심장에 입술이 닿은 듯 화들짝하게 하는 그 목소리. 신음을 닮은 부름, 스며들고 마는 숨결. 몸 안에서 그의 목소리가 울렸고 그가 자신의 이름을 뜨겁게 부르던 순간을 몸이 기억해 냈다. 무려 8년 전의 일인데도, 그건 왠지 잊혀지지가 않았다. 없던 일이 되지 않았다. 도망칠수록 강하게 덮쳐 오기만 했다.

그는 상기하게 만드는 데서 그치지 않고 다른 손을 내밀어 봄의 턱 끝을 들어 올리며, 다가왔다. 코끝이 닿았고 숨결이 입술 사이에 고여, 누가 봐도 이건…….

"……왜, 왜 그래요."

"도망친 네가 나빠."

"선배…… 제발."

"그때 그대로 날 아무것도 할 수 없게 만든 네가 나빠."

한숨처럼 느리게 겹쳐지려는 그의 입술을, 봄은 두 손을 들어 막았다. 그의 입술을 손바닥으로 밀어내며 가슴을 들썩였다. 울먹이는 데서 그치지 못하고 기어코 눈물을 쏟아 냈다.

이건 말도 안 돼. 그가 지금도, 나를 원하다니. 이렇게나 야만적이고 노골적으로 숨이 막혀 올 만큼 강렬하게. 믿을 수 없도록. 현실감이 없어지도록.

"이건…… 아니잖아요."

"……그때 그대로, 날 움직이지 못하게 한 건 너다."

그때 그렇게 사라져서 그는 화가 났나 보다. 그래서 이렇게 아프도록 잡고, 이렇게 뜨거운 호흡을 내나 보다.

"미안해요. 그러려던 게……."

"김봄 네가, 날 아무것도 할 수 없는 남자로 만들었어."

"아니…… 아니에요."

"너는 몰라. 내가 너로 인해 얼마만큼의 상실감을 느꼈는지."

지금은, 알 것 같았다. 자신이 그를 얼마나 허탈하게 했는지. 얼마나…… 기다리게 했는지. 남자의 깊이 잠긴 목소리와 가까운 몸은 그걸 모를 수 없게 했다. 여실한 열기와 시선이 그걸 기어코 각인하게 만들었다. 하지만…….

"……대체 왜."

왜. 겨우 하룻밤이었는데, 그는 마치 그게 전부인 사람처럼 굴
까. 봄에게 그건 생애 가장 강렬한 밤이었다. 전부에 가까울 만
큼 특별했다. 하지만, 그게 그에게도 그러리라고는…… 믿지 않
았다.

"……알아?"

"……."

"네가 얼마나…… 보고 싶었는지."

모르겠다. 그가 자신을 원한다는 건 알겠는데, 그 이유는 모르
겠다. 그가 지금 자신에게 이렇게나 열렬히, 애타는 키스를 하는
이유 같은 건 도저히 모르겠다. 자신이 왜 그런 그를 밀어내지
못하고 붙드는지도 모르겠다. 자신의 뺨을 붙들고 머리칼 속으로
파고드는 커다란 손에 그저 아득한 기분이 드는 이유는, 모르겠
다.

모르겠는 것 투성이라 봄은 아주 잠시만 아무것도 생각하지
않기로 했다. 입술을 마주한 이 찰나라도.

촉촉이 닿았다 떨어지는 가벼운 키스가 아니었다. 농밀히 뒤엉
키고 끌려가 놓아주지 않아 끝내 숨이 막히는, 그런 키스였다.
당겨 가기만 해서 힘겨운 신음을 흘리게 하고 마는 강한. 권리를
주장하는 듯한 압도적인 스킨십. 명백하게 소유권을 가진 듯한
자의, 진하고 진한.

이대로 떠밀려 눕혀진대도 당연할 듯한 밀도 높은 갈구에, 봄
은 어쩌지 못하고 깨달아 버렸다. 그가 자신을 지독히도 원한다

는 것. 달리 미사여구를 붙일 것 없이 그는 그저 봄을 원했다. 안고 싶다거나 하는 물리적인 것이 아니라 봄이 만든 공백을 봄이 채워 주기를 말이다.

무려 8년 전에 하루, 겨우 단 하루 밤을 함께한 상대일 뿐인데…… 이리도 원하는 건, 이상하다. 아무리 생각해도 납득할 수 없는 갈구야.

"훗."

판단을 넘겨 두게 했던 찰나는 빠르게 지났고, 돌아온 이성이 억눌린 소리를 냈다.

그의 무게감을 밀어내기 위해 몸을 뒤틀었다. 하지만 키스는 결코 짧게 끝나지 않았고 억센 그의 힘에 봄은 입술을 떨며 몸을 움찔거리는 이상은 할 수 없었다.

머리카락 속으로 파고든 그의 두 손이 얼굴을 움직일 수 없게 더욱 단단히 붙잡아, 지금은 그를 받아들이는 것 외에는 모두 불가능했다.

익숙치 않은 얽힘에 혀가 얼얼했고 입안이 저릿거려 왔다. 밀어지지 않는 그의 가슴팍을 붙잡은 손끝이 속절없이 뜨거워졌다. 체온이 올라가며 호흡곤란에 치달은 봄에게 그가 아주 조금의 틈을 내주며, 코끝을 댄 채로 물었다.

"내가, 어디까지 할 수 있을 것 같아."

음습하게 느껴질 만큼 그의 물음이 풍기는 뉘앙스는 진했다. 허리와 가슴을 단번에 휘감는 듯한 음성이었다. 이대로, 여기서. 한낮에 그의 차 안에서. 짙게 선팅 되었다 한들 그의 부하들이 바로 한 걸음 곁에 있는 차 안에서 그가 자신을 어디까지 차지할 수 있을까. 얼마나 깊이?

뇌는 말리기도 전에 자신이 아는 모든 경우의 수를 떠올렸다. 키스, 매만짐. 섹스, 신음. 치달은 호흡으로 꽉 차 버린 차 안. 땀과 열기가 주는 입김 같은 습기. 그것은 반사작용 같은 상상이었다.

이미 아는 것을 새삼 되새기는 건 의식과는 상관없는 일이었다. 특히나 이런 비좁고 폐쇄된 장소에 그와 단둘이라면…….

"……이러지, 말아요."

봄은 신음 같은 목소리를 흘렸다. 눈물범벅인 얼굴은 절박하지 않았다면 유혹처럼 느껴질 만큼 가녀렸다. 자신에게 이러는 그가 무서워, 감당할 수 없어 흔들리는 눈으로 원망 같은 소리를 냈다. 자신이 그를 원하는 것도 안 되는 일이지만, 그가 자신을 원하는 건 더욱 안 될 일이었으니까.

"나한테 왜 이래요."

그런데 그것을 모를 리 없는 그가 자신에게 왜 이러는지 알 수 없어 책망하고 온몸으로 그를 밀어냈다. 그러나 밀리지 않는 그라, 가슴팍과 어깨에 손만 올리는 형국이었다. 조금도 물러나지 않고 그는 다가오기만 했다. 그의 목소리는 단단하기만 했다.

"……그 밤에 너는 처음이었지."

"그건 이유가 안 돼요."

"그리고 내게도 그랬어."

저도 모르게 숨을 들이켰다. 크게 흡떠진 눈에 속눈썹이 바르르 떨려 댔다. 호흡이 계속 갈라져 봄이 내뱉는 단어들은 불안하기만 했다.

"다, 단지 내가…… 첫 경험 상대라 그런 거면……."

"첫 상대야. 첫사랑이고, 첫 여자. 내 모든 처음."

그것들은 전혀 염두에 두지 않았던 일인데. 자신이 그의 처음이라고는. 심지어…… 그가 자신을 사랑, 한다고는 조금도 여겨 보지 않았다. 좋아한다고는 했지만 그걸 사랑이라고는.

좋아한다와 사랑한다가 일맥상통하던가? 봄은 모르겠는데, 그에게는 그런가 보다. 그런 걸 제대로 해 본 적이 없어서 어렵기만 했다.

첫사랑? 내가, 당신의? ……아직도? 봄의 의문 가득한 눈길을 그는 꼭 잡고 놓아주지 않았다. 아무것도 외면하지 못하게 커다란 두 손으로 봄의 시선을 자신에게로 고정하고는 말했다.

"그런데 내가, 어떻게 너를…… 잊을 수가 있을까."

"하……아."

남자의 음성이 순간 나긋해진 건, 그 말을 더욱 믿게 했다. 닥쳐오는 것이 커질수록 봄의 입술은 차마 말을 고르지 못하고 자잘하게 떨리기만 했다. 그 모양을 내려 보며 그가 다시 속삭였다.

"자, 이제 네가 말해 봐. 내가 너를 잊어야 하는 이유."

느리게 코끝을 대고 입술을 대 오는 그의 팔목을 움켜쥐며 봄은 입술만 앙다물었다. 할 말이 있을 리 없다. 그래서 너를 못 잊었다고 말하는 남자는 너무 굳건했고 내가 너를 잊어야 하는 이

48

유는 무엇이냐 묻는 남자는 무서울 만큼 강해서, 이겨 낼 수 있을 리 없었다.

입술을 벌리지 않는 봄의 위로 가볍게 입 맞추고 물러선 그가 느리게, 봄의 얼굴을 놓아주는 대신에 허리를 끌어안았다. 그러곤 가는 봄의 어깨 위로 제 이마를 묻더니 알 수 없는 깊은 숨소리를 흘렸다.

그의 가슴 위로 꽉 끌어안기는 기분은…… 형용하기 힘들었다. 그의 입술이 목선을 따라 올라와 귀에 닿기까지가 숨을 쉴 수 없게 선명했다.

"그리고 한 가지 더 고백할 건, 난 그때 너를 따라 호주에 갔었다는 거야."

귓가에 속삭이는 그의 입술이 귀를 물 것만 같았다. 이상하게도 계속 한숨이 새어 나가려 했다. 숨을 고르는 게 때론 힘들다는 걸, 사람들은 알까. 너무 꿈같아서 물어도 물어도 믿기지 않는 일이 있다는 건?

"……어째서."

"널 찾으러. 하지만 널 찾지 못했지. 당연히 그럴 거라는 걸 아는데도 난 가고 말았어. 왜일까?"

현명한 남자면서, 불가능하다는 걸 알면서. 그 넓은 호주에서 찾는다고 찾아져 만날 수 있을 리가 없는데.

심지어 봄은 그때 열병을 얻어 거동하지 못하고 있었다. 호주에 도착한 직후 놀란 몸이 앓아누워 겨우 찾은 외딴 게스트 하우스에서 일주일이나 나오지도 못하고 반쯤 죽어 있었으니 말이다.

그러니 찾을 수 있을 리 없었다.

그런데 그는 그 바보 같은 짓을 했단다. 찾아질 리 없는 걸 알면서…… 그랬단다. 그리고 그 이유가 무엇인 거 같으냐고 묻는다. 자신은 답을 아는데, 봄에게는 생각해 보란다. 봄이 묻는 모든 것의 답이 거기 있다고.

"부족해? 더 말로 해야 해? 그래야만 믿어?"

"선배……."

"이래도 내가 너를 잊어야 해?"

명백하게 나는 그러지 못한다는 눈이다. 그의 모든 건 봄이 말을 잃게 하는 힘이 있다. 심지어 지금처럼 화난 음성을 내면, 왜 믿어 주지 않느냐 헝클어진 눈을 하면…… 봄은 무너질 수밖에 없었다. 아무리 주워 올리려 해도 감정은 흘러내렸다. 어지러운 속에서 봄은 끝끝내 변명했다. 그래도 아니라며 마지막 발악 같은 것을 했다.

"……그때, 조른 건 나였어요. 내가 선배를…… 그러니까 선배는 아무것도……."

"그래! 술에 취해서, 제정신이 아닌 너를, 나는……."

급격하게 갈라지는 그의 목소리와 뒤흔들리는 눈이 봄을 놀라게 했다. 자신은 모르는 것투성이라는 것을 알게 했다. 그는 그때, 상처받았다. 봄이 처음이라, 그런 봄을…… 자신이 갖고 말아서, 자신이 한 일 때문에 봄이 사라져서, 자제 못 한 자신이 멍청해서. 그런 짓을 한 자신이 원망스러워서.

자신이 한 짓 때문에 봄이, 계속 돌아오지 않아서.

그날의 일은 그에게도 봄에게도 상처였나 보다. 그도 자신이 한 일에 아주 많이 놀랐나 보다. 그런데 책임질 여지 같은 건 주지 않고 봄은 사라졌다.

놀란 그를 봄은 다독여 주지 못했다. 자신도 숨 쉴 곳을 찾기에 급급해서…… 그가 쫓아오는지도 몰랐다. 제 눈물이 앞을 가려 그가 아플 거라고는……. 봄은 그가 자책하는 데 놀라 그를 붙잡았다.

"서, 선배. 술 취하면…… 그러면."

"그러면?"

"진심이…… 나와요. 그때 난, 진심이었어요. 그냥 선배를 간절히 원……해서……."

"나도 그랬어."

직시해 오는 눈동자에 더듬더듬 그의 옷깃을 끌어당기던 봄의 손짓이 멎었다. 말하고 나니 자신이 한 것은 고백과 다르지 않았으니까. 그의 대답을 듣고 나서야 아차 했다. 찡 하니 세상이 뒤흔들렸다. 얘기가 이렇게 되면…… 안 되는데.

"내…… 말은."

"김봄! 똑똑히 들어 둬. 너를 원한 건 나지만, 지금까지 내가 너를 기다리도록…… 내게 여지를 준 건, 너다."

그가 너무 똑똑히 말해서 봄은 조금도 흘려들을 수 없었다. 이젠 아니라는 말은 입 밖으로도 내뱉을 수 없었다. 그의 세계는 단단했고, 봄의 세계는…… 나약했다.

"너를 허락해서, 내가 널 갖게 한 건 너였어."

"……."

"너도 내게 마음이 있다고 여기게 한 건, 그래서 나로 하여금 널 잊을 수 없게 한 건 너다. 내가 너를 놓지 못하게 한 건! 다름 아닌 너야."

"아……."

"그러니까 난 너를 놓지 않을 거고. 이번에야말로, 잡을 거다."

어린 마음에 생각했다. 자신은 그를 좋아하지만, 그도 그렇다고 말하지만 자신을 꼭 붙잡고 싶어 할 정도는 아닐 거라고. 자신처럼 바라만 보는 걸로 만족스러울 만큼 내밀할 리 없다고. 선배의 것은 아주 잠시의 감정이니까 이렇게 책임지고자 할 정도는 아닐 거라고. 만에 하나 그렇다고 해도 받아들일 수 없을 테니…… 도망치자고.

그에겐 어울리는 약혼녀가 생길 테고 자신에게는 앞으로도 아무것도 없을 테니. 여기까지면 됐다고.

그렇게 여기며 멀리멀리 가 버린 건 바보 같은 짓이었을까. 그의 말에 세뇌될 듯한 기분이다. 그가 그렇게 말하자 전부 맞는 것 같은…… 아니, 맞는 말이구나. 애처롭게 새겼던 결의가 깨져 나갔다. 대신 그 자리에 남은 건 더 큰 서러움뿐이었다.

"……그럼 뭐해요."

"뭐가?"

"어차피, 우린 안 되잖아요. 어차피……."

기어이 또 울린다. 서러운 눈물이 나오게 만드는 그를 봄이 떠밀었지만 그는 그 손도 붙들 뿐이었다. 정말 모를 남자다. 제까짓 것 잡아서 뭐하겠다고. 아무런 보람도 없고 얻을 것도, 이득될 것도 없는데 차지해서 무엇하겠다고. 이렇게 힘껏 붙잡아 주는 게 미안할 정도의 자신인데.

"봄아……."

당신의 모든 게 내게 아까워서, 감히 못 건드리는 마음 어떻게 다 설명할까. 내가 초라해서 나 자신도 그게 서러워 주체가 안 되는데 그런 다정한 목소리로 불러 버리면, 그마저도 안타까워서 눈물만 흐르는데.

"안 돼요…… 우린. 안 되는 거…… 선배도 알잖아요. 알면서……."

봄은 더 이상 말을 잇지 못하고 엉엉 울어 버렸다. 그때보다 몇 배 커진 그의 마음이 여전히 고맙고, 자신도 그렇다고 이제야 말하면서도, 그래도 우린 안 된다고 말하는 건 미련하게 느껴질 만큼 슬픈 일이니까.

그가 당황하는 걸 아는데도 자신은 그보다 더 놀라서 봄은 한참을 눈물만 쏟아 냈다. 그의 가슴에 안겨 그의 셔츠에 눈물을 묻혔다. 답답하고 힘없는 마음에 그저 울 수밖에 없었다.

이런 눈물방울은 아무것도 해결해 주지 못한다는 걸 알면서도, 그래서 남들보다 일찍 울지 않기로 해 놓고는 끌어안아 주는 그에게 기대 그냥 울었다.

"의원님? 의원님."

한참을 울다가 정신이 혼미해졌을 때쯤 노크 소리가 들렸다.

밖에 선 사람들이 차창을 두드리며 그를 향해 늦었다고, 가야 한다고 말했다.

겨우 그걸 의식하고 눈물을 그치는데 그가 봄의 귓가에 갈 곳을 정했냐고 물어서 봄은 조금 멍하니 고개 저었다. 지금 봄은 피곤했고, 너무 울었고, 무엇보다 그에게 잡혀 기력이 다해서 한 번 더 생각할 여유가 없었다.

여유가 있었다면 갈 곳이 있다고 거짓말을 했을 텐데. 뒤늦게 고개를 내저었다.

"아뇨, 저기……."

아니라고 말하려고, 난 내버려 두라고 말하기 위해 그를 붙잡으려 했으나 그는 이미 차 문을 열고 내린 뒤였다. 봄이 눈물을 쏟아 내 엉망이 된 재킷을 정리하며 누군가에게 명령했다.

"우신동 집으로 데려가서, 아무 데도 못 가게 해."

"예?"

"의원님……!"

이건 반납치, 아니 거의 납치였다. 봄의 의사는 묻지도 않았고 봄은 절대 안 가겠다고 할 인물이었으니까. 그의 수행원들이 난 감해하는 건 당연했다. 자칫 알려지기라도 하면 그의 행실에 누가 될 건 당연했다. 그러나 봄이 거부의 말을 하는 것보다 그가 수행원에게 호통치는 쪽이 빨랐다.

"대답!"

"예, 예! 알겠습니다."

그 순간 봄은 자신이 안 가겠다고 말해도 소용없다는 걸 깨달

앞다. 안 된다는 걸 알면서도 하는 사람을 말릴 수 있는 게 있을
리 없었다.

그리고 자신이 그에게 또 여지를 줬다는 것도 깨달았다. 잡고
싶어 하는 사람에게 안 된다면서, 사실은 나도 그렇다고 그래서
눈물이 난다고 속을 내보였다는 걸. 그런데…… 불현듯 그에게
넘어갔다는 생각이 드는 건 왜일까. 그가 찰나 내비친 자책이,
그 약한 모습이 일부러 보여 준 것이라는 느낌이 들었다.

'제정신이 아닌 너를, 나는…….'

분명 도망치려 발버둥 치던 주제에 자신은 왜…… 돌아와 괜
찮다고 안아 줬을까. 그가 아파 보여서 자신도 모르게였는데……
그게 그의 수였다는 생각이 들었다. 자신은 완벽하게 걸려들어
속을 토해 냈고 말이다.

"데려가."

그 햇살 같던 남자가 지금 저렇게 변해서는, 우악스레 자신을
차지하려 하고 있었다.

2장

봄은 굳게 닫혀 버린 차 안에서 눈만 한참 깜빡였다. 갇혔다.
잡혔다. 덥석 물려…… 도망칠 수 없게. 그는 왜 저리 변해 버린
걸까. 남자란, 모두 시간이 지나면 변해 버리는 걸까? 견고하고
단단하기가 이를 데 없어 감히 덤비는 걸 허용치 않았다. 전에는
저렇게나 절벽 같은 사내가 아니었는데.

덜컥, 문이 완전히 잠기는 소리가 나나 싶더니 차가 움직였다.
봄은 그 감각에도 차창 밖으로 멀어지는 그를 멀거니 바라보다가
그가 시야에서 사라진 뒤에야 가까스로 정신을 차리고 운전석 뒤
로 바짝 다가섰다. 그리고 기사에게 호소했다.

"저, 저 좀…… 내려 주세요."

"안 됩니다. 의원님 명령이……."

"이건 납치예요!"

소리치는 목이 찢어질 듯 아팠다. 몇 날 며칠 물 한 모금 먹지 못한 사람의 목처럼 메마르고 쓰라렸다. 이렇게 말하고 싶지 않았으나 이러지 않으면 내려 줄 것 같지가 않았다. 기사는 찰나 곤란한 듯 보였지만 이내 미간에 힘을 주고 백미러를 통해 봄을 주시했다.

"두 분은, 아는 사이가 아니십니까?"

"맞지만……."

그건 맞지만, 그렇다고 이게 정당화될 수는 없는 일이었다. 이건 너무도 억지스럽고…… 강압적이며 그리고 또……. 봄은 그저 좌절했다. 그를 어떻게 할 수가 없었다. 다름 아닌 그를 부정적으로 생각하는 것만으로 힘에 겨운 자신이 있었다. 숨이 조여 오고 눈물이 글썽여 바보가 되었다.

봄은 그대로 운전석과 시트 사이의 좁은 발판 위로 주저앉아 숨을 삼켰다. 무릎 위로 이마를 묻고 아찔하기 그지없는 머릿속을 잠재우려 애썼으나…… 기억은 멋대로 끌려갔다. 평생 잊지 말자 했던 그 과거로.

시작은 늘 같았다. 어딘 줄도 모르고 정처 없이 떠돌다 닿은 호주의 어느 도시였다. 무기력한 시야 속으로 한 아이가 들어왔다. 옆에서 커다란 차가 오는 줄도 모르고 도로 위로 뛰어든 아이. 가까웠기에 본능적으로 손을 뻗어 밀어내고 대신 자신이 차에 떠밀려 쓰러졌을 땐, 그냥 여기까지구나 했다. 그렇게 생각하고 말았다.

그렇게나 쉽게 손을 뻗어 구하려 들 수 있었던 건, 스스로가

착한 인간이라서가 아니었다. 그저 제 목숨이 덧없이 느껴져서다. 자신을 아낀다는 것에 의미가 없어져서, 아쉬울 것 없는 삶에 빈털터리 인생이라 그래도 될 줄 알았다.

만약, 자신에게 다른 생명이 있다는 걸 알았더라면 결코 그러지 않았을 거다. 눈앞에서 피가 튀고 사람이 으깨지더라도 자신이 그의 아이를 품고 그 아이가 자신의 안에서 자라고 있다는 걸 알았더라면. 결코.

하지만 까마득히 몰랐기에 차가운 길바닥 위에서 의식을 놓았다. 눈을 뜨고 당장 몇 시간 전까지만 해도 존재조차 몰랐던 그 생명의 가망 없음과 긁어내야 한다는 표현을 들었을 때는 그야말로 심장이 찢어지는 듯했다.

'싫어어! 안 돼!'

아무도 못 알아들을 한국말을 외쳐 대며 절망했다. 이 멍청이가 다른 아이를 구하려다 자기 아이를, 알아주지도 못한 아이를 죽여 버렸다. 미련하고 미련하고 멍청한 나야.

그에게 어디까지 죄를 지을 셈일까.

유산이나, 낙태나 아이를 배 안에서 떼어 가는 수단은 같았다. 겨우 사지 모양을 갖춘 것을 절단해 끄집어내기는 마찬가지였다. 자신이 살자고 그리하고 싶지 않았다. 같이 죽겠다고 빌었다. 이미 그건 아이가 아니라는 말만 돌아왔다. 배 안에서 썩어 갈 뿐이라고 말했다. 그랬다.

제 찰나의 실수로 세상은 돌이킬 수 없게 망가졌다. 주변이 구겨져 형태를 잃었고 아이를, 그렇게…….

끝없이 눈물이 쏟아져 이대로 말라 죽기를 염원했다. 산다는 게 유리같이 느껴지고 삶이 수렁처럼 다가왔다. 땅이라 믿었던 것이 움푹 꺼지는 것이라는 걸 깨달았다. 숨을 쉬는 것조차 저주가 되어 차라리 죽고만 싶었다.

그리고 악마 같은 생각을 했다. 제 앞에서 아이를 구해 줘 고맙다는 부모를 면전에 두고, 수십 번 되새겼다. 탁한 눈을 하고는 맹세하듯 생각했다.

'다시 기회가 주어진다면, 구하지 않을 거야.'

내게, 아이가 있다는 걸 알았다면 모르는 남의 아이 같은 것 어찌 되든 나는 모르는 척했을 거야.

선배! 그 밤에 나는 선배 모르게 선배의 아이를 품고.

홀로 도망쳐 선배의 아이를 죽였어요.

나를 만나서 그 아이는 갈가리 찢기고, 그렇게 없어졌어.

알아채지도 못했어. 태어나지도 못했어.

내가 너무 멍청해서 낳아 주지 못했어. 내게 오지만 않았더라면, 그 아인. 너는!

느껴 보지 못했기에 이름도 지어 주지 못했어. 단 한 번도 불러 보지 못했어. 알지 못했기에 한 번도……. 그냥 허무하게 가게 했어. 나를 놓으려 했던 벌로, 대신 네가 사라졌어. 못나도 너무 못난 나 때문에…….

자신이 얼마나 한심하고 못난 인간인가만을 깨달았다.

알아주지 못해 미안했다. 느껴 주지 못해 죄스러웠다. 사람의 한이라는 게 이런 것이로구나 했다.

텅 빈 배를 끌어안고 봄은 수백 번의 꿈을 꾸었다. 그 아이를 구하지 않는 꿈. 현실 속에서도 다시 기회가 주어진다면 구하지 않을 거라 헛된 희망을 가졌다.

자신이 그렇게 못되고 욕심쟁이라, 잔인하고 이기적이라 어딘가에 미안함을 느끼면서도 그렇게 독한 생각만을 했다. 그렇지 않으면 미쳐 버릴 것만 같은 나날들이었기에.

나는 어디까지 죄를 지어야 하는 건지. 나는 왜 이런 벌을 받고 있는 건지. 그 밤의 죄라면 달게 받아야겠지만 그것은 너무도 무거웠다. 그 때문에 더 돌아올 수 없었고 더 도망쳐야만 했고 더 자신을 버리는 수밖에 없었다.

낳고 싶었다.

낳아서, 평범하게 일생을 함께하고 싶었다.

잃은 뒤 알게 된 아이로 그런 허망한 꿈을 꾸어서.

계속 꾸어서. 미치지 않는 게 이상했다.

"아⋯⋯!"

가슴속에서 무뎌지지 않는 칼날 같은 것이 꿈틀댔다. 심장과 함께 때로 요동치고 목 안을 후벼서 괴로운데도, 잊을 궁리조차 하지 못했다.

그를 보는 마음은 그래서 한없이 무겁고 깊고 너덜너덜했다. 그런 주제에 그를 보고 심장은 아직도 뛰어서, 허망한 몸을 하고 심장은 아직 발그레한 꼴이라, 염치없게도 그런 자신이라 또 눈물이 났다.

그를 봤을 때 끔찍이도 두렵고 겁이 났다. 무엇을 잃었는지를 그에게 들켜 버리느니 사라지고 싶었다.

자리에 앉지도 않고 앞좌석과 뒷좌석 사이에 주저앉아 눈물만 쏟아 내는 봄이 신경 쓰였는지 기사는 백미러를 흘깃댔다. 하지만 차마 그 숨죽인 울음에 참견할 수도 없었다. 손수건이라도 건네 볼까 하는데, 갑작스럽게 기사의 전화가 울린 건 그때였다.

"예, 사모님."

무선이어폰으로 전화를 받는 기사의 목소리에서는 조심스러움이 가득 느껴졌다. 그는 숨을 죽이고 될 수 있는 한 정갈한 목소리를 내려 했고, 봄은 그것에 저를 멈추게 했다.

"의원님은 예정대로 강연을 끝내셨습니다. 아뇨, 저는 다른 지시로 의원님의 세컨드 하우스로 이동 중입니다만⋯⋯."

그의 행적을 묻고, 사모님이라 불리고, 기사가 저리 긴장해 대답하며 제 눈치를 본다면. 그 상대는 아마도 그의 부인일 거다. 아마도 좋은 태생으로 귀하게 자라 정숙하고 지적인, 그에게 도움이 될 그런 여성이겠지.

봄은 그렇게 생각하며 느리게 고개를 들었다. 눈물은 순식간에 말라 이조차 분에 맞지 않음을 알렸다. 그 뒤로 8년, 그의 나이 현재 서른다섯. 결혼을 당연히 했을 만큼의 시간이고 그런 나이였다. 그의 직업을 생각한다면 반드시, 그 당시 이미 약혼 준비를 하던 그가 아닌가.

당연하다고 생각하며 답답해 오는 가슴에 손을 올렸다. 봄은 자신을 비틀어 짜서라도, 그의 행복을 빌어 주고 싶었다. 붙어 버린 것 같은 이 입술이 떨어진다면.

"들어가지 않겠어요."

이 이상은 안 된다. 그와 만나는 건, 여기까지여야만 한다. 그런 강박이 들었다. 더 이상 멍청하게 굴 수는 없었기에 봄은 이를 악물었다. 운전기사의 손에 에스코트를 빙자한 감시를 받으며 내려서서는 움직이지 않았다. 가지 않겠다 말하는 목소리는 굳어 버려서 결코 녹지 않을 것 같았다.

"……제가 곤란합니다."

"제 알 바 아니에요."

봄은 입술을 깨물며 말했다. 본래는 그리 매정하게 말할 수 있는 성격이 아니었으나 지금은 위급한 상황이었음으로. 눈앞에 세워진 이 고급스러운 빌라 안에 들어갔다가는 자의로 나오지 못할 것만 같았다. 더럭 겁이 나 너무도 견고하고 삼엄한 이 안으로 발을 들이기가 무서웠다. 그의 성에 갇혀 버릴 것만 같은 기분에, 그리고 현실에.

"들어가셔야만 합니다."

"나는, 원하지 않아요!"

하지만 도통 잡은 이 손목을 놔주지 않는 기사 때문에 봄은 부러 곱씹어 말했다. 작은 목소리지만 한 음절 한 음절 힘을 줘 자신의 말을 무시하지 못하도록. 하지만 상대는 만만치 않았다. 아무리 손을 비틀어도 꿈쩍도 하지 않았다.

"안 됩니다."

"어째서요!"

"저는 명령을 받았고, 수행할 의무가 있기 때문에."

"그런 건 나랑……."

"'노'라고 말씀드리기 위해 의원님의 밑에 있는 게 아닙니다. '예스'라고 하는 게 우리 임무입니다."

그건 순간 멈칫하고 말 만큼의 말이었다. 뭐 이리 충직하담? 이질적이다 싶을 만큼 기사는 강오의 명령에 충실했다. 마치 뭔가에 사로잡힌 사람처럼.

하기야, 봄 자신 역시 그랬다. 그에게 어딘가를 사로잡히기는 마찬가지였다. 본래도 그랬지만…… 몇 년 만에 마주한 그는 결코 거역할 수 없는 남자가 되어 있었기에.

"그래도 이건……."

"부디 부탁드립니다. 제가 지금 감히 바라는 게 있다면 잠자코 따라와 주시는 겁니다."

"……나는!"

"저는 소란스러워지길 바라지 않습니다. 걱정하시는 바는 알겠지만 의원님이 그런 분이 아니라고 믿습니다. 이런 힘없는 분을 억압하고, 억지를 쓰실 분을 제가 모시고 있다고는."

전의를 상실하게 하는 단호한 눈이었다. 단호한 음절이었다. 그나 그의 부하들이나 봄을 꼼짝 못하게 하는 능력은 출중한 모양이다. 이어지는 남자의 말에 봄은 어지럼증을 느꼈다.

"아마도 그저, 헤어지길 원치 않으실 뿐이라고."

"난…… 그게 싫다는 거예요."

깨닫게 해 주지 않아도 안다! 알고 있다. 하지만 받아들일 수 없을 따름이다. 울상을 짓고 말 것 같았다. 목소리는 어느새 균열이 가 떨리고 있었다.

안간힘을 써서 참고 있었지만 그의 충직한 부하는 그의 그림자 그 자체여서, 그의 명령대로만 움직였고 그건 봄을 옭아맸다. 그래도 끝끝내 거스르며 몸에 힘을 주고 걷지 않았다.

있는 힘을 다해 버티는데 기사가 꽤나 사무적으로 말을 이었다. 속을 알 수 없는 눈을 하고는. 이 방면의 사람들은 다 이런 걸까?

"제가 의원님을 모신 지 올해로 5년입니다."

"······그게 지금 어쨌다는 거죠?"

"그리고 의원님께서는, 매일 아침 차 안에서 '어떤 명단'을 받아 보시는 걸로 일과를 시작하십니다."

그러니까, 5년째 받아 보는 그 명단이 저랑 무슨 상관이란 말인가. 뜻을 알 수 없어 봄의 얼굴은 살짝 일그러졌고 잡힌 제 손목을 빼내려 비트는 힘은 여전했다.

"명단은 항상······ 전날 입국한 내국인의 목록이었습니다. 20대 중후반의 여성으로 간추린."

그 순간 손목을 트는 법을 잊고야 말았다. 기사는 말을 이었고 봄은 혼란에 자빠져 허우적댔다.

"성은 김씨이며 20대인 여성. 의원님은 항상 그 속에서 누군가를 찾으셨습니다. 제가 모신 바로만 5년을 한결같이."

"아······."

"그건 혹시 당신이 아닙니까?"

미친 거다. 그러지 않고서야 그렇게 기다릴 순…… 없는 거야. 제 머리가 어떻게 됐거나 이 남자가 거짓말하는 게 아니라면…… 그가 무려 5년을 자신을 찾아 입국자 명단을 뒤졌다고 말하고 있는 거다. 믿을 수 없게도.

봄은 고개를 내젓거나 끄덕이는 방법 역시 잊고 그저 깊숙이 빨려 들어갔다. 자신이 어디로 끌려 들어가는지도 알 수 없었다.

"아마도 당신일 거라고 생각합니다. 그러니 부디……."

"……."

"이대로 버리지 말아 주시길."

정신을 차렸을 때는, 이미 싸늘한 그의 집 안이었다. 뭔가에 홀린 듯한 기분이었다.

♠   ♠   ♠

겨우 사람이 사는 모양만 갖춰 놓은 그의 세컨드 하우스는 정말이지 있는 것이 없었다. 이렇게까지 살풍경할 필요가 있을까 싶을 만큼.

한동안 우두커니 현관을 지킨 뒤에야 봄은 움직일 생각이 들었다. 느리게 운동화를 벗고 그의 거실에 발을 들인 순간의 감각은 어떤 파장의 한가운데 있는 것과 비슷했다.

자신이 걷고 바라보는 대로 집안의 공기가 울리는 듯했다. 그만큼 휑하기만 한 곳이었다.

'버려? 내가 그 사람을?'

몇 걸음 걷다가 베란다 창밖에 시선을 고정하고는 또 멍하니 생각에 빠졌다. 오늘따라 계속 의식을 놓아 버리고 싶어지는 건, 어쩐 멍한 기분이 계속 드는 건, 꿈속인 듯 혼미해져 오는 건…… 그만큼 지금의 사태를 믿을 수 없어서다. 실감이 잘 되지 않아 계속 곱씹었다.

정말 그를 다시 만난 건 맞는지. 그가 자신을 계속…… 기다린 건 맞는지. 바로 한 시간 전에 그와 입술이 아릴 만큼 키스하고 그의 열기에 취했던 건 맞는지. 그래 놓고 그 남자는…….

'일정이 마무리되는 대로 이곳으로 오시겠다는 의원님의 전갈이 있었습니다. 편히 사용하시라는 말씀도 전하셨습니다.'

자신을 이리 가두듯 던져두고는, 그 수족이 문 앞을 지키게 해 놓고는 언제 온다는 구체적인 기약도 없었다. 오기야 올 테지만 이건 정말이지 이상한 기분이었다.

사람이 무슨 짐승도 아니고, 이렇게 가두는 건……. 하기야 가만 두면 백 프로 어디론가 숨어 버릴 자신을 알아 봄은 더 이상 그를 타박할 수도 없었다.

다른 이도 아닌 신강오라는 남자가 바보는 아닐 테니까. 그리 무른 남자가 아니라는 걸 오늘 학습했다. 이제는 말이다.

생각에 빠져 앉지도 움직이지도 않은 채 얼마나 한참을 서 있었을까. 문득 목 안이 바짝 말랐다. 손을 들어 마른세수를 했다. 정신적으로도 육체적으로도 너무나 피곤했다.

'봄아.'

가만히 있자니 그의 목소리가 환청처럼 들려올 뿐이라 봄은 힘껏 고개를 내저어야 했다. 그의 영향력은 대체 어디까지인 걸까. 그렇게 오랫동안 자신을 지배해 놓고는 또 겨우 찰나만으로 자신을 잠식했다. 그렇게 숨도 못 쉴 만큼 꽉 끌어안고 간절하게 부르면, 달리 방도가…….

부끄럽게도 그의 품에 안긴 순간을 떠올리자, 그 체온이 줬던 압박감과 함께 먼지 냄새가 나는 자신이 되새겨졌다. 그리고 그게…… 창피해졌다. 어쩔 수 없이 씻고 싶다는 생각이 간절해져서 욕실을 찾아 눈을 돌렸다. 편하게 쓰라고 했으니 이쯤은 양해해 주리라.

그런데, 오랫동안 간직했던 배낭은 어디에서 잃어버렸을까.

그 안에 봄의 모든 재산과, 옷과 속옷, 신발 따위의 생필품이 전부 들어가 있는데. 씻기 위해 욕실에 들어와 비누를 집어 든 순간에야 그것이 떠올랐다. 그만큼 자신이 정신이 없긴 했구나 싶어 헛웃음이 났다. 그러곤 지금은 가방 따위 아무래도 좋다 싶어 그 웃음마저 희미해졌다.

여유 부릴 처지가 아니라는 걸 알아 적당히 씻고는 머리도 다 말리지 않은 채 입었던 옷을 그대로 입고 욕실을 나왔다. 슬슬 어두워지는 창밖을 보며 그가 언제 오려나 하는 그런 생각하는데…… 기다렸다는 듯 현관에서 인기척이 났다.

띠리릭.

당연하게도 들어선 건 이 집의 주인인 신강오였다. 봄이 잃어버린 배낭을 들고는 현관에 서 있었다. 하여간 무서운 남자야. 제 생각하는 걸 어떻게 알았을까?

"……."

마주 본 채로 잠시 말이 없던 그가 느리게 집 안으로 들어섰다. 봄이 그랬던 것처럼 무거운 공기를 가르듯. 그러곤 그대로 봄에게로 다가와 물기가 뚝뚝 흐르는 봄의 머리칼에 시선을 주며 배낭을 건네 왔다. 봄은 작은 목소리로 화답하며 받았다.

"……고마워요."

고맙다? 이 배낭은 그에게 놀라 잃어버린 거니 어폐가 있을지도 모른다. 하지만 지금은 그마저 아무래도 좋아서…….

"봄아."

"만지지 말아요."

그가 손을 뻗어 오지 않았다면 좀 더 부유하는 기분으로 있었을 거다. 그가 제게 손을 뻗은 순간 봄은 놀라 뒷걸음질 쳐야 했다.

뺨으로 향해 왔던 그의 손이 허공에 멈췄다. 그 손끝이 아플만큼 안쓰러웠으나, 그가 자신을 만지게 용납할 수가 없었다. 이 경계만은 확실해야 했다.

"내게…… 다가오지 말아요."

안 되는데, 심장이 뛰니까.

"내게 키스하지 말아요."

심장이 뛰니까.

"내게……."

심장이……. 봄은 이제 입술을 깨물고 고개만 저었다. 이 주책없는 심장은 시도 때도 모르고 뛰어 대서, 주제도 모르고 설레고 그를 바라서 어떻게 달랠 수가 없었다. 그는 다른 여자의 남자니까, 자신이 닿아서는 안 되는……

"오늘 하루만 네 곁에서…… 푹 잠들 수 있게 해 줘."

봄의 마음을 아는지 모르는지 그는 마치 생전 푹 잠들어 본 적 없는 사내처럼 피곤한 눈을 하곤 간절히 말했다. 지친 몸을 이제야 누이러 온 사람처럼 봄의 거부에 슬픈 눈을 했다.

"네 입술에 키스하게 해 달라고 바라지 않을게."

"……왜."

저도 모르게 되물었다. 차라리 거부하든 말든 힘껏 차지하려 한다면 조금은 마음이 편할 텐데. 그는 왜 이리 약한 모습을 보이는 걸까. 그것에 봄이 약하다는 걸 아는 게 틀림없었다. 나약한 얼굴로 안겨 오면 그것만은 밀어내지 못한다는 것을. 어쩌면 그를 거부한다는 건…… 애초에 불가능한 일이었을지도 모르겠다.

"달리 바라지 않을 테니 밀어내지 말아 줘, 봄아."

음성만으로 이다지도 지독하게 감겨 오니까.

감겨 오는 것을 떨쳐 낼 수 없었다. 쓰러질 것처럼 자신의 어깨를 붙들고 지탱해 주기를 원하는 남자를 밀어내기에 봄은 그리 모질지 못했다. 적어도 그에게만은 결단코.

세상 모두에게 강하게 굴 수 있어도 이 남자 하나 앞에서는 그저 약해져서, 특히나 약한 모습을 보이는 그에게는 더욱 바닥까지 약해져서…… 그 어떤 의지나 결단도 결국 오래 버티지 못하고 스러지고 마는 것이다.

그가 사실은 아주 강하다는 걸 알면서도, 지금 이것은 흡사 사자 따위가 토끼에게 아프다 매달리는 것과 같다는 걸 알면서도 밀어내지 못했다. 말도 안 되겠지만 이 식사거리의 짐승은 저를 잡아먹고도 남을 맹수에게 안쓰러움을 느꼈으니 말이다. 이 얼마나 가당치 않은지.

"선배는…… 나빠요."

그가 지금 자신에게 그저 수를 쓰고 있다는 걸 안다. 하지만 '안다'는 것은 이럴 때 소용이 없었다. 세상 사람 모두가 알면서도 당하고, 알면서도 실수하고, 알면서도…… 어쩌지 못한다. 알지만 결국엔 반복이라…… 그걸 이용하는 그는 교활하다. 결국 원하는 바를 이루고 마는 영악한 남자.

"그래, 나는 나빠."

"잔인해."

투둑 하고 발등 위로 떨어진 물방울 하나는 젖은 머리칼을 타고 흐른 것이었다. 봄은 하루 종일 그렇게 울어 놓고도, 또 울고 싶은 기분에 사로잡혔다. 다시 다가오는 그의 손에 도저히 뒷걸음치지 못하고 잡히면서는 젖은 목소리를 흘렸다.

"예전의 선배가 좋았어."

그의 두 손이 뺨을 감싸고 얼굴을 들어 올렸다. 숨결이 뒤섞일 만큼 가까워지는 건 삽시간이었다.

"너를 도망가게 만든 그 얼간이가?"

"……선배 잘못이 아니었어요."

"명백한 내 잘못이지."

"내가 졸랐고…… 선배는 그때, 술에 취해서……."

그대로 머리칼 속까지 파고든 그의 손에 봄은 말을 잇지 못했다. 머리칼을 틀어쥘 듯 그의 손은 억셌고 억지로 끄집어 올려 맞추는 시선은 따가울 정도였다.

"이건 확실히 하자. 그때의 일은 내가 취해서가 아니었다."

"……그럼요?"

그 약한 척 품으로 파고들던 남자는 대체 어디로 갔을까. 그의 약한 척은 위장에 불과해서 원하는 것을 차지하고 나면 언제 그 랬냐는 듯 자취를 감췄다.

오늘 낮에 그랬듯 봄이 있는 힘껏 도망치고 외면할 때면 죽을 것처럼 비틀거렸다가, 반항을 멈추면 다시 전세를 바꿔 멀쩡한 얼굴로 목을 조여 오는 것이다. 꼭 지금처럼, 각인시킬 듯 강한 힘으로.

"너라서였어, 김봄. 나는 술 따위 때문에, 그것 하나 이기지 못해서 널 안은 게 아니다. 널 도망가게 하려고! 네가 이렇게 마르고, 웃지 못하게 하려고 그런 짓을 한 게 아니야."

이건 짓눌렸다 한들 화난 음성이었다. 자신이 마르고, 웃지 못하는 것조차 그는 스스로의 잘못으로 여기는 걸까. 봄은 고개 저었으나 그건 그의 손안에서 너무도 작고 미약한 몸짓에 불과했다.

"선배……."

"널 온전히 가지고 싶었어! 사내자식의 욕심으로, 내 곁에 평생 네가 있기를 바랬어. 난 진심이었고 그걸 너도 안다는 걸……

안다."

이렇게나 단단히 붙잡은 채 안다는 걸 안다는 그를, 어떻게 이길 수 있겠는가. 이런 눈에 이런 음성에 이런, 힘인데. 거역할 수가 없었다.

"알겠……어요."

결국 봄은 잠든 그의 곁에서 뜬눈으로 밤을 지새워야 했다.

그는 자신이 말한 대로 더 이상 키스하지 않았고 더 이상 만지지 않았다. 그저 그 곁에서 잠들고 싶었던 것처럼. 눈을 떴을 때 봄이 떠나 있지 않기를 바라는 것처럼 잡은 손을 꽉 쥐고 깊이 눈 감았을 뿐이었다.

의외로 그는 속눈썹이 길었다. 봄은 그를 보며 그 밤 내내 그런 생각을 했다. 그의 얼굴만 봤으니까. 다른 생각이라면, 사실 그가 잠든 척하는 걸지도 모르겠다는 것 정도. 푹 자고 싶다고 했으면서 잡은 손에 힘을 풀지 않았으니까.

그래…… 하루쯤은 괜찮겠지. 봄은 그런 생각을 했다. 평생 중 딱 오늘 하루만은.

♠　　　♠　　　♠

"선배, 난 이제 가야 해요!"

"어딜?"

아침이 되자마자, 그가 눈을 뜨자마자 가겠다는 말을 했다. 어째 혼자 나갈 준비를 하는 그가 불안스러웠기 때문이다. 그는 시큰둥한 얼굴로 봄의 말을 그다지 귀담아듣지 않았다.

"부모님을…… 찾아볼 거예요. 그리고……."

한국에 돌아오지 않아도 될 방도를 찾을 거다. 이민이 어렵다면 여권 기간을 연장해서 다시 외국에 장기 체류하는 방법도 있을 터다. 어쨌든 한국은 불안했다. 그리고 지금은 그 주된 원인이 바로 코앞에 있었다. 너무도 태연한 얼굴로.

"그리고?"

"……그것만."

목적을 그대로 말했다가는 그가 보내 줄 것 같지 않아서 봄은 적당히 둘러대고 말았다. 그의 시선을 피한 건 어쩔 수 없었다.

"그럼. 여기서 기다려."

"선배? 분명 어제…… 하루만이라고……."

"그리고 오늘도야. 나와 함께가 아니라면 아무 데도 보내지 않을 거다."

맙소사. 봄은 질겁했지만 그건 농담이 아니었다. 정말 집 앞을 그의 부하들이 지키기 시작했으니까. 봄이 집 밖으로 나가지 못하도록 말이다.

한 층에 한 집 있는 구조의 이 고급 빌라는 설마 그런 목적을 위해 만들어진 건 아닐 테지만 유용한 건 틀림없었다. 봄으로서는 정말이지 눈앞이 캄캄해지는 일이었다.

하루가 이틀이 되고 이틀이 삼 일이 됐다. 시간은 아무렇지 않게 흘렀고 봄은 잡을 수 없으니 흘려보내는 수밖에 없었다.

밤이면 그는 찾아와 봄의 곁에서 잠들었다. 그저 잠들고, 아침에 눈을 떠서 제 곁에 봄이 있으면 흡족한 듯했다.

이해할 수 없는 노릇이다. 나가지도 못하게 하면서 왜 기다리라고 말할까. 아무 짓도 하지 않을 거라면 왜 붙잡는 걸까. 그저 곁에 두고 그 자리에 있는 걸 보고 싶어 하는 이유는…… 자문하면서도 사실은 답을 알았다. 아침에 자신을 보는 그의 시선 속에 있었으니까.

봄은, 그래서 도망치지 못했다.

사 일째에는 신경질을 부리기 시작했다. 만만한 게 자신을 이 집에 가둔 사람 중 하나였다.

"봐요. 난 아직도 못 나가고 있어요. 당신이 믿는 그 남자 때문에."

며칠 동안 그의 집 안에 감금되다시피 하면서 봄이 알게 된 사실 몇 가지라면 이 집의 구조와 운전기사로 알았던 그의 부하가, 자신을 주로 감시하는 이 남자가 그의 비서 중 하나라는 거다. 그리고 충직하다 못해 악랄하다는 것.

봄의 질책에 유 비서라는 남자는 조금도 미안한 기색이 없었다. 오히려 콧방귀를 뀌는 듯한 태도로 말할 뿐이었다. 전화가 있는 서재를 가리키며 이렇게 배짱을 부려 댔다.

"간절하십니까? 그렇다면 전화로 누군가를 부르시죠."

서재에는 전화가 하나 있었고 단축 번호를 누르면 유 비서에게 연결이 됐다. 그걸 가르쳐 주며 신강오는 필요한 게 있으면 뭐든 그에게 시키라고 했다. 그리고 그 전화는 유 비서뿐 아니라 어디로든 걸렸다. 정말 그럴 마음만 있다면 연락처를 아는 누구든, 경찰이든 전화를 걸어 도움을 청할 수 있는 것이다.

그리고…… 유 비서는 봄이 절대 그러지 못할 거라는 걸 이미 눈치챈 모양이다. 아마 핸드폰을 구해 달래도 구해 줄 거다. 봄이 절대, 그에게 해가 될 일을 하지 못한다는 점에서 자신과 같다는 걸 알았으니까.

다만 그의 충직한 부하답게, 명령대로 봄이 이 집 밖으로 나가지 못하게 할 뿐이었다.

찾아보면 구멍은 정말이지 많았다. 3층 베란다 창밖으로는 항상 사람들이 걸어 다녔고 거실의 인터폰은 들기만 하면 경비실로 연결이 됐다. 서재에는 전화뿐 아니라 인터넷이 연결된 컴퓨터도 있었다.

심각한 기계치인 봄이 정말이지 세상에서 가장 못 만지는 물건이 컴퓨터라 어지간해서는 그에 손댈 일은 없을 테지만 여튼, 어딘가에 도움을 요청하고 싶다면 그건 얼마든지 가능했다.

그러지 못하는 것은 봄 자신이었고. 신강오는 대단하게도 그를 일찍이 꿰뚫어 봤다. 그의 손안에서 벗어날 틈 같은 건 조금도 없었다.

"집에, 안 가요?"

"집?"

"선배의…… 집. 여기 말구요."

"거기선 잠만 잘 뿐이야."

봄이 지나가듯 묻자 그는 별 관심 없다는 어투였다. 하나도 중요치 않은 사안이라는 듯. 잠만 자기는 여기서도 마찬가지면서.

여러 의문이 떠올랐지만 봄은 더 이상 묻지 않았다. 자세히 상상하고 싶지 않았으니까. 다만 그는 그 집에서…… 그다지 행복하지 않은 걸까, 하는 생각을 했다.

그의 결혼 생활은 불행한 걸까? 하지만 그렇다 한들 그게 하나도 기쁘지 않았다.

그가 밤이면 자신이 있는 집으로 돌아와 곁에서 잠을 자고 간다는 사실뿐인데도 죄를 짓는 기분은 여전했다. 그나마 여기까지가 선이라고 생각하며, 그것을 넘지 않는다고 생각하며 선을 밟고 있는 기분이었다. 넘지 않는다고 다 되는 건 아닌데. 이렇게나 아슬아슬한 기분으로는, 언젠가 말라 죽고 말리라.

하지만 그런 주제에도 제 곁에서 잠드는 그를 보는 기분은 하루하루 달랐다. 처음엔 마냥 불안하더니, 어제는 조금 편한 얼굴로 자는 그를 보며 안심이 됐다. 그러더니 오늘은…… 저도 잠이 왔다.

생각해 보니 사흘 가까이 거의 잠을 자지 못했다. 낮에 짬짬이 낮잠을 자기는 했지만 역시나 가시방석이었으니 말이다.

결국 온몸의 신경을 곤두세우고 있었던 지난 며칠이 무색하게도, 그러는 동안 소진한 체력이 역으로 봄을 잠들게 만들었다.

"……으음."

눈앞이 가물가물해지나 싶더니, 더 이상 버티지 못한 몸이 기절하듯 잠에 빠져들었다. 귀국한 이래 긴장을 놓지 못한 탓에 너무 피곤했고 지쳐 있었다. 눈앞에, 한 침대에 그가 있었지만……

지난 삼 일을 손을 놓아주지 않는 이상의 접촉은 없었던지라 봄은 조금 긴장을 풀고 말았다.

흐릿해지는 의식 속에서 꿈인지 생각인지 모를 것을 했다. 되짚어 보면 자초한 건 전부 자신이었다는 그런 것.

약한 생물인 척 먼저 그에게 파고든 것도, 사로잡힌 것도 봄 스스로였다. 처음이자 마지막이라는 핑계로 그에게 자신을 각인시키고 싶어 한 것도 자신이었다. 전부 자신이었다. 봄이 알기로는 그랬다. 여자로서 남자인 그를 원했다. 매우 본능적으로 그를 그렇게나 가지고 싶었다.

나를 원하는 남자가 절대 내 것이 될 수 없다는 걸 깨닫자 서럽도록 그를 갖고 싶었다.

그런 의식 속에서 잠든 탓일까. 아니면 그의 곁에서 잠들어서 필연적으로 꾼 꿈일까. 하필 봄은 그런 꿈을 꾸었다.

'선배, 선배.'

'봄……아.'

그 예전을 꿈꾸고 있었다. 처음이던 밤. 짐승처럼 뒤엉켜 신음 소리를 내고 헉헉거리는, 지성을 가진 자의 행위 같지 않았던. 난생처음 알몸으로 내던져져 그저 욕망과 갈구가 주는 진한 뒤섞임에 빠져 그것에 취해 철없는 짓을 벌였던 그때. 기억나는 건 몇 가지 없는 그 밤.

'앗, 으.'

처음으로 느껴 보는 파고드는 일체감에 버거움을 느꼈던 기억은 또렷이 난다. 그 와중에 그런 생각을 했었다.

어쩌자고 이 감각은 이렇게나 지독한 걸까? 몸 안으로 다른 사람을 받아들이는 감각이란 너무 대단해서, 평생 기억이 날 것 같은데. 다른 사람들은 이 기분을 다 잊고 살아가는 걸까? 좋아하는 남자와의 처음 같은 거 잊고 다른 사람과 결혼하고 다른 사람과 잘 살고는 하는 걸까?

그도 그럴 게, 첫사랑은 이루어지지 않는다잖아. 그럼 나도 언젠가 잊게 될까. 선배와의 이 밤 같은 거 선배도 잊고 나도 잊고 그렇게 살아갈까. 그건 싫다. 슬프다.

'선배, 날…… 잊지 말아요.'

봄이 들뜨고 아픈 목소리로 그 말을 할 때 그는 움직이지 않았던 것 같다. 봄의 허리를 두 손으로 움켜쥐고는 어깨 위로 뜨거워진 숨과 입술을 묻으며 잠자코 들었던 것 같다.

'잊으면 안 돼요. 우리……'

하지만 자신은 그러고는 말을 잇지 못했던 것 같다. 대신 아파서 끙끙거리기만 했다. 아프냐고 그가 몇 번인가 물었다. 얼마나 아픈지, 자신이 그만둬야 할지 뭐든 말해 달라고 애걸했다.

그 남자의 걱정스러운 목소리와 얼굴에 봄은 뭐든 말해야겠다 싶어서 나오는 대로 토해 냈다. 너무 정신없는 와중이라 뭐라고 하는지도 모르고 말했던 것 같다.

'너무 아파서, 나는 평생 잊지 못할 거 같아요. 그래도…… 나는 아파도 선배는 기뻤으면 좋겠어. 난 그거면 돼요. 그럼 다행이야.'

그 밤에 대해 가장 확실히 생각나는 건, 사실 아프지만은 않았

81

다는 거다. 그것도 기쁨이었으니까. 그것조차. 그리고 그것만으로 만족했다. 신강오라는 남자로 인해 아팠다는 것과, 그러니 자신은 그를 영원히 기억할 거라는 점. 그리고 그의 행복을 빌 수 있었다. 그때는.

'선……배, 행복해요. 꼭. 선배를 행복하게 해 주는 사람이랑…… 꼭이요. 하아, 흐!'

그래, 그러고 보니 이제야 기억이 난다. 나를 잊지 말라고 한 건, 그렇게 애걸한 건 나였어. 행복하라고, 그래도 나는 잊지 말라고 그렇게 그 밤 내내 울먹였던 것 같다.

하지만 정말 그러리라고는 생각지 않았다. 그건 그냥, 순간의 소원 같은 거였다. 혼자만의 바람. 그때만의 바람. 누구나 한순간 갖고는 하는 헛된 지껄임 같은 거. 진지하게 받아들이길 바란 건…….

"선배! 안 돼요."

제발……. 눈을 뜨니 그의 아래였다. 몸이 기억하는 열띤 키스와, 그것이 주는 숨이 막혀 오는 희열과…… 커다란 손이 가슴을 움켜쥐는 힘에 놀란 듯 눈이 번쩍 뜨였다.

"날 불렀잖아."

"아니……."

"잠결에 내 이름을 부르며 신음을 내뱉었잖아. 김봄! 네가 이 입술로!"

아니라고 말하려고 했지만. 그럴 수 없었다. 그가 너무 가까웠고 봄의 입술은 자신이 흘린 달뜬 신음과 부름을 기억했다. 그를 곁에 두고 그 밤을 되새긴 대가였다.

"아니면! 네가 그렇게…… 그런 목소리로 애타게 선배라고 부르는 남자가 나 말고 또 있어? 그래?!"

만약 있다면 죽여 버리러 갈 것 같은 눈이었다. 봄이 가까스로 고개를 내젓기 전에 그가 다시 입술을 맞물렸다. 눈이 어떻든 그 것만은 부드러웠다. 그 목소리와 쓰다듬어 오는 손길처럼.

"아니잖아 봄아. 날…… 무섭게 하지 마라."

그리고 자신을 무섭게 하지 말라고 했다. 봄이 아니라, 자신을.

3장

이미 닿은 입술과 잡힌 손길에 새삼 반항하는 건 너무 힘든 일
이었다. 가만히 그를 받아들이는 편이 아무렴 쉽고, 원하는 일이
었다. 잇새로 파고드는 그의 혀를 깨무는 건, 하고 싶지 않은 일
이었다. 하지만 해야만 했다.

"하!"

왜 깨문 쪽이 신음을 흘려야 하는 걸까. 왜 더 아픈 걸까. 봄
의 거부에 그는 깊이 숨을 들이쉬며 물러났다. 그 순간에는 숨통
이 트여야 하는데…… 더욱 옥죄어 왔다.

어둠 속에서 설핏 보인 그의 얼굴에 봄은 차라리 그가 무력을
쓰는 게 낫겠다고 생각했다. 벌어진 그의 입술이나 밀어내고 있
는 그의 가슴팍이 미세하게 떨리고 있어서. 그 눈이 일그러져 있
어서.

"아직 나를, 용서할 수 없어서 그래?"

"무슨……."

그를 미워한 적이 없었는데, 용서할 건 뭐가 있을까. 그런데 그는 그렇게 말하며 스스로를 책망하는 듯했고 봄은 순간 그가 무언가 더 알고 있는 건 아닐까 하는 생각이 들었다. 그렇게 열심히 나를 찾았다면, 혹시, 그것도 알고 있는 건 아닐까? 두려움이 고개를 들었다.

봄은 그에게 지은 죄가 있지 않은가. 예를 들면 남의 아이를 구하려다…… 그의 아이를 잃은 것. 그리고 그걸 고백하긴커녕 도망치고 숨긴 것. 설마 그는 이미 아는 걸까? 그렇다면 자신은 세상에서 가장 큰 죄인이어야 한다.

"나는, 봄아."

스스로 지은 죄가 많아 떨리고 말이 나오지 않았다. 그런 봄에게 그는 간절한 목소리로 말할 뿐이었다.

"내가 손을 뻗지 않아도…… 네가 다가와 주는 꿈을 꿔. 네가 내게 키스해 달라고 작게 웃는 꿈을 꿔. 지금 나랑 말도 섞기 싫어하는 네가, 내게 그러는 꿈을 꾼다고."

"……."

"그것도 8년 전부터 계속."

자신도 그런 꿈을 꿨다고 말하면 그는 웃어 줄까. 믿어 줄까. 그가 자신에게 부드럽게 키스하고 그가 자신에게 손을 뻗어 등을 토닥여 주는 그런 꿈을 꾼다면, 그는 자신이 얼마나 절박한지 알아줄까. 한국에 돌아올 생각도 하지 못할 만큼 무섭고 힘들었다는 건?

이렇게 답답하고 몸 안이 아파 올 만큼 힘든데도, 무엇 하나 말할 수 없는 이 심정 같은 건.

"이런 내가 너는 징그러울지도 몰라."

그의 손끝이 봄의 뺨을 쓸었다. 눈물이 차올라도 그걸 흘리는 것 말고는 아무것도 할 수 없는 봄을 마치 아는 것처럼. 그의 목소리는 점점 사과하는 사람의 것처럼 약해졌다가…… 다시 단단히 다져졌다.

"미친놈처럼 보일지도 몰라. 하지만 놀라지 마라, 이게 진짜니까. 겨우 이 정도에 놀라면 넌 숨도 못 쉬게 될 거다, 봄아."

듣지 않고 보지 않을 수 없게 붙들고는, 이제 겨우 시작이라고 말하는 그다. 이게 참고 또 참고 있는 거라고. 너는 각오를 해야 한다는 눈이었다. 봄은 그게 무섭다기보다는 못내 기뻤다. 우는 눈이면서 입은 웃으려 했다. 이상하고 알 수 없는 기분인데 싫지 않았다.

그걸 그는 알까. 알아줄까. 말하지 않으니 모를까? 마음은 그의 옷깃을 붙잡고 그에게 키스하고 싶어 했다. 눈앞에 보이는 그의 턱 끝에 입술을 묻고 그의 목을 끌어안으며 뺨을 부비고 싶어 했다. 하지만 현실에서는 멀어지는 그를 붙잡지조차 못했다.

"너는 다시 누워."

"……선배는요."

그는 커다란 몸을 침대에서 내리며 흐트러진 앞머리를 쓸어 넘겼는데, 봄은 그조차 안타까웠다. 제 손으로 해 주고 싶어 손끝이 움찔댔다.

"거실에 있을 거다. 더 이상 참는 건 힘들다는 걸 알았으니까."

뒤돌아보지 않고 말한 그는 그대로 방문을 닫고 나가 버렸다. 반겨야 하는 일인데 전혀 그렇지 못했다. 거부하며 그의 혀를 깨물어 놓고는, 더 이상 밀어붙이지 않는 그가 설핏 원망스러웠다. 누군가 자신을 천박하다 말한들 지금은 그런 마음이었다.

곁에서 잠들 수 없을 만큼 못 참을 바에는 굳이 잘 때 함께 있을 필요 없을 텐데. 차라리 감금이라는 단어 따위가 어울리게 방 안에 가둬 두고 문도 열어 주지 말아 버리지. 그러면 조금 미워하며 원망이라도 할 텐데.

낮에는 유 비서가 현관 밖을 지켰고 밤이면 그가 봄의 곁을 지켰다. 이러지도 저러지도 않을 거면서 그저 곁에서 도망치지 못하도록 시선만 집요하게 주는 것이다. 도망치지 않을 테니 내버려 두라고 말할 수도 없었다. 자신은 평화롭게 여길 나갈 수 있다면 반드시 그렇게 할 테니까.

말로써 나가는 건 시도해 봤으니 이미 불가능하다는 걸 안다.

'선배, 날 좀…… 나가게 해 줘요.'

'싫다.'

'……선배!'

'봄아? 우린 대화가 통하지 않을 거야. 너는 나를 보고 싶지 않아 하고, 나는 너를 풀어 주고 싶지 않으니까.'

그는 들어주지 않았고, 도리어 자신이 봄을 가뒀다는 걸 인정

했다. 그러니 너는 나갈 수 없다고. 그를 말로써 어떻게 하는
건 보통 사람으로서는 불가능했다. 그 눈이나 말의 힘에 짓눌리
지 않기란 끔찍이도 힘들었다. 그렇게 봄은 그와 한 번의 말을
섞는데도 모든 체력을 소진하고 뇌가 산소를 잃을 만큼 긴장했
다.

무엇보다 그와 대화하고 해결하고 싶은 마음보다는, 그에게 아
무 말도 듣고 싶지 않은 마음이 가장 컸기 때문에 대화란 두렵게
느껴지는 일이었다.

혹시 그의 입에서…… 자신은 결혼했다는 이야기가 나올까 전
전긍긍했다. 듣고 싶지 않았고 확인받고 싶지 않았다. 혹여 그의
입에서, 나는 그래도 너를 놓고 싶지 않다는 말을 들을까 그게
가장 두려웠다. 그랬다간, 그의 바람대로 움직여 버릴 테니까.

남이 아무리 뭐라고 해도 그가 자신에게 사랑한다고 한 번 속
삭이면 금기를 저지를지도 모른다. 사람의 도리 같은 건 잊고 그
저 천박한 인간이 되어 버릴지도 모른다.

봄은 그 밤 잠들지 못했고, 그건 침실 밖의 그도 마찬가지인
듯했다.

무기력하게 누워 커다란 창밖으로 새벽이 오는 걸 지켜봤다.
아름다운데 느껴지는 것은 하나 없었다. 그저, 그가 언제까지 자
신을 이렇게 붙들고 있으려나 하는 기약 없음만 와 닿을 뿐이었
다. 그저 공허하고 부질없다. 그는 대체 어쩌고 싶은 걸까. 자신
을 붙든다고 뭣 하나 해결되는 건…….

순간 그가 방으로 들어오는 기척에 봄은 급히 눈을 감았다. 자신도 모르게 잠든 척을 하며 바보 같다 속으로 읊조렸다. 해결될 바 없는 행동을 하는 건 자신도 마찬가지가 아닌가? 피한다고 뭐가 달라진단 말인가. 이런 건 애들이나 하는 짓인 것을. 그렇게 생각하면서도 눈을 뜨기가 두려웠다.

그와 무언가 대화하기가 두렵고 겁이 났다. 오로지 바라는 그의 말이 있다면 그만 나가서 가고 싶은 곳으로 가라는 말이었다. 하지만 생각해 보니…… 자신에게 가고 싶은 곳은 없었다. 물론 갈 곳도 없으며, 기다려 주는 이도 없었다.

새삼 그걸 되새기니 헛웃음이 나왔다. 그는 그걸 알아 봐주지 않는 걸지도 모른다. 갈 곳도 없으며 뭘 그리 봐 달라…….

"……!"

봄은 자신이 움찔거렸나 되짚었다. 다행히도 그러지는 않은 듯했다. 그가 계속…… 자신을 만지고 있는 걸 보면 말이다.

그의 손이 봄의 머리카락을 쓸어 넘기고 입술을 건드려 턱 끝을 더듬었다. 목선을 매만지는 손에는 바르르 떨 뻔했지만 가까스로 참았다. 봄은 숨을 죽였다. 잠든 척하는 것만이 유일한 호응이었다.

그가 조심스레 자신을 만지는데…… 왜 간절한 마음이 드는 걸까.

♠   ♠   ♠

거실에는 TV가 틀어져 있었다. 봄은 그것을 본다기보다는, 너무 조용한 집 안이 싫어 적당히 틀어 두는 식이었다. 소파에 앉아 손잡이에 머리를 기대고 딱히 먹지도 마시지도 않았다.

[9시 뉴스입니다.]

지난 며칠간 그렇게 멍하니 보내는 시간은 계속 늘어나서 오늘은 유난히 길었다. 밤이 되어 집안이 어두워지도록 봄은 그렇게 미동도 않고 있었다. 불을 켜지 않아 어둠이 깔린 거실에서 눈꺼풀만 깜빡였다. TV는 혼자 돌아갔고 봄은 그가 오지 않아 잠들지 못하고 있었다.

그는 오늘따라 왠지 늦었다. 평소에는 8시쯤이면…….

[……다음 뉴스입니다. 오늘 국민당의 신강오 의원이 퇴근 중 괴한에게 피습을 당해 병원으로 후송됐습니다. 용의자는 50대 남성으로 우산지구 재개발 사업이 불발되자 불만을 품고 이 같은 범죄를 저지른 것으로 드러났습니다. 현장에 나가 있는 취재기자 연결해 자세한 상황을 알아보겠습니다.]

거짓말처럼 정신이 돌아오더니 몸을 일으키게 했다. 봄은 자신도 모르게 소파에서 일어나 TV로 한 걸음 다가갔다. 한 걸음 더 내딛는데, 새빨간 시멘트 바닥이 TV 속으로 보였다.

[현장입니다. 오늘 오후 7시 45분 자신의 사무실에서 퇴근을 하던 신강오 의원은 바로 이곳에서, 칼을 든 괴한에게 공격을 받았습니다.]

눈앞이 어지러워지더니, 세상이 흙빛이 되었다.

칼을 맞는 직업 중에 의원이 있다고는 누구도 생각지 않았다. 봄은 기절할 것 같은 정신을 붙들고 현관으로 뛰어갔다. 몇 초 사이에 숨이 가빠질 만큼 다급하게였다.

벌컥.

"유 비서님!"

하지만 현관 밖에는 아무도 없었다. 평소에는 문과 엘리베이터 사이를 유 비서가 지키고 있었는데 말이다. 매일 저 검은 의자에 앉아 서류를 뒤적이거나 노트북을 만지고 있었다. 한 번도 저렇게 덩그러니 비워 둔 적이 없었다. 잠시 비울 때조차 누군가를 세워 두고는 했다.

지난 오 일간 그의 임무는 봄을 잡아 두는 일이었으니까. 그런 충직한 사내가 강오의 명령보다 우선할 일이라면 단 한 가지였다. 명령을 내린 당사자가 위급한 거다. 그래서 유 비서는 그에게 간 게 틀림없다. 그렇지 않고서야…….

"선배……."

현기증이 나서 봄은 천천히 차가운 복도 위로 주저앉고 말았다. 다리에는 힘이 들어가지 않았고 눈앞이 뿌옇게 변해 갔다. 제 손끝이 떨리는 건지 시야가 흔들리는지조차 불분명할 만큼 정신이 엉망이었다.

그는 얼마나 다친 걸까? 많이 다친 걸까. 혹시, 걸을 수 없을 만큼 아픈 걸까. 그가 있는 곳을 알기만 한다면 당장 쫓아가고 싶었다.

지금이 도망칠 유일한 기회라는 걸 알면서도 나갈 궁리는 들지 않았다. 나갈 수 없었다. 나갈 수 있는 데…… 그럴 수 없었다. 지난 며칠간 그랬던 것처럼 마음이 어딘가 묶여 말을 듣지 않았다. 나가야 할 수많은 이유보다 그가 슬퍼할 거란 한 가지 이유가 더 무거웠다.

다친 그를 외면할 수 없었고 그가 걱정돼 정말 죽을 것 같은 기분이었다.

[……다음 뉴스입니다.]

다시 TV 앞으로 돌아와 봤지만 더 이상 그에 대한 이야기는 나오지 않았다. 봄에게는 그의 안위가 세상에서 가장 중요한 일인데, 다른 사람들에게는 그렇지 않았으니 말이다.

피가 마르는 듯해 어딘가에 앉을 수도 없었다. 거실을 배회하다가 베란다로 나가 혹시 그의 차가 보일까 밖을 내다봤다. 이내 너무 어두워 그마저 불가능하다는 걸 깨달았지만 창가에서 떨어질 수가 없어 유리창에 이마를 대고 멈춰 있을 뿐이었다.

봄은 애써 차가운 창가의 기운에 기대 자신을 묵직하게 짓누르는 것이 대체 무엇일까 생각해 봤다.

전에는 그가 아무리 멀리 있어도 이리 그립지 않았다. 당연히 볼 수 없었으니까.

만날 수 있다 여기지 않았다. 그가 자신을 보고 싶어 할 거라 생각지 않았으니까.

이렇게 애타게 될 거라고는 상상치 못했다. 그가 자신을 사랑한다고 말해 주기 전에는.

몰랐던 그때에 비해 지금의 마음은 확실히 말을 듣지 않았다.

그의 마음을 알게 되자 미련덩어리가 되어 욕심을 부렸다.

조금 더 그의 곁에 있으면 어때, 선배는 내가 좋다는데. 그를 보고 싶어 하면 어때, 그도 그렇다는데. 잠든 그를 하도 훔쳐봐서 이제는 눈을 감아도 떠올릴 수 있을 정도면 어때, 그도 잠든 내게 그러는걸. 그도 내게……

나약한 숨이 입술 밖으로 삐져나왔다. 어느샌가 그에게 완전히 각인당해, 그가 가르친 대로 알고 있는 자신이 있었다. 전에는 가당치 않다 여겼던 걸 지금은 납득하고 있었다.

신강오에게 김봄은 지대한 의미가 있는 사람이다. 그가 그렇게 알게 만들었다. 알아 봤자 몰랐던 때에 비해 이기적인 사람이 될 뿐인데.

그가 자신을 원한다는 걸 실감한 뒤로는 마음이 전과 같지 않아졌다. 한국에 돌아오기 전인 불과 일주일 전만 해도…… 지금과는 전혀 다른 마음이었는데.

열병을 잊지 못하던 기분과, 열병을 앓는 기분은 완전히 달랐다. 며칠 사이에 자신이 이렇게 변해 버릴 줄이야. 그가 자신을 곁에 둠으로써 노린 게 만약 이런 거라면, 성공함 셈이었다.

RRRR.

창에 기댄 채 움직이지 못하고 있는데, 뿌연 의식 속으로 가느다랗게 전화기 소리가 파고들었다. 서재에 있는 전화였다. 소리가 멀게 느껴졌고 굳이 받을 필요성을 느끼지 못해 봄은 그대로 창밖으로만 시선을 줬다. 지금까지 존재조차 흐릿했던 전화였고, 받는다 해도 상대방이 누구냐고 되물으면 말할 도리가 없었다. 그러니…….

RRRRRRR…….

관심을 두지 않으려 했는데 전화는 계속 울렸다. 끈질기게 울어 대며 마치 봄을 찾는 듯했다. 점점 벨소리가 크게 들리더니 이내 머릿속 가득이었다. 그러자 왠지 받아야 할 것 같은 기분이 불현듯 들었다.

봄은…… 끌리듯 뒤돌아섰다. 서재로 들어서고도 좀 더 망설였지만 전화는 끊기지 않고 계속 울어서 결국 수화기를 들었다.

귀에 수화기를 대기까지는 느렸다.

— 봄아.

그러나 그의 목소리가 들리자 기다렸다는 듯, 눈물이 터졌다. 그를 다시 만난 뒤로 왜 매일 울고 마는 걸까. 그가 보여도 눈물이 나고 보이지 않아도 눈물이 나는 울보가 되었다. 걱정한 게 무색하게도 그는 멀쩡하다 못해 사람을 잡아당기는 듯한 목소리로 그녀를 불렀다.

안도의 한숨 같은 부름이었다. 불안함에 흔들리다 빛을 만난 듯한 목소리로 그가 봄을 불렀고 봄은 젖은 목소리로 화답했다.

— 거기 있지? 봄아.

"선배."

그러기 무섭게 그는 다짐부터 받았다.

— 어디 가지 말고 거기 있어.

"선배…… 그보다 많이 다치……."

— 금방 갈 테니까. 가지 마라, 봄아.

그가 자신을 불러 줄 때면, 자신이 소중하게 느껴졌다. '초라하고 보잘것없는'의 대명사 같은 자신이 그의 목소리의 주인공이 될 때면 대단한 사람 같아지는 것이다.

그래서 더 봄은 도망쳤던 걸지도 모른다. 그런 것이 익숙지 않았고, 믿어지지 않았으니까. 그에 취해 분수를 모르게 될까 봐 겁이 났다. 평생 굶주리다가 새삼 호화로운 것을 주면 먹을 수 없는 것처럼 말이다.

— 알았지?

봄에게서 대답이 없자 불안한지 그가 연거푸 물었다. 이런 긴장된 목소리를 흘리는 그는 대체 어떤 얼굴일까. 그러고 보면 TV나 신문 속에서는 한없이 먼데, 눈앞의 그는 매번 가까웠다. 손을 뻗으면 만져지고, 만져지는 그는 따뜻해서…… 봄은 그저 그가 그리웠다. 그가 당장 오겠다고 말해서 저도 모르게 대답했다.

"……기다릴게요."

얼른 무사히 돌아와서, 자신을 강하게 끌어안아 주었으면. 아무 곳도 아프지 않은 것처럼. 그의 핏자국을 본 뒤로 봄에게 그보다 중요한 건 없었다.

한눈에 봐도 허겁지겁 돌아온 그의 뺨에는 커다란 거즈가 붙어 있었고, 핏기가 비쳤다. 양복을 입지 못하고 와이셔츠만 걸친 몸속은 더한 걸지도 모르겠다.

그런 모양을 하고는 제 집 안에 봄이 온전히 있자 입꼬리가 올라가는 걸 어쩌지 못하고 있었다. 밖에서는 그렇게나 무게 잡으면서, 집 안에서는 왜 그저 구애하는 남자가 되는 걸까.

"많이 아파요? 선배, 다른 곳은요?"

봄은 어느샌가 아무렇지 않게 그를 만지는 자신을 발견했다. 뒤꿈치를 들고 상처 입은 그의 뺨에 손을 올리자 그도 자연스레 뺨을 기대 왔다. 계속 웃고 있는 입술에 부드러운 눈이었다.

"네가 걱정해 준다면, 죽을 만큼 아파도 좋겠어."

봄이 자신을 걱정한다는 데 진정 기쁨을 느끼는 얼굴이라, 봄은 얼굴을 붉히며 그에게서 손을 떼어 내야 했다. 이 남자는 어쩌자고 이렇게 바보 같은 걸까. 왜 이제야…… 이런 얼굴을 보여 주는 걸까. 뻗었던 손을 오므리며 봄은 그런 원망 아닌 원망을 했다.

"이거."

"이게…… 뭐예요?"

"찾고 싶다며."

팔 어딘가가 아픈지 어깨를 움찔거리며 그가 꺼내 보인 파일은, 아마도 친부모에 대한 것 같았다. 그러나 봄은 그에 고맙긴 커녕 화가 치밀었다. 아픈 주제에 이런 거 들고 온다고 누가 기뻐할 줄 알고, 다친 몸으로 집으로 돌아가지 않고 이리로 돌아온들 누가…….

"그래서 네 부모님에 대해서 힘닿는 데까지……."

"누가, 누가 이런 거 부탁했어요?! 그런 꼴을 하고……!"

소리치며 그가 내미는 파일을 쳐 내려다가, 칭찬받고 싶어 하는 그의 얼굴에 봄은 차마 그러지는 못했다. 파르르 떨리는 주먹 쥔 손을 허공에 멈춰 세웠을 뿐이었다. 시무룩한 그 얼굴에 차마 더 소리칠 수도 없었다.

"……네가 기뻐할 줄 알았어."

"부탁한 적 없어요!"

"하지만…… 널 나가지 못하게 하려면. 내가 해 줄 건 이런 것밖에 없다, 봄아."

봄아, 봄아. 그가 그렇게 부르면 봄이 누그러진다는 걸 그는 아는 모양이다. 그 커다란 몸을 숙여 오며 낮은 목소리를 내면 봄이 기어코 두근거린다는 것도.

힘이 빠지려는 손으로 그의 가슴팍을 밀쳤다. 그가 보이는 애정에는 매번 속이 미어졌다. 대체 어쩌자고, 그 머릿속에 자신밖에 없는 사람처럼 행동하는 걸까.

"내가 언제…… 날 이렇게 좋아해 달라고 했어요? 누가 날 이렇게 걱정하라고, 내가 언제…… 날 이렇게……!"

"아파, 봄아."

한 번 두 번, 몇 번을 그렇게 그의 가슴을 쳤을까. 그는 그게 정말 화나서가 아니라 너무 놀랐던 탓에 봄이 안심하고 부리는 투정이라는 걸 알았나 보다. 웃으며 봄의 손을 그러쥐었다. 지금 웃는 그는, 마치 예전과 같았다.

어른스럽지만 조금은 장난스럽고 햇살 같았던, 잘 웃고 잘 들어 주던 그 사람. 사실은 한없이 다정해서 앞에서 화를 내고도 뒤에선 아파했던 사람. 그걸 알아 좋아했던…… 첫사랑.

"미워요, 선배는."

"……봄아."

"당신을 계속 느끼게 해서 미워."

참다못해 밉다 울먹이자 그의 안색이 어두워졌다. 이어지는 봄
의 말에는 다소 풀어졌지만 그건 아주 잠시였다. 봄이 그만 묻고
말았으니까. 생각해 볼수록 답은 하나였다.

"선배, 사실은 다 아는 거죠?"

"……."

"내가 왜 돌아오지 못했는지. 그래서 이러는 거죠."

봄의 손을 잡은 그의 손에 힘이 들어갔다. 전에 없이 굳은 얼
굴을 한 그의 입술은 아주 무거워 보였다. 설마설마했던 그의 대
답은 수긍이었다. 그는 느리게 말할지언정 시선을 피하지는 않았
다. 아주 조금도.

"……맞아. 널 찾지 못하고 돌아온 뒤, 영사관에 부탁해 네 행
적을 쫓았어."

"언제부터요?"

"네가 병원에 있을 때부터, 계속."

"대체……."

"어떻게란 얼굴은 하지 마라, 봄아. 권력이란 건…… 그럴 때
가 아니면 의외로 쓸 곳이 없으니까."

그에게 잡힌 손이 아팠다. 그가 너무 꽉 쥐고 있었다. 그 말을
하면 자신을 싫어할 거라 여기는 걸까? 그렇지 않은데. 다만 생
각해 보면 이상한 일이었다.

보증인도 없는데 치료해 주고, 의사는 아이의 가족이 치료비를 전액 내 줬다고 했지만 그 가족들은 그런 언급을 하지 않았다. 몇 번이나…… 뭐든 돕고 싶다고 했다. 이제 와 생각해 보면 그들의 이야기는 앞뒤가 맞지 않았다.

그때는 그러려니 하고 지나갔는데 지금에 와서 보니 이 남자는 이미 그때부터 자신을 좇은 모양이다. 계속 제 뒤에 서서 저를 지켜봤나 보다. 발소리도 내지 않고 가만 서서, 그냥 쭉. 그에 무서운 마음이 들 만도 한데 봄은 그렇지는 않았다. 그보다는, 안타까운 마음이 컸다.

"그럼, 그때 와 줬어야죠."

"……네가 나를…… 보고 싶어 하지 않을 것 같아서."

그때 와 주었으면 하는 원망과 동시에 그렇게나 조용히 자신을 기다린 이 남자가 안쓰러웠기 때문이다. 그는 그대로 자신을 보기가 무서웠을까 해서. 사실은 그도 겁쟁이였나 보다. 이런 쓰린 얼굴을 할 만큼.

봄은 또다시 저도 모르게 그의 뺨을 만지고 있었다.

"나, 밉지 않아요?"

조심스레 물으며 그의 시선을 피하지 않는 순간은, 그것만으로 어딘가 행복했다. 올곧은 그의 눈길이 자신을 향해서 괜스레 목 안이 간지럽게 울컥대는 것이다. 그의 손도 봄의 뺨을 짚었다.

"내가 그런 얼간이로 보였어?"

봄은 기댈까 말까 고민하며 이미 그의 손으로 목을 기울이고 있었다.

"우리는, 그때…… 어리지만 어리지 않았고."

"않았고?"

"지금은 그런 거 잊었을 만큼 시간이 흘러서……."

그가 이러는 게 이상할 정도였다. 그는 마치, 평생 한 주인만 섬긴다는 어떤 동물 같았다. 지고지순하다고 해야 할까. 너무 정직하다고 해야 할까. 바보 같다고…… 해야 할까. 그렇게 하나만 바라볼 필요 없는데, 그가 그런 순정을 품어 주기에 자신은 참으로 별 볼 일 없는데.

속눈썹을 깊이 내리깔며 봄이 그런 우울한 생각을 하자 그가 좀 더 다가오며 묵직한 음성으로 속삭였다.

"봄아, 그 하루가 네 인생을 앗아 갔다."

"……말도 안 돼. 그런 거 아니에요."

봄은 기겁하며 고개를 들었다. 당황해서 그의 어깨 깃을 붙들었지만 말은 바로 나오지 않았다. 그날부터 봄이 너무 오랫동안 떠돌아서 그는 그런 생각을 하는가 보다.

"하지만 넌 모든 걸 버리고 돌아오지 않았어."

그건 꼭 강오 때문만이 아니었다. 그때의 봄은 이미 지쳐 있었다. 막 꿈에 젖어야 할 이십 대 초였지만 그런 것에 마냥 젖기엔 주변이 여유롭지 못했다.

아무리 열심히 노력해도 결국 잘 되는 건, 좋은 부모 아래의 아이들이라는 걸 보면서…… 절망했다. 내게 없는 것으로 내가 노력한 것을 빼앗기며 참담해했다. 그리고 자신의 모든 노력이 그런 아이들 앞에서 소용없다는 사실을 몇 번인가 깨달은 뒤에는 체념했다.

노력이 소용없다면 나는 왜 이러고 있는 걸까 자문하며. 이렇게 노력해도 기뻐해 줄 이 하나 없다는 현실이 끔찍이 싫었다. 아무리 열심히 살아도 자신은 고아일 뿐이고, 그건 절대 변할 수 없는 것이었다. 봄이 그 어떤 노력을 해도 모두가 가소롭다는 눈을 했다.

'이번 장학금도 걔야? 독하기는. 하긴 그 주제에 살려면 그렇게라도 아등바등해야지.'

모멸스러운 동기들의 속닥임도 들었다. 무얼 해도 노력을 인정받기보다는 아무것도 없는 고아의 독한 버둥거림으로밖에 비쳐지지 않는 데 지쳐 힘을 잃었고, 탈출구로 꾀한 것이 외국이었다. 그곳에서만은, 자유로울 수 있을 것 같았다.

그러니 그가 아니었어도 어차피 갔을 곳이었다. 봄은 막다른 곳이었던 것이다.

그나마 함께 가 줄 친구가 있다는 게 유일한 위안이었지만, 그 친구마저 자신을 동정했다는 걸 알았을 때는 더 슬퍼할 기운도 남아 있지 않았다.

한국이라는 곳은, 제 자식이 고아와 어울리는 것조차 탐탁지 않아 하는 부모들투성이였다. 억울하고 서러웠다. 대체 어쩌라는 건가 싶었다.

세상은 냉정했고 혼자 버티기에 너무도 혹독했다. 자신을 제대로 봐 주는 이 하나 없어서 더욱 힘에 겨운 나날들이었다. 그런

데 강오가…… 자신을 보고 있었다. 그 수많은 사람 중에 이 남자 하나가. 그래서 너무…… 기뻤고. 그만큼 슬펐다.

자신과 가장 먼 사람이었으니까. 가장 특별했던 그라 기쁜 동시에 슬펐다.

"난 그냥…… 내가, 내가 떠나고 싶었을 뿐이에요."

"하지만 길어지게 한 건 내가 맞지."

"……그건 그냥…… 아."

말을 이을 수 없었다. 그가 뒷걸음치려는 봄을 품으로 끌어안고는 가두고 놓아주지 않았으니까. 억센 팔뚝 안에서 꼼짝도 할 수 없었다. 그의 숨결이 어깨 위로 닿더니 옷깃 속으로 느리게 파고들어 피부 위까지 스며들었다. 그것은 한숨이 터질 것 같은 감각이었다.

"봄아, 봄아……. 나는 오로지 네가 얼마나 무서울까…… 힘이 들까, 겁이 날까, 고통스러울까…… 그런 생각만 했다."

"으."

그가 느리게 말하며 더 힘주어 안아서 봄은 숨이 막힐 지경이었다. 강한 포옹에 정신이 어지러웠다. 그가 얼굴을 묻은 한쪽 어깨로 온 신경이 쏠렸다. 왠지 그가 우는 것만 같았으니까.

"그런데도, 그때의 나는 아무 힘이 없어서…… 기다리는 수밖에 없었다. 그냥 어서, 한시라도 빨리, 악착같이 강해져야 했어."

"선배."

"네가 돌아오지 않을수록 나는 겁이 났다. 네가 날 미워하고 있는 건 아닐까, 증오하고 있진 않을까. 원망하며……."

"그건 아니에요."

매달려 오는 그를 밀어낼 수 없어 헐떡이기만 하던 봄은 두 손으로 그의 뺨을 끌어 올렸다. 자신과는 다른 것으로 자책하며 아파하는 그와 눈을 맞추자 턱 끝이 닿았다. 안타까워 찡그린 눈을 하고는 그와 입술이 스칠 만큼 가까운 채로 고개를 젓자, 그의 눈길이 강해졌다.

"……그래, 네가 돌아온 날…… 너는 나를 보고 화내지 않았지. 멍하니 플랜카드 속의 나를 보고 웃고 있었어. 그때 네가 어떤 얼굴로 웃었는지 보지 못했다면…… 나는 이렇게 널 붙잡지 못했을 거다."

그는 점점 몸을 일으키더니, 봄의 턱을 붙잡았다. 그가 말하는 날을 봄도 기억했다. 바로 며칠 전이니 말이다. 마치 전환점 같았던 무시무시한 찰나.

그때 그를 보고 싫은 척, 혐오하는 척했더라면 그는 지금 이렇게 자신에게 밀착하지 않을까? 이렇게 꽉 끌어안고 체온을 전해 오지 않을까? 놔주지 않겠다 온 힘으로 자신을 안지 않을까. 닿을 듯한 그의 입술 앞에서 봄은 물었다.

"선배의 마음…… 내가 불쌍해서 느끼는…… 동정은 아닌가요?"

"아니! 난 널 지켜 주고 싶다. 난 널 갖고 싶고. 난 널 원하고……."

"그냥 책임감 같은 거면……."

"나는 널, 집요하게 사랑해."

이 남자는 햇살과 칼날을 자유자재로 넘나들었다. 녹아나는 무언가처럼 부드럽게 밀려들다가도 필요해지면 이렇게 견고한 성처럼 굳었다. 그의 말하는 목소리는 여지없이 강했다. TV 속의 그처럼, 거침없고 일직선으로 파고들어…… 빠지질 않았다. 그에게 못 박히는 듯한 기분에서 헤어 나갈 수 없었다.

하지만 그럼에도 끝끝내 봄을 막아 세우는 건 그가 결혼했다는 사실이었다. 그의 집은 이곳이 아니고. 자신은 그의 무엇도 될 수 없다는 현실. 그런데도 자신을 붙드는 그가 미웠고 흔들리는 자신이 원망스러웠다.

"……우연일지도 몰라요. 어쩌다 보니 내가 첫사랑이었고, 우연히 첫 상대일 뿐이라……. 그게 아니면 선배가 날 사랑할 이유 같은 건 없잖아요."

"김봄! 그건 우연이 아니라 운명이라고 해."

"내 어디가 선배의 운명인데요? 나는 초라하고 초라해!"

"네가 이렇게 날 거부해도! 나는 포기해야겠다는 생각이 안 들어! 그게 내 사랑이야."

단단한 가슴팍을 밀며 그에게 잡힌 몸을 빼내려 했지만 조금도 달아날 수 없었다. 그가 무시무시해질 뿐이었다. 잡아채는 그의 힘이 점점 강해졌다. 대체 어디까지 강할 수 있는 걸까 궁금해질 만큼. 그는 자신을 밀어내기만 하는 봄에게 아픈 목소리로 애원했다.

"네가 받아 주지 않으면, 나는 그냥 무서운 놈이 될 뿐이야."

"하지만, 하지만 선배는 결혼했잖아요!"

왜 기어코 울며 소리치게 만드는 걸까.

봄이 그에게서 빠져나가려 버둥거리다가 참지 못하고 그만하라 소리치자 그가 동작을 멈췄다. 봄이 어깨를 밀자 힘주지 못하고 그대로 밀려 나갔다.

"……뭐?"

"흐윽, 흐. 선배는 나빠요. 결혼하고 이러면 나쁜 놈이야. 개새끼라고!"

"잠깐만…… 봄아."

"나한테 이러지……."

"난 결혼하지 않았어!"

힘으로 이길 수 없자 봄이 그의 뺨을 후려치려 손을 들었을 때였다. 그가 그렇게 소리친 것은. 봄은 손을 멈추고 한참 두 눈을 깜빡여야 했다. 뭐라는 걸까, 이 남자가?

둘 다 잠시간 말이 없었다. 봄은 더 이상 빠져나가려 애쓰지 않았고, 그는 억지로 잡지 않았다. 봄이 얼빠져 되물었다.

"결혼하지 않았어요? ……왜?"

"……대체 무슨 오해를……."

"선배는 지금 서른다섯이야."

"그래, 맞아."

"8년 전에 이미 약혼했었고."

"약혼 전이었지. 그리고 약혼하지 않았으니, 결혼하지도 않았어."

그가 너무 정확하게 말했다. 한국말이었는데도 봄은 그것을 받아들이는 데 잠시 시간이 들었다. 이 남자는 대체…… 어쩌자고. 남자가 정조를 지키는 것도 아니고…….

"나는, 미혼이야."

눈만 멀뚱거리는 봄에게 그가 재차 강조했다. 그렇다면 나는 착각을 했던 건가? 그가 당연히 결혼했을 거라…… 혼자 오해를 한 걸까.

봄은 막 깨달은 그 사실이 창피하거나 놀랍기보다는…… 감탄스러웠다. 이 남자의 이 바보 같음에. 그리고 자신의 유일한 남자가 이런 남자라는 데. 그리고 그만 안도가 차올라 울먹이며 물었다.

"그럼, 선배한테…… 또 안겨도 되는 거예요?"

그를 밀어냈던 가장 큰 이유가 사라지자 숨이 트였다. 자신을 원하는 그를 원해도 된다는 데에.

"……나는, 네가 당연히 알 거라고만…….."

"당연히 모르죠! 내가 그걸 어떻게 알겠어요?"

봄의 되물음에 그는 할 말을 잃었다. 당연히 모른다는 사람이 당연히 알 거라고만 생각했기 때문이다. 그도 그럴 것이 신강오 하면 유명한 것 몇 가지는 그가 젊은 강경파의 국회의원이라는 것과, 다른 직종으로 TV에 나오는 남자들처럼 수려한 외모와 신장을 자랑하면서도…… 미혼이라는 것이기 때문이다.

한국인인 이상 신강오를 알면서 그것을 모르기가 더 힘들었다. 그러니 그걸 어떻게 모를 수가 있을까 하는 의문이 찰나 들고, 이어 봄이 얼마나 오래 타지에 있었는가를 떠올리자 납득이 되기도 했다.

애초에 약혼을 앞둔 남자라는 이유로 봄은 그를 꺼려 도망쳤다. 그가 자신을 택할 거라고는 조금도 여기지 않아 돌아오지 않았다.

돌아와서도, 그가 결혼했다고 여겨 그렇게나 밀어냈다. 거기에 생각이 미치자 그는 억울해졌다.

"봄아! 만약 내가 결혼했다면 나는, 너한테 그렇게 할 수 없었을……."

"……됐으니까, 지금은 그냥 키스해 주면 안 돼요?"

"……."

하지만 그가 지금 느끼는 당황함이나 억울함은 봄이 느꼈던 숨 막히는 기분들 앞에서는 별것 아니었다. 당연히 그럴 거라고 여겨 대단한 착각을 했다. 그가 누군가의 남편이라 여겨 함께 있는 매초에도 죄스러움에 시달렸다. 그러면서도 밀어내지 못하는 자신이 가장 원망스러웠다.

그랬는데, 그 아팠던 시간이 다 헛일이었다니 허무한 동시에 안도가 들었다. 그리고 그가 이제라도 자신을 마음껏 안아 주었으면 싶었다. 몇 번이나 그를 밀어냈던 만큼, 그야말로 절실할 만큼…… 다시. 안타까웠던 만큼 다시. 그를 거부하지 않아도 된다니, 꿈인가 싶을 정도였다.

봄은 그의 가슴팍 옷깃을 그러쥐며 이제는 밀어내지 않을 테니 안아 달라는 눈을 했다.

"숨이 막힐 만큼…… 끌어안아 주면……."

그러자 더 이상 말할 새 같은 건 없었다. 거세게 끌려가 틈 없이 안기나 싶더니, 그와 입 맞추고 있었다. 턱을 붙잡히자마자 혀가 밀려 들어와 정신없이 받아들였다.

　전에 없이 몰아치는 그에게서 봄은 떨어지지 않았다. 그저 조금이라도 더 받아들이려 노력했다. 포악한 것에 가까운 키스는 허겁지겁 잡아먹히는 기분이 들어서, 기뻤다.

4장

정말 전부 잡아먹혀 버렸으면 좋겠다. 그의 손을 밀어내지 않아도 된다니. 어디까지 강력해지든 전부 받아도 된다니. 그것만으로 지대하게 만족스러웠다.

시선이 흐려질 만큼 강한 접촉은 마치 기가 빨리는 듯했다. 그런데도 그 속에서 왜인지 봄은 보상받는 듯한 기분이 들었다. 그를 멈추게 했던 만큼 그저 더, 이보다 더, 하고 바라기만 했다.

단단한 몸에 틀어잡힌 턱과 허리에 숨 막히는 신음을 내면서도 그에게 힘껏 매달리고 본능이 원하는 대로 호응했다. 입술 사이의 숨이 거칠어졌다. 그의 입술은 뜨겁고 집요했다.

크게 들썩이게 된 가슴을 맞붙이고 가슴 아래 모든 상체를 기대고는 체온을 올렸다. 몸이 뜨거워지는 만큼 공기가 부족해졌다.

봄은 힘이 풀리는 다리로 휘청이다가 그에게 떠밀려 소파 위로 반쯤 눕혀졌다. 그리고 완전히 누워 버린 건 스스로였다. 그를 올려다보며 젖은 입술을 뗐다.

"선배……."

"……계속 그렇게 부를 거야?"

"그럼요?"

"다른 게 좋겠어."

"……의원님?"

매우 마음에 안 드는지 그는 정색을 했다. 이 와중에 웃고 말았다. 다시 만난 이래 봄이 처음으로 느슨한 미소를 지어서, 장난치는 음성으로 제 품 아래서 달아나지 않고 얌전히 있어서. 그는 아무래도 좋아졌다. 다가가 가볍게 키스하며 소곤댔다. 허스키해진 그의 목소리가 귓가를 핥는 듯했다.

"……이름을 불러 줘."

"강오 선배."

"봄아."

이 순간이 다시 오는 데 몇 년이 걸렸던 건지. 왜 그렇게 힘들어야 했는지. 원하고 원해지는 데 만족스럽기가 이렇게나 힘들 거라고는 그전에 미처 알지 못했다.

눈을 마주친 것만으로 살을 겹친 기분이 들었다. 더없이 당겨지고 있어서 혼자가 아닌 듯한 기분. 입술과 입술이 닿은 것뿐인데 왜 이렇게 기분이 좋을까.

띵동.

강오의 두 손이 봄의 뺨을 감싸며 끌어 올리는데 벨이 울렸다. 입술이 다시 막 닿은 그 찰나에.

[의원님.]

정확하게 그를 부르며 달궈진 공기를 흔들고는 초를 쳤다.

"봄아."

그는 봄의 머리칼을 쓰다듬으며 무시했다. 하지만 상대는 의지가 확실했다. 이번에는 문을 두들기며 그를 불렀다. 인터폰의 목소리로 보아 집 안에 그가 있다는 걸 분명 알고 있는 유 비서였으니, 못 들은 척한다고 물러설 리 없었다.

쾅쾅!

그는 좀 더 무시했지만 봄이 입술을 피하기 시작하자 결국 버럭 일어나야 했다. 강오는 성이 나는, 현관을 두들기는 그 손모가지를 잡아 비틀 기세로 현관문을 열어젖혔다. 그 기세가 꽤나 흉흉했다.

"유현태!"

"의원님."

"돌았나?!"

큰 소리를 내지도 않는데도 살벌하고 위압적이었다. 뒤에서 지켜보던 봄이 움찔했을 정도로 말이다. 허나 이를 가는 짙은 음성이 아무렇지도 않은지 유 비서는 태연했다. 지금도 울리는 제 핸드폰을 들어 보이며 사무적으로 대꾸할 뿐이었다. 그 발신인이 누구인지 보라는 듯.

"당장 댁으로 복귀하시라는 어르신의……."

"안 간다고 전해."

"사모님께서도 걱정하고 계십니다."

"……어머니께는 내가 전화드리지."

유 비서의 핸드폰에 맹렬히 떠오르는 '성북동 어르신' 이란 강오의 아버지였다. 사모님이란 어머니를 지칭하는 바였고. 여기로 오던 길에 전화를 받던 유비서의 목소리가 겹쳐지는 것 같았다. 봄은 새삼 제 오해였음을 깨달으며 아차 했다.

지금은 그를 독점할 수 없는 시간이었다. 그가 피습당했다는 뉴스가 이미 전국적으로 나간 판에, 가족들이 그를 찾지 않을 리 없었으니 말이다.

하지만 그는 병원에서 집으로 돌아가지 않고 곧장 봄이 있는 곳으로 향했다. 봄이 가 버렸을까 그것에만 노심초사하며 자신의 전화가 계속 울리는 것도 무시하고 말이다. 그의 집에서 그를 걱정하고 있다는 걸 깨달은 봄이 그걸 달가워할 리 없었다.

"선배, 가요."

"……제기랄."

"……다녀와요."

도망치지 않을 테니, 라는 말은 덧붙이지 않았다. 다만 현관에서 나가지 않으려는 그의 뒤편에 서서 등 뒤로 손을 올렸다.

마지못해 돌아보는 그의 얼굴이 유 비서를 볼 때와는 달리 수그러진 얼굴이라 봄은 웃고 말았다. 큼직한 어른의 한 번만 봐 달라는 얼굴이라니. 웃으며 그의 등을 토닥였더니 그는 결국 이기지 못했다.

♠　　♠　　♠

　그를 집으로 돌려보낸 봄은 혼자 남아 밤이 깊도록 그가 남긴
조사서를 읽었다. 그가 서 있던 자리에 떨어진, 제 부모에 대한
것 말이다.

　처음부터 없었기 때문에 딱히 알기를 원해 본 적은 없었다. 자
신이 버려진 아이라는 걸 알아 찾아볼 생각도 하지 못했다. 고아
원에서 자라며 버려지는 많은 아이들을 봐 왔기 때문에 더욱 그
랬다.

　맡겨지는 아이는 많았고, 다시 그 품으로 돌아가는 아이들은
지극히 적었다. 그러니 봄에게 부모란, 허상 같았다. 환상 속의
동물처럼 이야기는 있지만 실존하지 않는 느낌이었다.

　그런데도 그런 부모에 대한 그리움이 든 건, 아이를 잃은 직후
였다. 배 안에 한 번 품은 것을 그렇게 쉽게 잊기란 힘들다는 걸
알았다. 아주 찰나 알았는데도 그렇게 지독하다면, 열 달을 품은
제 어미는 어떻게 저를 떼어 버렸을까 싶은 의문이 든 것이다.

　어떤 사정이 있었을까. 아이를 버리는 것보다…… 힘들었으니
버렸겠지. 그렇다면 미워하고 싶지 않았다. 그렇게 힘든 사정이
있다면.

　알아 두고는 싶어졌다. 사람이라 그런지 나이를 먹을수록 제
근원에 대한 궁금증이 생겼다. 만나 보고 싶다거나 한 건 아니었
다. 다만, 실존 여부를 알고 싶어졌달까.

「손영미」

삼십 년 만에 알게 된 서류 속 제 어머니의 이름을 봄은 한참 바라봤다. 사실 찾아보겠다고는 했지만 혼자 힘으로는 이렇게 빨리 알아낼 수 없었을 거다.

조금 찾아보고 안 되면 일찍 포기할 생각이었다. 예의상이랄까, 그런 기분으로 생각했던 일이기도 했으니 말이다. 그쪽에서 자신을 찾지 않는데 자신이 찾는 것도 민폐라고 여겼다.

「……아직도 잃어버린 아이를 찾고 있음.」

하지만 서류에 의하면, 그것은 아닌 모양이다.

「아이를 낳은 직후 친부의 손에 의해 이별함. 친부는 끝내 아이의 행방을 알려 주지 않았으며 23년 전 교통사고로 인해 급작스레 사망. 그 이후로 손영미는 여러 고아원에……」

이 어머니는 스물에 미혼의 몸으로 아이를 낳았다. 아이의 생부는 끝내 말하지 않아 아무도 모른다고 했다. 봄은 사생아인 셈이었다. 그리고 그에 분노한 어머니의 아버지는, 봄의 외할아버지는 봄을 멀리 떨어진 고아원에 버리기에 이르렀다.

딱 한 번 보내 온 돈 봉투로 고아원에서는 외할아버지 되는 손용식에 대한 대략의 신상을 알았던 모양이지만 그도 이름 석 자와 사는 곳이 겨우인 모양이었다.

그리고 강오가 고용한 사람들은 그 이름 석 자와 지역으로 봄의 어머니를 추적하기에 이르렀다. 그리고 대단스럽게도 봉투를 보낸 사람은 이미 죽었으며 다만 그에게 딸이 하나 있고 그 딸이 일찍이 아이를 임신한 적이 있다는 것을 알아냈다. 그리고 그 아이를 기르는 걸 동네의 누구도 보지 못했으며, 당시에 그것은 마을에 대단한 흥이었다고 한다.

그 아이를 아직도 찾아다니는 손영미는 미혼이라고 한다. 지방에서 아기용품점을 하고 있다는 게 마지막 정보였다. 봄은 그대로 눈을 감았다.

시간은 잠시 같았다. 분명 소파에서 잠든 것 같은데, 눈을 뜨자 침대 위였다. 회색빛으로 변한 창밖을 보아 몇 시간 잠들지는 못한 것 같았다. 곁에 그가 있는 듯해서 봄은 눈을 감지 않았다. 체온에 끌려 둔하게 뒤를 돌아보자, 감았던 눈을 뜨는 그가 보였다.

그새를 못 참고 돌아온 모양이다. 고작 곁에 누워 있자고 오늘도 곁을 지킬 셈일까.

"……강오 선배."

봄은 아직 깨어나지 않은 목소리로 그를 불렀다. 베개 깊숙이 머리를 누르며, 그에게로 한 손을 내밀었다. 더디게 그를 만지자 그가 알았다는 듯 가까이 다가와 품에 가둬 주었다.

오늘은 등 돌리지 않아도 되니까 이렇게 잠들었다가 깨어나면 참 좋겠다. 그의 단단한 팔 안에서 몸을 묻고 있다가, 그의 가슴에 입술을 대고 눈을 뜨면…….

"봄아."

"……네."

"봄아, 널 가지게 해 줘."

정수리 위에 닿은 그의 입술이 뜨거웠다. 등 뒤를 당겨 가는 커다란 손에 열기가 어려 있었다. 봄은 그의 어깨 속에서 가만히 고개를 끄덕였다. 작게 대답했다. 기쁜 듯 네, 라고. 그가 없어 그사이가 외로웠다고 말하고 싶었다.

그의 손길에 의해 끄집어내듯 벗겨지는 동안 봄은 자신이 무얼 입고 있었는지도 잊고 말았다. 다만 수긍하며 허리를 들고, 어깨를 비틀어 그를 위해 움직였다. 그러다 드러난 맨가슴 위로 그의 입술이 닿았을 때는 뜻 모를 감탄을 내뱉고 말았다. 그가 마치 경배하듯 입술을 눌러서일까.

"아."

아니면 그가 너무 안쪽까지 입 맞춰서일까. 가슴 사이 깊숙이로 파고든 그의 숨결이 그 자리에 고여 움직이지 않았다. 그의 입술이 떠나도 닿은 자리마다 홧홧한 기운이 남아 절로 몸이 가늘게 떨려 버렸다.

가슴선을 더듬는 그의 입술에 봄은 움찔거리며 그의 머리카락 속으로 손끝을 파 넣고 그를 멈추게 했다.

어떻게 해야 할지 몰라 손가락 사이로 감기는 그의 머리칼과 함께 그의 머리를 꼭 끌어안아 버리고는, 가슴만 들썩였다. 그를 안은 채로 숨을 고르자 말랑한 가슴 사이로 그의 뺨이 눌리고 코가 닿았다. 그의 입술 자국이 가슴 안쪽에 선명하게 느껴졌다.

"……봄아."

"선……배."

그의 열띤 부름에 저도 홀린 듯 그를 부르고 그를 끌어안았다. 그의 정수리 위로 턱을 부비며 눈을 내리감고 목 안을 울렸다.

그렇게 봄의 팔뚝과 젖무덤 사이에 갇혀 버린 그의 숨결이 서서히 거칠어지고 뜨거워졌다. 달아오르는 자신을 어쩌지 못하고 강오는 신음했다.

그대로 오래 잡혀 있을 수 없을 게 분명해서 손을 움직여 봄의 등선을 쓰다듬고 제게로 들어 올렸다. 허리를 가까이 하고는 온전히 몸을 맞물렸다.

그러자 마주 닿은 배와 아랫배가 저릿거리나 싶게 서로의 살갗에 반응했다. 봄은 들려진 허리 아래 남자의 손이 팽팽하다는 데 긴장하며 입술을 질끈 깨물었다.

벗겨진 맨몸 위를 눌러 오는 그의 몸 모든 곳이 단단했고, 섬세한 근육 모양으로 꿈틀대고 있었다. 분명 일찍이 한 번 알았던 남자의 육체인데 그것이 주는 열기에 눈앞이 어질거렸다.

"하아!"

그가 어딘가 자신을 쓰다듬을 때마다 목이 타는 듯했다. 배 안이 끓어오르는 듯해 봄은 크게 숨을 내쉬며 그의 얼굴을 더욱 끌어안았고, 그는 가슴 사이에서 그대로 입술을 벌려 봉긋한 살의 안쪽을 천천히 깨물며 핥았다. 가슴의 곡선 위로, 느리고 확실하게 그의 혀와 이가 느껴졌다.

견디지 못하고 움찔움찔거리는 여체는 그 자체로 자극이었다. 그의 손끝이 단정치 못하게 봄의 무릎을 벌리고 성급하게 그 사이를 차지했다.

놀라 뒤틀어지는 허리를 고정하며 자신을 느끼게 했다. 봄은 부푼 부분 그의 몸이 아래로 와 닿자 호흡을 멈추고 그의 머리칼 속으로 입술을 파묻었다.

파묻은 입술이 가늘게 떨렸고, 그의 손이 다리 사이 천 틈으로 파고들자 얕은 소성을 흘려냈다.

"선배에⋯⋯."

어쩔 줄 몰라 흐느낌에 가까운 부름이었다. 그에 그의 입술이 쇄골을 타고 올라와 턱을 더듬고 봄의 입술 아래에서 멈췄다. 그의 손끝 역시 그렇게 천 속으로 침입한 채 움직이지 않았다.

마주친 그의 눈이 자신을 바라보며 다독이자 봄은 그의 머리칼을 틀어쥔 손과 긴장한 몸에서 될 수 있는 한 힘을 풀고 자신을 느슨하게 만들었다.

딱딱하게 굳은 어깨를 펴자 그는 잘했다는 듯 느리게 입술을 맞추더니, 입술 틈새로 뜨겁고 말캉이는 혀를 집어넣었다. 동시에 그의 손가락이 몸 속으로 침입했다.

그건 지독한 감촉이었다. 메마른 입안으로 젖은 그의 혀가 침범해 목 안까지 적시고, 몸속을 두드렸다.

긴 손끝이 어디까지 파고드는지 알 수 없어 흡 하는 소리가 절로 터져 나왔다. 그것은 완전히 겹쳐진 입술 밖으로까지 새어 나올 정도였다. 그의 혀와 손이 동시에 깊숙이로 움직이며 휘저어대자 봄은 죽을 것 같은 기분이 되었다.

자신도 모르게 아랫배에 옥죄듯 힘을 주고 앓는 소리를 흘렸다.

"흐, 흣. 흐읏……!"

강오는 제 귓가로 울리는 그 신음과, 자신의 손가락을 감싸 쥐는 습윤함에 더 이상 당해 낼 재간이 없는 모양이었다. 뒤엉켰던 입술과 혀를 더디게 떼어 내며 흐린 눈을 하고는 이를 악물었다. 그는 찰나 숨을 죽이며 봄을 바라봤다. 봄의 호흡이 따라 더뎌졌다.

자신을 놀라게 했던 그의 손이 사라졌는데도 봄은 안도하기보다는, 아쉬움을 느꼈다.

침대 위로 흐트러져서는 자신을 내려다보는 그를 감미했다. 어째서인지 계속 그의 머리칼 속에서 손을 빼지 못하고 있었다는 걸 깨닫고는 손을 조금 내려 그의 목선을 만지고, 그의 어깨를 짚었다. 그대로 쓰다듬어 내려와 자신의 머리 옆을 짚은 그의 팔등까지를 매만졌다. 그저 좋다는 듯 부드러운 손길이었다.

마침내 그의 목을 끌어안을 즈음에는 그가 조심스러운 손길로 봄의 마지막 남은 속옷을 벗겨 내렸다. 그의 가슴이 자신의 가슴 위를 누르자 봄은 그 무게감에 만족스러운 기분이 들었다. 정말로 기뻐서 그에게 뺨을 부볐다.

그의 커다란 손이 아랫배 위를 지나가 허벅지를 들어 올렸을 때에는 다시 조금 긴장했지만, 그의 다른 손이 자신을 꼭 끌어안고 있어서 다시 안심이 됐다.

"봄아, 핑계를 하나 대자면."

"……네."

"너는 내 유일한 여성이고, 그렇기 때문에…… 이게 내 두 번

째라는 거다."

문득 그가 그윽한 목소리로 한 핑계는, 봄을 웃게 했다. 그의 목을 좀 더 끌어안고 매달리게. 그는 무언가 걱정스러운 얼굴이었다. 자신이 봄을 기분 좋게 해 줄 수 없을까 걱정했다. 그만큼의 경험이 없었으니까. 아니, 없다기보다는 정말이지 봄이 유일해서 본능이 아는 그 이상은 알지 못한다는 편이 맞았다.

이제는 봄이 안심하라며 그를 쓰다듬었다. 괜찮으니, 어서 안아 달라고. 나 역시 다르지 않다고 말하며 그의 단단한 허리를 제 쪽으로 누르며 당겼다.

작은 손이 제 허리춤을 매만지자 그는 미간을 꿈틀며 허리를 내렸고, 한 손으로 가는 다리의 무릎 아래를 들어 올렸다. 참을 수 없게 된 지는 이미 오래였기 때문에.

다른 손으로 자신을 쥐고, 치밀한 내부로 정확하게 밀어 넣었다.

"음……!"

"아파?"

그러다 제 어깨와 허리를 짚은 봄의 손이 바들거리자 놀라 물었으나 파고드는 걸 멈출 재간은 그에게 없었다. 이미 온 정신이 빨려드는 듯했으니까.

될 수 있는 한 느리게 움직이는 게 최선으로 봄이 제 아래에서 눈을 꼭 감고 속눈썹을 파르르 떠는 걸 고스란히 지켜봐야만 했다. 창으로 들어오는 빛은 미세해서, 겨우 서로의 얼굴만을 볼 수 있게 했다.

126

아픈 듯 벌어지는 입술과, 찡그려지는 눈을 보게 했다. 그의 얼굴도 그만큼 일그러졌다. 이번에도 아플 거라고는 여기지 않았다. 두 번째니 아프지 않을 줄로만 알았다.

"……하."

"내가 널, 아프게만 해?"

"아뇨…… 기뻐요."

그가 걱정스러운 얼굴을 하면 봄은 그저 미안해졌다. 서둘러 그의 목을 끌어안아 서로의 얼굴이 보이지 않을 만큼 가까이 껴안았다. 마주 닿은 그의 어디고 떨리지 않는 곳이 없었다. 그를 토닥였다.

"그때, 말했잖아요. 난 선배가 기분…… 좋으면, 그걸로 됐어요."

가늘게 목소리가 떨렸다. 아파서가 아니라 버거워서. 익숙치 않은 밀고 들어옴에 몸이 벅차했을 뿐이다. 정말 그때만큼 아프지 않았다. 그를 밀어낼 마음이 들 정도는 아니었다. 오히려 불편해 보이는 그가 어떻게든 움직여 주었으면 싶을 뿐이었다.

"……네가 아프면."

"나요. 아프지 않아요. 이제 됐어…… 정말이야."

봄이 재촉하며 자잘하게 그의 목덜미에 입술을 맞추는 동안 둘은 강력하고 깊숙하게 하나가 됐다. 그는 아주 느리게 나가 그렇게 다시 파고들어 왔다. 더없이 꽉 채우며 봄도 알지 못했던 봄의 가장 안쪽까지를 느끼고 차지했다.

일정하게 드나들기를 반복하며 온전히 제 것으로 만들었다.

"아으."

"봄아."

"……응!"

그는 드문드문 봄이 아파하진 않는지 살피는 듯했고, 이내 완전히 그렇지 않다는 걸 납득하자 본능을 드러내기 시작했다.

서른다섯이란 혈기 왕성한 나이였고 그간의 혈기를 갈 곳 없이 두었기 때문에 그야말로 점점 강력해졌다. 그가 힘껏 허리 짓하며 파고들면 봄은 소리도 내지 못하고 입술을 벌렸다. 숨이 버거워질 만큼 그가 가득 채워 와서 허리를 뒤틀고 입술을 깨물었다. 아픔과는 다른 감각에 전신이 요동쳤다.

허리 아래로 파고든 손이 하체를 들어 올리고 좀 더 다른 곳까지 열고 들어오면 그때는 여지없이 신음했다. 자신의 맨가슴 위로 떨어지는 그의 땀방울에 흑흑거리는 소리를 흘리고, 드문드문 그에게서 낮은 신음이 흘러나오면 그때는 그의 팔뚝을 할퀴고 말 만큼 흥분했다. 여자의 소리를 내며 처음 보는 자신을 봤다.

사랑하는 몸짓이란 이런 거로구나 하고 실감하며 힘겨워 바들거리면서도 벗어나지 못하고 그의 아래에서 몇 번이나 경련했다. 세상에 우리 둘뿐인 것처럼 그 밤 내내. 그는 봄을 달구어 목마르게 했다. 부드럽고 격렬하게 봄을 원했다. 그 밤 온종일.

♠　　♠　　♠

"음……."

깜빡 잠들었다가 다시 그의 손에 의해 깨어났다. 날은 제법 밝아 이미 아침이었다. 그의 손은 괘념치 않고 봄의 허리를 들어 올렸지만 말이다. 봄은 거부할 힘이 없어서라도 거부하지 못했다. 그러나 그의 갈비뼈 부근에서 핏기가 배어 나오는 붕대를 보고는 그를 저지했다.

"선배, 붕대가."

간밤에는 보지 못했는데, 무리한 덕에 그의 상처가 터진 듯했다.

"괜찮아. 쉿, 집중해."

"하지만……."

누구는 놀라 잠이 다 깼는데 정작 본인은 관심이 없는 모양이었다. 그는 말하는 걸 키스로 막았다. 차가워진 가슴 둔덕을 다시 두 손으로 감싸 쥐며 열기가 오르도록 매만졌다. 보들거리는 아랫배를 쓰다듬는 손길이 그새 익숙하게 변해 있었다.

"으음."

자신의 입안으로 봄의 신음이 흘러 들어오는데 그는 미소 지었다. 허물어진 시선으로 봄이 이렇게 가까이서 자신을 보는데도 만족하는 눈이었다. 또 인터폰이 방해했지만.

띵동.

그는 또 무시했다. 하지만 인터폰 소리가 들리면 봄은 키스도 피하기 시작했다. 신강오는 그에 부글거리는 얼굴을 하더니, 침대에서 벗어나지 않은 채 적당히 던져 뒀던 제 핸드폰만 집어 들었다. 이 아침부터 자신을 찾을 사람이야 뻔했으니 말이다. 비서 둘 중 하나일 터다.

"나다."

"……."

봄은 사실 이제 힘이 들어서, 그것도 아주 많이 들어서 그가 그만해 줬으면 싶었다. 통화하는 모양을 보자니 그는 그럴 마음이 없는 모양이지만 말이다.

"오늘 일정은 불참이다."

— ……원님, 사유는…… 고?

"사유는 부상. 다들 뉴스를 본다면 알 테니 말이 나오진 않겠지."

시트를 두르고 몸을 일으키며 봄은 그가 잘도 그런 거짓말을 한다고 생각했다. 그 부상은 침대에서는 괜찮고 밖에서는 아픈 모양이다. 조금이지만…… 다시 도망치고 싶어졌다. 이 남자의 체력이 어디까지인가 문득 두려워졌으니까.

짙은 섞임이란 대단하다. 그 사람을 더욱 잊을 수 없게 만드니까. 머리 외에 육체까지 그의 기억으로 그득해졌다. 그가 없어도 그가 곁에서 자신을 껴안고 있는 기분이 들었다. 멍하니 있다가도 그를 몸에 두르고 있는 듯한 착각이 들었다.

피부가, 입술이, 모든 살갗이 그를 기억했다. 조금만 생각 속으로 빠지면 귓가로 그의 낮은 숨소리가 들려왔다. 남자의 신음이란 이런 것이로구나. 그렇게 위험하고 감미롭구나. 치달은 순간에 그가 숨기지 못하고 흘려냈던 억눌린 신음이라든가, 그 표정이. 내내 봄의 머릿속을 장악했다.

그 순간에는 그의 숨소리에까지 자신을 쥐어 잡히는 기분이었다. 그가 자신의 이름을 부르며 터트리면…….

좀 더 소파로 몸을 기울이며 봄은 그의 잔해를 음미했다. 그가 꽉 쥐었던 허리라든가 종아리, 어깨, 깍지 낀 손바닥 안으로 땀이 끈적거렸던 감각. 바로 몇 시간 전의 일이라 아직 모든 것이 온몸에 선명했다. 기진맥진해질 만큼의 환희가. 목이 쉬어 버렸을 만큼의 절정이.

"아, 아."

그러나 이걸 언제까지 내가 가질 수 있을까? 목을 가다듬던 봄은 찰나 스친 생각을 이내 접어 버렸다. 아직은 제 것이었다. 막 손에 쥐어져서, 이제 겨우 제대로 만져 봤다. 벌써 놓고 싶지는 않았다.

옆으로 쓰러져 누우며 두 손을 쥐어 얼굴로 가져왔다. 자신을 끌어안으며 제 이름을 속삭이던 그를 되새겼다. 눈물이 날 만큼 다정해서 계속 그의 얼굴을 바라봤다.

제 허리를 쥐어 가는 그의 손이 너무 좋아, 자신도 두 손으로 그의 허리를 끌어안았다. 둘 다 헐벗은 몸이었기에 그 끌어안음이 더 절실했다.

침대 위에서 그가 커다란 몸을 구부리며 자신에게 키스해 주면 그냥 그걸로 행복했다. 그가 가진 다른 건 바라지 않았다.

그 다른 것들은 오히려 봄에게 독과 같았다. 그를 온전히 가질 수 없게 하는 것들이었다. 자신은 그의 일부면 족하는데. 그가 주는 시선, 울림이 좋은 부름, 뜨겁고 다정한…… 손. 그를 몰랐다면 이런 미련도 몰랐을까. 알지 못했다면 욕심부리지 않았을 테지. 봄은 종종 그를 가질 수도 버릴 수도 없는 기분에 사로잡혀 움직이지 못했다.

지금처럼 TV 속에서 그가 보일 때면 특히.

[가해자에 대한 처벌은 어떻게 하실 생각이십니까? 식칼을 휘둘렀으니 명백한 살인미수인데 합의 의사는…….]

요 며칠 그는 피습당한 일로 TV에 자주 거론되고 있었다. 그러나 그의 표정은 언제나 봄에게 보여 주는 것과 달리 살얼음이 낀 것이었다. 견고하며 위엄 있는, 지배하는 자의 얼굴. 건방은 용서하지 않겠다는 듯한……. 이럴 때면 종종 느꼈다. 그는 뼛속까지 저쪽의 사람이 맞구나…… 하고.

"김봄 씨."

"……아, 네?"

"식사는 어떻게 하시겠습니까."

이럴 때도 그가 자신과 다르다는 걸 느꼈다. 유 비서가 나타날 때. 그가 부리는 사람이 자신의 곁에 딱 붙어 감시한다는 걸 실감할 때 말이다. 봄은 몸을 일으키며 말했다.

"배…… 고프지 않은데요."

그의 수족인 유 비서는 최근 들어 봄이 밖으로 나가는 것도 허용했다. 정확히는 강오의 허용으로, 그는 대신 어딜 가든 유 비서와 함께여야 한다고 했다. 봄이 혼자 어딘가 가는 건 아직 불안해했다. 봄이 도망칠까 그러는 건 이제 둘째 치고 자신이 피습당한 직후라 제법 예민해져 있었다.

혹시 그 누군가가 봄까지 건드릴까 바짝 날을 세웠다. 보디가드를 붙여야겠다고 말한 건 농담인지 진담인지 모르겠다. 바보같이, 누가 자신 같을 걸 해하려 든다고. 봄은 고개를 끄덕이고 나가려는 유 비서에게 문득 물었다.

"유 비서님."

"네."

"그 사람은…… 적이 많은가요?"

"신 의원님 말씀이십니까."

이번엔 봄이 고개를 끄덕였다. 하루의 대부분을 신문과 TV만 봤다. 고향의 돌아가는 모양을 좀 알아 둬야겠다 싶었기 때문이다. 진작에 좀 더 봤더라면 그가 미혼이라는 사실도 알 수 있었을 테니 안 보는 것보다는 낫겠다 싶었다. 그리고 TV로 알게 된 사실은, 그가 어딘가에는 분명 미움받는 사람이라는 거다.

피습당한 것만 봐도 알 수 있듯이 말이다. 그는 보수적 성향이 깊은 강경파였다.

그를 피습한 남자는 전 우산지구 의원의 지인으로, 재개발 소식을 전 의원으로부터 몰래 전해 듣고 빚까지 져 아파트 한 동을 매입했다고 한다. 하지만 그 재개발 예정이었던 아파트는 지척에 왕릉이 있다는 사실이 발견되면서 재개발이 무기한 연기됐다. 취소된 거나 다름없었다.

심지어 그 왕릉의 존재는 전 의원도 알고 있었지만, 워낙에 노른자 땅이라 이익을 위해 은폐했던 모양이다. 건물을 세우기 위해 매몰시키기 직전까지 갔단다. 하지만 그걸 발견한 신강오는 그대로 넘어갈 인물이 아니었다. 조사비 예산을 잔뜩 끌어와 우산지구를 아예 문화지역으로 개발하기 시작했다.

재개발될 아파트만 보고 전 재산도 모자라 빚까지 낸 사람으로서는 눈이 돌아갈 일이었다. 칼을 들고 피습하지 않았으면 그 사람은 목을 맸을 거다. 어차피 죽자고 한 일인데 뭐가 보였을까?

"없다고 말씀드릴 수는 없겠군요."

그런 식으로 원한을 가진 사람이 한둘이 아니지 싶었다. 애당초 우산지구는 계속 민진당에서 차지했던 지역인데, 이번에 국민당 의원인 그가 처음으로 당선됐단다. 그러니 지난 부패세력에게 그는 눈엣가시인 셈이었다. 흠잡혀서 좋을 건 없었다.

"……나는, 집에만 얌전히 있는 편이 그에게 좋겠어요."

"너무 걱정하진 마십시오. 지킬 게 많은 사람은 적도 많은 법입니다."

처음 출마 당시엔 모두가 그를 말렸단다. 우산지구에 출마하면 2선을 하지 못할 거라고. 하지만 그는 3퍼센트 차이로 승리를 거머쥐었다. 확률은 15퍼센트 진 싸움이었는데 2,30대 유권자들이 그의 손을 들어 준 것이다. 또한 토박이들을 움직일 수 있는 힘이 있다는 걸 그는 보여 줬다. 지역은 정직하고 젊은 피를 원했고 그는 그에 부합한 셈이다.

만약 그가 당선되지 않았다면 왕릉은 그대로 매몰되었을 테고 그는 피습당하지도 않았을 터다. 아이러니한 기분이었다. 봄은 작게 한숨을 내쉬었다.

"의원님께서는, 자신이 지켜 주지 못해 아픈 사람이 자신을 가장 아프게 한다고 말씀하신 적이 있죠."

봄은 그게 자신을 두고 한 말이라는 걸 알았다. 그러니 자신은 그의 곁에 있어 주는 거면 된다고 말하고 있는 거다. 충직한 유비서가 원하는 건, 그가 원하는 일이었다. 그리고 그가 원하는 건…… 단순했다. 봄이 곁에 있어 주는 것.

"하지만."

"……하지만?"

"그는 내가 포용할 수 없는 남자예요."

딱히 슬픈 어투도 아니었다. 조금은 무미건조하게 느껴질 만큼 조곤했을 뿐이었다. 봄은 모은 무릎을 끌어안고 그 위로 턱을 댔다. 반쯤 눈을 내리감으며 신기한 듯 말했다.

"선배의 아버님이…… TV에 나오시는 걸 봤어요."

"……어르신은……."

"저요. 대통령의 며느릿감은 아니잖아요."

말하면서도 헛웃음이 터졌다. 신강오 의원보다 더 유명한 사람이, 그의 부친이었다. 일명 '성북동 어르신'으로 불리며 차세대 대권주자로 꼽히는 사람.

3선을 지냈으며 3선 때는 원내 대표를 지냈다. 그 후 서울 시장을 역임하고 현재는 대권을 준비 중인 실세 중의 실세. 그 사람이 바로 강오의 아버지였다. 곳곳에서 실질적 당의 지배자로 불리며 설날이면 성북동 골목이 마비되게 하는 사람. 정치계에는 최근 이런 은어가 있단다.

'성북동에 세배 다녀왔나?'

그것은, 대통령에게보다 먼저 세배를 다녀왔냐는 물음이다. 대단한 파워남이 아닌가.

설날이면 성북동이 막히는 것은 그에게 인사하기 위해 몰리는 정치인들 때문이란다. 새해가 되면 어르신에게 비단 보따리를 싸서 절하러 가는 것이다. 그리고 신강오는, 그런 집안의 외동아들이었다.

몇 년 만에 한국에 돌아와서도 조금만 귀를 기울이면 알 수 있는.

"대단하네요."

"……."

"선배는 대단해요. 너무 대단해서, 욕심도 안 나."

세상에나, 너무 대단해서 같이 있으래도 무서울 것 같은 사람들이다. 봄은 무릎 속으로 이마를 파묻었다가. 조용해진 유 비서에게 미안해 일부러 계속 말소리를 냈다.

"그런 생각이 들어요, 문득. 원래는 닿을 인연이 아니었는데…… 내가 억지로 붙잡아서, 이렇게 꼬인 건. 엉킨 건 아닐까……."

본래는 스쳐 가는 거면 용한 인연이었는데, 하늘거리는 수만 가지 실들 중에 각기 하나였는데. 그래서 스치기도 힘든 인연인데…… 그랬는데 어쩌다 한 번 닿은 것이 붙들려 뒤엉켜 버린 건 아닐까.

"하지만…… 한 번쯤은 괜찮죠?"

"……무슨?"

"어차피 말릴 사람도 없는걸요. 내가 지금 아니면 언제 욕심을 부리겠어요. 선배가 나를 봐 주고 있는데…… 외면할 수 없어요."

천천히 고개를 들고 유 비서를 바라봤다. 그의 충견이나 다름없는 저 남자는 그에게 폐가 된다면 매정하게 고개를 저을 남자니까. 봄은 갈피 잡지 못하는 마음 때문이라도 부정의 말을 듣고 싶으면서도, 입으로는 긍정을 애원했다.

"그러니까 조금은, 괜찮다고…… 해 주세요."

아직은 괜찮다고. 조금쯤은 그를 욕심내도 된다고. 부디. 그 새까맣게 타들어 가는 마음을 아는 건지, 감히 조금은 허락할 수 있는 건지 유 비서는 처음으로 박정하지 않게 굴었다.

"……괜찮습니다."

그 덕에 조금은 기운이 나서, 봄은 저도 모르게 고맙다고 말했다. 작게 웃음을 터트리며.

5장

그날은 주말이었다. 봄이 한국에 돌아와서 그와 맞는 세 번째 주말. 첫 번째 주말에는 집에 꼼짝없이 붙들려 있었고, 두 번째 주말에는 그가 어디든 다녀오라고 했지만, 그러니까 유 비서와 함께라는 전제하에 기분 전환 삼아 어디든 다녀오라고 했지만…… 막상 나가라고 하면 갈 곳이 없는 봄이었다. 도망칠 틈만 노렸던 게 허세로 느껴질 만큼, 갈 곳 따위 없었다.

마땅히 가고 싶은 곳도 가 볼 곳도 허무하리만치 없어서 이번 주말도 그냥 그렇게 보내려 했다. 그가 바빠 혼자 집을 지켰던 저번 주말처럼.

"나가자 봄아."

그런데 돌연 그가 나타났다. 오늘도 아침부터 나가기에 일이 있나 했더니, 한 시간 만에 돌아온 것이다. 그런데 평소와 너무 다른 차림이었다. 남색 반팔 티에, 청바지를 입고 캡 모자를 눌러쓰며 집 안으로 들어섰다.

TV 속의 그나, 평소 출퇴근하는 그는 항상 무장에 가까운 양복 차림이기 때문에 순간 그 모습이 상당히도 낯설었다. 자유롭게 차려입은 그는 신 의원이라기보다는 예전에 알던 강오 선배였다. 법학부의 수재로 불리던 햇살 같은 남자. 캡을 눌러쓰며 시원하게도 웃는 그는 언뜻 최근 화제되는 그 국회의원이 아닌 것 같았다. 옷 좀 편하게 입었기로서니 말이다.

그것이 조금 얼떨떨할 만큼 의외였다. 어울리지 않을 것 같은데 어울렸다. 그도 그럴 것이…….

"선배, 그거…… 예전에 입었던 옷 아니에요?"

흐릿한 기억이 절로 살아나서 봄은 그의 나가자는 말은 까먹었다. 그가 걸친 저 빛바랜 남색 티셔츠는 예전에도 그가 입었던 것이 분명했다. 그리고 그때도 그에게 저렇게나 잘 어울렸다. 쇄골이 조금 보이는 브이넥의 심플한 것으로, 키가 크고 어깨가 넓어야 어울리는 옷이었다.

젊은 그에게 맞춘 듯 어울렸던 기억이 난다. 그때의 그는 자주 저렇게 입었다. 다른 학생들처럼 흔한 차림을 하고 흔하게 웃어댔다. 대학생이었으니 지금에 비하면 물론 풋내 나는 사내였지만…… 그래도 특별한 구석이 있었다. 어디에 있든 눈에 띌 만큼 잘난 남자였으니까. 그리고 지금은, 더했다.

지금의 그가 그때보다 더 건장해 보이는 건 결코 착각이 아닐 거다. 같은 키인데 더 다부져진 몸이라…….

"……맞아. 이런 걸 다 기억해?"

"그야……."

선배의 일이니까. 지금 그가 벗어 둔 하얀 운동화도 기억이 났다. 봄의 기억 속에 있으니 8년, 아니 10년은 더 된 물건들이리라. 그 예전 것을 아직도 가지고 있는 그가 신기했다. 놀랄 만큼 비싼 슈트들을 옷장 가득 넣어 두고는 저런 것도 가지고 있다니. 하기야, 그러니 아직도 자신을 제 것이라 말하는 것이리라.

"같이 나가려고, 본가에 가서 갈아입었어."

"네에……."

"네 덕에 오랜만에 꺼낸 것 같다."

그가 오른손으로 왼쪽 어깨를 짚으며 말했다. 커다란 몸을 움직여 가볍게 목을 푸는 동작을 보는 것만으로 봄은 심장박동수가 조금 올라갔다. 그것은 그의 몸을 알기 때문에 나오는 어쩔 수 없는 반사작용이었다.

기분상이 아니라 그는 정말 예전보다 단단한 몸을 하고 있었다. 늠름한 가슴팍이라든가…… 봤으니 알고 있는 탄탄한 복근이라거나.

남들의 눈에 그는 그저 나이에 비해 근엄한 남자인데, 봄의 눈에는 관능적이기 그지없었다. 그의 '그런 숨소리'를 알고 있기 때문일까? 살끼리 뒤엉켰을 때의 탁한…….

언제부터 이런 상상을 상습적으로 했는지! 봄은 조금 달아오르는 뺨을 손등으로 가렸다. 절로 침대 속에서 그가 했던 말이 떠올랐다.

지난 8년간 기운이 남을 때면 무작정 운동을 했다고 했다. 그리고 지금은…… 그러기 아깝다고. 빤히 각오하라는 뉘앙스였다. 정말이지, 의외로 직설적인 남자였다. 갈구하는 데 아낌이 없어 봄으로서는 감당해 내기 어려웠다.

"으흠."

"……봄아? 얼굴색이 붉다."

"괘, 괜찮아요."

서슴없이 만져 왔다. 언제 기분 좋게 웃고 있었냐는 듯 걱정스러운 얼굴로 다가와 봄의 뺨을 보듬어 보는 것이다. 그의 그림자가 머리 위로 훅 끼쳐 오자 봄은 얼른 눈을 감았다.

바로 당신 때문에 순간 야한 상상을 했다고…… 어떻게 말하겠는가. 눈을 마주치면 생각이 들킬까 부끄러웠다. 그러자 그가 더욱 안쓰러운 목소리를 냈다.

"혹시 아픈 거면 나가지 않아도 돼."

"아니에요…… 선배. 옷까지 갈아입고 왔잖아요. 나가요."

고개 저으며 연거푸 괜찮다고 말했다. 서둘러 달아오른 뺨을 가라앉히고 한 걸음 앞으로 다가온 그를 살폈다. 나갈 작정을 하고 오래된 옷까지 찾아 입었으면서, 이런 오래전 티셔츠 같은 걸……. 봄은 손을 내밀어 예전에는 이렇게 가까이서 만지지 못했던, 그의 가슴쯤을 건드렸다. 가만히 그의 티셔츠 위로 손을 올리고 숨을 죽였다.

왜, 손이 가는지 모르겠다. 왜 만져 보고 싶은 건지. 아니, 알겠다. 전에는 이렇게 그에게 기댈 수도 없었고 그의 품에 뺨을 묻을 수도 없었다. 그래서 지금이 더 대단하고 소중했다. 그래서 계속 그를 만지고 싶은 욕구가 들끓는가 보다.

"괜찮아 보여?"

"왜요. 이상한 것 같아요?"

그가 봄의 허리를 끌어안으며 물어서, 봄은 웃으며 되물었다. 그의 가슴에 입술을 묻고 피식 웃음을 터트린 게 간지러운가 보다.

저도 작게 웃으며 그가 봄의 어깨를 당겨 안았다. 소중한지 힘주어 안지도 못하면서 품에 가두고는, 숨소리를 죽였다. 그를 조금이라도 더 느끼려고 작게 숨 쉬는데, 그도 그러니 결국 지극히 조용했다.

잠시 침묵한 뒤에야 그는 봄의 입술이 고스란히 느껴지는 얇고 가벼운 티셔츠가 어색한지 쑥스러운 듯 웃으며 말했다.

"이러면…… 우리 좀 더 어울릴 것 같아서."

그래, 그는 여자에게 값비싼 옷을 사 주기보다는 그 여자와 어울리게 자신을 맞출 수 있는 남자였다. 그게 자신을 낮추는 거라고 해도. 단출한 옷뿐이고 그가 무언가 선물한대도 받지 않는 봄이었으니 말이다. 봄이 자신을 빤히 올려다보기만 하고 말이 없자 그가 덧붙였다.

"모자는 변장용이지만."

"……어딜 갈 건데요?"

"여주에."

몸을 조금 굳혔다. 그를 끌어안은 채로 봄은 약간 긴장했다.

경기도 여주. 기억하는 한 단 한 번도 가 본 적 없는 곳이었다. 그러나 봄이 태어난 곳.

♠　　♠　　♠

경기도 여주에 위치한 아기용품점 앞으로 차를 세웠다. 주말이라 운전하는 것은 그였다. 유 비서도 없었고, 그와 단둘이었다. 그러면 데이트하는 기분이 나야 하는데 그저 목이 바짝바짝 마를 뿐이었다.

차에서 내리기까지가 제법 힘들었다. 교외에 위치한 것치고 가게가 제법 크다는 생각을 하는데도 한참이 걸렸다.

봄이 아무 말도 하지 않았기에 그 역시 침묵했고, 봄이 소리 죽여 걸음을 내딛자 그도 따라 걸었다. 봄이 가게 문을 열지 못하고 그 앞에서 심호흡하다가 자신을 올려 봤을 때는, 바짝 다가가 어깨를 감싸며 유리문을 열어 주었다. 함께 가게 안으로 들어서자 여주인이 둘을 맞이했다.

"어서 오세요."

점잖은 톤으로 말하는 흔한 중년 부인이었다. 그리고 강오의 눈에 그녀는, 분명 봄과 닮아 있었다. 눈매라거나 코, 전체적인 생김의 분위기 같은 게 놀라울 만큼 말이다.

봄은 손님을 반기며 다가오는 여주인을 보며 바짝 굳어 수십 가지 생각을 했다. 그중 하나는, '울면 안 돼.' 였다.

"……."

"신혼 부부신가 봐요."

여주인은 선한 얼굴로 웃으며 물었다. 아기용품점에 함께 온 커플에게 흔히 할 수 있는 질문이었다. 어른의 감으로 보기에 둘은 아주 가까웠고, 그냥 그런 사이는 아닌 듯했으니 말이다. 연륜이라는 걸로 첫눈에 이 둘이 서로에게 각별하다는 걸 알아챘다. 그래서 부부려니 했다.

그녀는 봄과 강오를 번갈아 보며 어딘가 익숙한 얼굴이라고만 생각했다. 남녀 둘 모두. 캡 모자를 눌러쓴 훤칠한 젊은 남자는 어디서 본 듯한 인상이었고, 다소 긴장한 듯 보이는 여자는…….

"……아가씨 어디 아파요?"

"아……니요. 전혀."

"밖이 너무 더워서 그래요? 차가운 물 한 잔 줄까요?"

봄은 고개를 저었다. 그러고 보니 가게 안은 에어컨으로 시원했는데 자신은 여전히 더위를 느끼고 있었다. 자신을 걱정해 주는 사람이 하루에 둘이나 있어서…… 그것이 너무 낯설었다. 이상해 보이기 전에 뭔가 더 말해야 한다는 걸 머리로는 알았는데 행동은 쉽지 않았다.

"정말 괜찮아요?"

손님 접대를 하는 사람 앞에서 너무 심각한 얼굴을 하고 있었다. 빨리 웃으며, 자연스레 말해야……. 할 수 없었다. 봄은 겨우겨우 붙잡고 있는 표정이 무너질까 입도 벙긋거리지 못하고 곁에 선 그의 팔뚝만 움켜쥐었다.

이번에도 그가 한 걸음 나서 주었다. 여주인 앞으로 서며 둘

사이를 가로막았다.

"실례지만, 나중에 다시 오겠습니다."

"네?"

"죄송합니다."

"……아니에요, 편하실 때 오세요."

강오의 손에 이끌려 2분도 못 버티고 가게 밖으로 나온 뒤에야 봄은 길게 숨을 내뱉을 수 있었다.

그냥 얼굴만 보러 온 거다. 어떤 사람인지 궁금해서 얼굴만 보려고…… 그냥 손님인 척 한 번 훑어보고, 그리고 가려고 했다. 그런데 그게 이렇게 힘들 줄은 몰랐다.

태어나서 처음으로 얼굴을 보는 남일 뿐인데. 자신과 닮았다고 한들…… 아니, 자신이 그녀를 닮아 있다고 한들.

"봄아."

"……선배."

"네 어머니야."

그의 낮은 목소리에 왈칵 눈물이 났다. 엄마라는 단어는 봄이 한 번도 불러 본 적 없는 말이었다.

우리 엄마 같은 것, 내게는 없는 줄 알았다. 있다 해도 자신을 찾고 있을 거라고는…… 까맣게 잊고 살 줄 알았지, 아직도 찾아 헤매고 있을 거라고는. 그리고 저렇게 정말 존재할 줄은. 세상에 없는 허상이라고만 여기고 살았는데.

그렇게 착각하고 살지 않았다면 좀 더 일찍 만났을까? 이렇게 찾아왔을까? 그래서 정겨운 모녀가 되었을까? 서러운 외로움 같

은 거 덜 알았을까. 봄은 끝내 울음을 터트렸다. 그의 품으로 파
고들어 숨죽이고 눈물 흘렸다. 정말, 엄마가 있어.

봄은 차창 밖으로 향한 시선을 떼지 못했다. 도로 건너에 있는
아기용품점에 무언가 놓고 나오기라도 한 사람처럼. 도로를 지나
가는 차가 계속 시야를 가리는데도 한참을 그곳만 바라봤다. 거
리가 너무 멀어 그 안의 사람은 보이지 않는데도…… 찾기를 그
만두지 않았다

"봄아."

그의 부름에도 조금 둔하게 반응했다. 오른쪽 운전석에 앉은
그가 연회색 손수건을 내미는 것을 보고 손을 내밀어 받기까지도
느릿했다. 그 허망한 웃음 같은 목소리도.

"머리와 상관없이 나는 눈물이 있나 봐요."

자신이 왜 눈물을 흘렸는지 알 것도 같고 모를 것도 같았다.
마음은 아는데 머리는 몰랐다. 이성은 울고 싶어 하지 않았고 눈
물이 나올 거라 전혀 생각지도 않았는데, 어느 순간 터지는 것을
그래서 걷잡지 못했다. 차라리 대비했다면 좀 나았을까. 그가 건
네준 손수건으로 젖은 눈가를 누르면서는 헛웃음이 나왔다.

"나는 내 마음을 모르는데…… 눈물은 내 마음을 아나 봐요."

부모 같은 거, 줄곧 자신과는 상관없다고 생각했다. 딱 한 번
몰래 보는 거면 만족할 거라고. 새삼 애정 줄 부모는 필요 없다
고.

20년 넘게 그렇게 여겼고 그렇게 애처로운 결의를 다져 왔기

때문에…… 그렇기 때문에 날 버린 부모를 내가 먼저 찾는 건 싫다고. 찾는다 해도 알은척하고 싶지는 않다고.

그들은 결코 나를 반기지 않을 테니까. 나는 나를 더 이상 비참하게 하고 싶지 않으니까.

"널 찾고 계셔."

하지만, 모든 마음가짐은 한 가지 사실로 인해 무너졌다. 가설로도 세워 보지 않았던…… 부모가 아직도 나를 찾고 있다는 현실로 인해. 사실은 나를 버리지 않았다는, 꿈같은 소리에 너무도 당황스러워서 어떻게 행동해야 할지 알 수 없었다. 마치 그를 다시 만났을 때처럼.

보통은 그런 착각 하지 않으니까. 만약 생각한다 해도 진정 꿈으로 끝나니까. 현실적으로…… 보통은…… 다들, 다 잊고 제 갈 길 가 버릴 텐데. 30년 전에 잃어버린 아이 같은 거, 8년 전에 잃어버린 첫사랑 같은 거, 그냥 그렇게 묻고 살 텐데.

"그……분을 봤을 때, 그냥 덜컥 눈물이 났어요. 당황스러울 만큼 막 흘렸어."

"……마음의 준비가 덜 돼서 그래."

"선배를, 다시 만났을 때도 그랬어요."

또 울 것 같은 얼굴이 된 봄을 그가 끌어당겼다. 더디게 품으로 안고는 눈물이 묻을 텐데도 꽉 안아 줬다. 다독이는 손길에 더 눈물이 나는데 계속 다독여 줬다.

믿을 수 없어서 눈물이 나고 실감이 나지 않아 정신이 멍해지는 그런 이상한 경험이었다. 그걸 지금 생에 두 번이나 몰아서

하고 있기 때문일까. 가끔 숨이 겨울 때가 있었다. 가슴이 꽉 옥죄어 와 그의 가슴으로 좀 더 안겨 그의 옷깃을 힘껏 쥐었다. 붙잡자 안아 주는 그가 있기 때문일까? 신기하게도 살 것 같은 기분이 되었다.

그에게 기대는 것만으로 위로가 됐다. 그의 두 손이 자신에게 자상하다는 게 힘이 되었다. 그의 다정함이…… 봄을 숨 쉬게 했다. 이걸 잃고 어떻게 살아가려고 나는 기대고 마는 걸까. 봄은 그렇게 생각하면서도, 손에서 힘을 풀지는 못했다.

♠　　♠　　♠

"사무실에 잠깐 들렀다 가야겠어."

"그래요."

집에 돌아가는 길이었다. 그가 어딘가 들른다고 해서 봄은 그런가 보다 하고 고개를 끄덕이고 말았다. 강오는 그 담백함이 이상했나 보다. 핸들을 꺾으며 반문했다.

"어째서 왜냐고는 묻지 않아?"

"……왜요?"

묻기를 원한다면 묻는 거야 어렵지 않았다. 봄은 창밖에서 시선을 떼고 그의 얼굴을 보며 왜냐고 물었고, 그는 그 고분고분함이 또 우스웠나 보다. 입술을 늘리며 웃었다.

"보통의 여자들은, 왜냐고 자주 말하거든."

"그게…… 어떤 보통의 여자인데요?"

"······질투야?"

묻고도 아차 하긴 했다. 그것은 은근한 질투였으니까. 나밖에 없다고 하고는, 다른 여자는 '자주'라고 말하니까 저도 모르게 불만스러움이 어투에 삐져나온 것이다. 무덤덤한 듯 톡 쏘아 말하고 말았다. 봄은 자신도 이러기가 처음이라 입술만 달싹였다. 그리고 결국 인정했다.

"······그런 것 같아요."

"와우."

그는 운전하다 말고 과장스레 기뻐했다. 어디가 기쁜 건지, 뭐 그리 좋다고 크게 웃는 건지. 봄이 낯부끄러워 시선을 피하자 마침 정지신호에 차를 세운 그가 봄의 뺨을 꼬집었다. 한 손으로 볼살을 조금 늘리며 저 좀 보라는 듯 키득대는 것이다. 봄의 뺨은 한층 더 달아올랐고 그는 마냥 기분이 좋은 듯했다.

일부러 그런 그와 시선을 마주치지 않으며 봄은 속으로 생각했다. 혹시, 그의 눈에는 자신이 귀여워 보이기라도 하는걸까. 이런 딱딱한 자신이? 매사에 팍팍해서 융통성이라고는 조금도 없고, 그렇다고 여자답게 애교스러운 것도 못 되는데······. 그래도 스무 살 적에는 제법 귀여웠던 것도 같은데. 지금은 이런 못난 질투나 하고 있다.

"어머니도 있고, 아버지의 비서도 있고. 국회에도 여자는 많지."

화 풀라는 듯한 그의 설명에 봄은 다시 그에게로 힐끔 시선을 줬다. 차를 출발시키느라 그가 장난치는 걸 그만뒀기 때문이었다. 약간 볼을 부풀리고는 투덜대듯 말했다. 유 비서를 염두에 둔 말이었다. 얄미운 그의 충견.

"……선배의 주변에는 그러고 보니 다 남자네요."

"여자는 불편하거든. 잘해 주면 기대를 하고 모질게 굴면 울어 버리지. 그리고 험하게 굴릴 수가 없어."

언뜻 할 말을 잃었다. 목구멍까지 질문이 올라와서 막혀 버렸다. 나한테는 그럼 왜 잘해 주는 건데요? 기대하라는 건가요. 나는 울어도 다독여 주잖아요? 나는 괜찮다는 건가요. 봄이 우물거리는 사이 그가 여전히 웃는 얼굴로 말을 이었다.

"사무실에 가면 네 어머니에 대한 추가 조사서가 있어. 그걸 줄게."

그는 봄보다 봄의 어머니를 부르는 데 익숙해 보였다. 그에게 어머니가 있기 때문일까. 계속 그런 호칭을 불러 봐 와서? 봄은 아직 어색해서 입에 담지도 못하겠는데. 마치 그 말은 소리 내는 게 어려운 것처럼.

"……."

"싫어?"

봄이 말하지 않고 있자니 그는 뜻을 달리 받아들인 듯했다. 봄이 아직 그 어머니를 어려워한다고. 오늘도 한마디도 제대로 섞어 보지 못하고 도망친 걸 보아 자신이 너무 섣부른 건 아닐까 하고.

"……아뇨, 볼래요."

"정말 괜찮아?"

"네, 나…… 궁금해요, 선배."

봄은 진심으로 바랐다. 다음에는 그분에게, 스스로 말을 걸어 볼 수 있기를 말이다. 그러면 언젠가 어머니라고 부를 수도 있지 않을까? 아직은 너무 어렵지만 그래도 시간이 가면…… 내가 먼저.

어렴풋이 그런 생각을 했다. 전이라면 전혀 생각지 못했을 텐데 말이다.

집과 그의 의원사무실은 멀지 않았다. 20분 정도의 거리로 그는 사무실 도로 맞은편에 차를 세우고는 자신만 내렸다. 그리고 조수석의 봄에게 당부했다.

"여기서 기다려, 내리지 말고."

웬만해서는 데리고 들어갈 텐데, 봄이 어디 가 버릴까 봐 불안해서라도 말이다. 하지만 그는 그러는 대신 저 혼자 가는 쪽을 택했다. 봄이 제 눈이 없는 틈을 타 도망갈 거라는 불안증이 많이 가신 모양이다.

최근 들어 봄은 그만큼 순순했다. 길든 짐승처럼 그의 손길에 얌전했다. 한 번이라도 더 쓰다듬 받으려 열심이었다.

그리고 그가 왜 자신을 차에 두고 가려는지 알 것 같아 봄은 잠자코 고개를 끄덕였다. 그의 이름이 걸린 사무실이 낯설지 않은 것이다. 그가 피습을 당한 보름 전부터 내내 TV에 핏자국과 함께 수없이 오르내렸으니 어쩔 수 없이 눈에 익었다.

오늘은 주말이라 없지만 평일에는 경호원도 두는 모양이었다. 그에게 자신의 사무실 근처는 아직 위험지대인 걸까. 봄은 눈으로만 그의 뒤를 좇았다.

"아!"

그가 들어가는 길까지는 별일이 없었다. 다만 그가 사무실에서 내려왔을 때가 문제였다. 웬 검은 그림자가 계단에서 튀어나와 그의 팔을 붙드는 것이다.

봄은 놀라 차 문을 열었다. 처음엔 그를 알아보지 못하고 머뭇거리던 그림자는, 캡 모자를 쓰고 반팔 티를 입었지만 그게 신강오라는 것을 깨닫고는 허겁지겁 매달렸다.

"신 의원님!"

절박한 목소리를 내는 그것은, 봄의 어머니와 비슷해 보이는 중년의 여성이었다. 또한 그녀는 강오의 바짓단에 매달릴지언정 위협적으로 보이지는 않았다. 막 한 발 차에서 내렸던 봄은 그대로 멈춰 섰다. 작은 도로 하나 사이에 뒀을 뿐이라 그들의 목소리는 고스란히 들려왔다.

"의원님, 그이가…… 그이가 잠시 미쳐서 그런 거예요. 한 번만 선처를……."

어렵지 않게 그 중년 여성이 누구인지 알 수 있었다. 보름 전 그를 습격한 남자의 부인이 틀림없었다. 봄은 나설 수 없었다. 자신이 참견할 일이 아니라고 생각해서였고, 그 부인을 내려다보는 그의 표정이 지나치게 살벌했기 때문이다.

"아십니까. 칼의 크기가 살의의 척도가 된다는 걸?"

"……예?"

"그자가 든 건 과도도 아니고 식칼이었습니다. 법적으로도 과실로 해 줄 수 없는 범위. 식칼을 품고 온 건 명백한 살해 의사로 간주합니다."

"······그, 그이는······!"

"그렇게 날 죽이려 한 사람을 내가 왜 봐줘야 합니까. 내가 죽었다면, 난 내게 소중한 사람을 보지 못했을 텐데!"

얼핏 봄에게만은 한없이 따사롭고 다정다감해서 헷갈리기 쉽지만, 그는 사실 지독한 원리원칙주의자다. 질서를 지키는 데 각박하며 죄지은 데는 용서가 없었다. 법에서 벗어나고 인의를 거스르는 일을 지독히도 싫어했다. 그래서 너그러운 동시에 칼 같은 구석이 있었다.

죄를 지었으면 죗값을 받아야 한다는 그런 원칙에 칼과 같아서 자신을 피습한 자에게 조금의 선처도 주지 않았다. 보통의 의원들이라면 자신의 아량을 과시하기 위해서라도 선처할 텐데, 관대함을 여보라는 듯 그럴 텐데. 하지만 그는 무슨 일에건 대가를 치르지 않는 걸 싫어했다. 책임을 지지 않는 걸 보아 넘기지 못하는 책임감이 지대한 남자라.

하기야, 저런 독한 면모가 없다면 그 세계에서 살아남을 수 없으리라. 우습게 보이는 순간 목덜미를 물려 수명을 잃을 테니까.

그의 꺾이지 않는 구석은 장점인 동시에 단점이라 사방이 적일 게 불 보듯 뻔했다. 한 번 정한 바를 도통 꺾는 법이 없으니 남의 의견에 쉽게 뭉개지지 않았다. 그러니 누가 편해할 텐가. 배경은 또 보통인가?

"이 또한 불법이라는 거 아닙니까?!"

"의원님……! 제발!"

저 부인의 남편이 지은 죄목은 뉴스에서 주워듣기로만 엄청났다. 살인미수로 현재 송치 중이며 현장범으로 형사재판 중이다. 합의하면 형량 조절은 가능하지만 죄목이 무거운지라 무조건 1심에서 구형이 내려진다고 했다. 유무죄판결이 아니라, 유죄의 전제하에 형량이 정해지는 것이다.

비난 동기 살인으로 심지어 국회의원을, 그것도 신강오를 건드렸으니 최대 15년, 감형해서 10년, 운이 아주 좋아야 5년 형이라는게 대부분의 의견이었다.

일종의 본보기 구형으로, '넌 국회의원을 살해 동기를 가지고 피습했다. 그로 인해 일으킨 사회적 물의가 큰 바, 본보기를 위해 가감 없이 구형한다.' 라는 명목으로 형량이 최대치를 치면 쳤지, 그의 선처 없이 형이 줄기는 힘든 모양이었다.

"두 번 찾아오시게 두진 않을 겁니다."

그리고 보시다시피 그는 꽉 막힌 구석이 있는 남자였다. 지고지순하다는 건, 한 우물만 판다는 건 그런 뜻이기도 하니까.

"살려 주세요, 의원님! 그이가 원래 그럴 사람이……."

"……그만해 엄마!"

"의원님, 의원님!"

"창피하게 왜 이래 정말!"

뒤늦게 눈에 띈 것은, 고등학생쯤 되어 보이는 여자아이였다. 뒤에 서서 가만히 지켜보기에 남인가 했더니 딸이었던 모양이다. 매우 불만스러운 얼굴로…… 울고 있었다. 반항스레 생겨서는 서럽다는 듯 눈물을 줄줄 흘리며 제 엄마를 뜯어말리다가 화가 났는지 악을 썼다. 그만두라고, 다 싫다고.

꽤나 실랑이를 한 뒤에야 차로 돌아온 그는 매우 화난 듯 보였다. 죄를 인정치 못하고 사면만 바라니 그의 아량이 조금도 고개를 들지 않는 모양이다. 원래는, 착한 사람인데.

"……선배."

"왜."

돌아온 그를 보니 멀리서 봤을 때보다 실제로는 많이 시달렸는지, 팔뚝은 크고 작은 손톱자국으로 엉망이었고 머리도 다 흐트러져 있었다. 봄은 가만히 그의 앞머리를 정리해 주고, 긁힌 그의 팔등을 쓰다듬었다. 이 상처를 어쩌나…….

"……그 사람요."

"누구 말이야?"

"선배를 찌른 사람……."

바로 곁에서 일어난 일이니 봄이 모두 봤다는 걸 그도 모를 리 없었다. 그의 목소리가 단단히 굳어졌다. 봄이 쓰다듬는 팔 부위 역시.

"용서해 주기를 원해?"

"……아뇨. 나도 미운데 그 사람은, 선배를 죽이려고 해서…… 너무 미운데."

"미운데, 왜."

얼핏 성난 눈이다. 많은 사람들이 위신을 위해서라도 될 수 있는 한 엄하게 가지 말고 좋게 가자고 그를 다독였을 것이다. 하지만 다들 실패한 모양이다. 언뜻 듣기로 유 비서도 몇 번인가 그에게 말했지만 먹히지 않았다.

TV에서도 매몰찬 그를 조금 인정머리 없다는 듯 말했다. 그도 죽을 뻔해서 많이 놀랐는데, 하마터면 자신도 그를 잃을 뻔했는데.

매체의 일부는 조금도 용서 없는 그가 마치 나쁘다는 듯이 말했다. 그의 반대파일까? 그래서 깎아내리고 싶은 걸까? 그래도…… 나쁜 건 전부 습격한 사람인데. 자신이 잘못해 놓고, 불법적인 이득을 취하려다 전부 잃게 생기자 폭발해서 그를 죽이려다 실패해 놓고는…… 억울해만 하다니.

봄도 그 남자가 전부 잘못했다는 건 그와 같은 마음이었다. 선처할 필요가 없다는 데에도. 하지만.

"그래도…… 그 사람이 감옥에 가면, 그 여자아이는…… 감옥에 간 아버지를 두는 거예요. 그 부인은, 남편이 감옥에 가는 거예요. 돌아올 때까지 둘만…… 있어야 하는…… 거잖아요."

"……"

"남편을, 아버지를 감옥에 보내고 평범하게 살아가고…… 언젠가 시집가고, 하는 건…… 힘들 거예요."

그를 찌른 사람은 분명 미웠다. 우발적이라고 해도 그에게 상처를 준 사람은 싫었다. 그러나 교복 입은 그 여자아이가 눈에 밟혔다. 울며 남편의 죄를 빌던 부인이 봄의 마음을 무겁게 했다. 마음과 머리의 생각은 항상 달랐다. 그래서 입술은 갈피를 잡지 못해 다시 침묵했다.

그런 봄을 빤히 지켜보던 그는 작게 한숨을 내쉬더니, 봄의 손끝을 붙들었다. 자신의 팔등을 쓰다듬던 그 손이었다.

"네가 용서한다면…… 나도 용서할 수 있어."

"……내가요?"

"그래."

죄목이 죄목인 만큼 그가 용서해 선처를 한다고 해도 형량이 줄어들 뿐이었다. 하지만 그렇다고 해도 봄에게 정하라니, 괜스레 긴장이 됐다.

"……나는……."

"내 몸은, 네 거니까 봄아."

"네?"

"그러니까, 침대 위에서 부탁해 보면 어떨까."

살벌하던 남자가 작게 웃으며 농을 던졌다. 베갯머리송사라도 하라는 걸까. 잠시 그의 말이 무슨 뜻일까 고민하던 봄은 이내 화끈 달아오르는 얼굴을 어쩌지 못하고 그의 손을 털어 냈다. 그리고 주책없게 구는 그의 어깨를 크게 밀치고는 부족한지 새빨간 얼굴로 몇 번 더 그를 밀쳐 냈다.

"대체……! 무슨!"

창피해 어쩔 줄 몰라 하는 봄을 보며 그는 커다란 손으로 자신의 얼굴을 반쯤 가리고 크게 웃음을 터트렸다. 진한 미소였고, 그 덕에 봄은 심각했던 기분을 조금 덜어 낼 수 있었다. 그는 진담인 것 같았다.

♠　　　♠　　　♠

　여름이라 해는 유달리 길었고, 그는 그 해가 지는 것도 기다릴
수 없는 듯했다. 때는 저녁이지만 아직 해가 있었다. 커튼을 쳐
도 그 틈새로 들어오는 건 분명 밝은 빛이었다. 벗겨진 몸이 모
조리 보이고 있었다.

　봄은 치미는 부끄러움에 온몸이 새빨개졌다. 예민하게 일어난
가슴을 가리려 했지만 그가 입술을 묻어 와서 무리였다. 붉게 곤
두선 곳을 혀와 이로 물었다.

　반사적으로 그의 머리를 끌어안자 그가 불쑥 파고들어 왔다.
결코 느리지 않게, 단번에.

　"아웃……!"

　그 충격에 목을 뒤틀며 신음을 짜내고 말았다. 매번 그를 받아
들이는 일은 봄에게 벅차고 숨 막히는 일이었다. 열기가 들끓는
다는 점에서 그랬다.

　그는 버겁도록 크고 단단했으며 뜨거웠다. 깊숙이 치밀어 들어
오는 데 망설임은 없었다. 그런 묵직한 존재감을 가진 것이 꽉
채웠다가 급히 빠져나가면, 절로 허리가 들렸다. 마치 그를 쫓듯,
아쉬운 듯 배 안이 저릿해지는 것이다. 봄은 제 본능과 욕망을
질책하면서도 그의 아래에서 한없이 헐떡이며 그를 찾았다.

　"강오, 선……배!"

　그의 이름을 부르면 그가 칭찬하듯 자신이 기뻐하는 곳을 찾
아 누르며 들어온다는 걸 이미 아는 몸이었다. 봄은 그를 받아들

이며 바들바들 떨었고, 젖어 들었다. 그러면 그는 낮은 소리로 웃으며 만족스러운 숨을 내뱉었다.

그의 한 손이 봄의 휘어진 허리 아래를 받치며 다른 손으로 허벅지를 들어 올렸다. 그럼 그게 이제 겨우 시작이었다.

이 남자는 기운이 남아도는 정도가 아니라, 대단하다 못해 넘쳐서 매번 그걸 봄에게 쏟아붓느라 지극정성이었다.

가는 허벅지를 벌리고 마음껏 파고들다가, 자신의 몸에서 땀이 뚝뚝 떨어지기 시작하면 그쯤에는 봄의 체력을 생각했다. 자신이 이렇게 근육을 불끈대며 땀을 흘릴 지경이면 봄은 얼마나 버티기 힘들까, 하는 염두는 하는 듯했다.

"하아…… 짐승 같을지는 몰라도."

힘껏 허리를 움직이던 그가 숨을 몰아쉬며 말해서 봄은 고개를 들었다. 자신의 몸 안에서는 그가 꿈틀댔고, 말하는 동안에도 느리게 움직이고 있었다. 점막과 점막이 스치는 감각이란 아찔하기 그지없었다.

또한 그에게서 떨어진 땀방울이 가슴에 닿으면 어쩌지 못하고 몸을 움찔댔다. 봄은 그것만으로 신음을 흘리려는 제 입술을 깨물었다.

가슴골을 타고 그의 땀이 흘러내렸다. 그 감각이 너무 선명해서 그를 올려다보는 시선은 흐려질 지경이었다. 그의 입술이 움직이는 게, 느리게 보였다.

"네가 나를 만지기만 해도 나는."

"훗."

"……벗기해 버려."

귓가를 핥는 그의 목소리에 머릿속까지 휘저어졌다. 매일……
그런 견고한 얼굴을 하고 있으면서, 그 속으로 그런 생각을 할
리 없다. 상투적인 유혹의 말일 뿐일 거야.

침대 속에서의 그는 다른 사람 같아 보일 때가 있었다. 그의
말대로 그가 너무 오래 금욕해서일지도 모른다. 기다리고 기다려
서 이제는 쏟아 내는 것 말고는 할 수 없게 된 걸지도 모른다.

봄은 그렇게 생각했지만 그가 욕망을 내보이면 자신은 거기에
잡아먹히는 수밖에 없었다. 그게 가면을 벗듯 자신의 앞에서만
보이는 욕심이라는 걸 알았으니까.

반듯하기 그지없는 그를 자신이 퇴폐적으로 만든다면, 여자로
서 기뻤다. 자신과 함께 흠뻑 젖어 무너지는 그가 좋았다. 본능
에 찬 그는 강렬할 따름이었다.

"봄아…… 허리, 들지 마."

"아, 응! 으읏……!"

"이러면 내가, 참기…… 힘들다."

"하으…… 하윽."

어쩌자고 그런 얼굴로, 자로 잰 것 같은 눈으로 너무도 야한
말을 해 대는 걸까. 남자로서 하는 그 나름의 애정 표현일지도
모르겠지만 봄으로서는 부끄러울 따름이었다. 하지만 그러면서
도 그가 자신에게 쏟아 내는 거친 신음에는 오롯이 반응했다.
어느 순간부터인가는 아예 더 이상 생각이라는 걸 할 수가 없었
다.

163

기진맥진했던 것이나 부끄러움 같은 것은 일단 쾌락에 침식되어 가면 잊어버렸다. 그저 조르듯 허리를 들게 됐다. 오로지 원하는 건 그에게 차지당하는 것뿐이었다.

"이러면…… 내가 널 부숴 버릴지도 몰라."

그가 뭐라고 끓는 목소리를 내는지도 모르고 고개를 끄덕였다.

코앞에 일그러진 그의 얼굴이 보여 끌어와 입술을 댔다. 지금은 정말이지 유일하게, 봄이 그를 마음껏 원해도 되는 시간이었으니까. 서로를 원하는 크기는 누구도 뒤지지 않아서 부족함을 느껴 본 적은 없었다. 다만 체력적인 고갈이 있었다. 그래도 봄은 그만이라고 말하는 법이 없었다.

젖은 살을 마찰하고, 더운 땀을 흘리며 등허리가 뻐근해지도록 그에게 뒤흔들리는 순간이 소중했으니까. 그와 하나라는 건 마약과 같은 충실감이었다.

멈추게 하지 않고 받아 내는 봄 덕분에 그는 매번 한계를 갱신했고 봄은 그때마다 지쳐 쓰러질 지경이 되어야 했다. 신음하다 목이 아파 그를 붙들고 눈물을 글썽이며 단단한 어깨에 손톱을 세우고 매달렸다.

그러면 그는 촉촉해진 눈꺼풀에 키스해 주고, 참아 보라며 진득하게 혀를 얽으며 조금은 느리게 자신을 받아들이게 했다. 그러나 결국 얼마 못 가 강해지는 몸짓이 되었다. 타고나길 그렇게 강한 듯했다.

봄은 그가 깊숙이 닿을 때마다 흠칫대며 흐느꼈다. 그는 종종 빠져나갈 수 없는 것처럼 허리를 굳히고 쉬기도 했지만 이를 악물고 다시 움직이는 것은 금방이었다.

절정에 몇 번이나 부딪친 뒤에야 놓아졌다. 봄은 늘어진 몸을 가리지도 못하고 토막 난 숨만 겨우 쉬었다. 눈을 감고 쌕쌕거리는 숨을 쉬다 잠들어 버릴 때도 있었다.

나른했다. 땀이 식어 가는 등선 위를 그의 손가락이 타고 내려가며 깨우지 않았다면 그대로 깜빡 졸았을 거다.

"내게 부탁하고 싶은 게 있을 텐데."

"……."

여유롭게 웃는 그의 손이 느리게 등 위를 두드렸다. 봄은 베개를 끌어안고 엎드린 채로 그를 바라봤다. 사실 새삼 부탁 따위는 필요 없을 거다. 봄이 원한다는 사실만으로 그가 자신을 비틀 수 있는 남자라는 걸…… 이미 낮에 깨달아 버렸으니까. 너무도 과분한 애정이다.

"음?"

그는 다만, 봄이 자신에게 무언가 조르게 하고 싶은 듯했다. 아직 흔들리는 숨으로, 그래도 똑바로 말했다. 마치 다짐하듯.

"난 선배에게, 아무것도 부탁하지 않을 거예요."

"……어째서?"

"그게…… 내 사랑이니까."

봄은 눈을 감으며 말했다. 그래야 말을 이을 수 있을 것 같아서였다. 그와 눈을 마주친 채로 사랑을 논하는 건 섹스보다 부끄러웠다. 말도 안 되는 소리를 하는 기분이 들기 때문이다.

만약 그와 자신이 사랑한다고 말하면 세상의 눈을 어떨까. 운

좋은 여자, 혹은 사냥감을 잘 문 여자 이상은 못 될 거다. 모두가 그를 아깝다고 할 테고 봄은 남자를 잘 고른 희대의 신데렐라 정도 될까. 그런 건 원치 않았다. 그러니 그에게 아무것도 받고 싶지 않았다.

그에게 아무것도 받지 않으면, 주기만 한다면 그래도 조금 당당할 수 있을 것 같았다. 이 마음에 한 점 부끄럽지 않을 거다. 봄을 칭칭 옭아맨 것은 그런 다짐이었다.

"……네가 사랑한다고 말한 건 처음이다, 봄아."

"말하지 않아도 아는 거 아니었어요?"

아주 오래전부터 그랬는데. 사랑에 사 자도 꺼내 본 적 없는 그 시절부터. 봄은 가늘게 눈을 뜨고 그를 봤다. 그리고 다시 감으며 배게 속으로 뺨을 묻었다. 중얼거리듯 말하는 건 그가 꼭 알아주었으면 하는 말이었다.

"사랑하지 않는다면, 이렇게 안길 수 없어요."

"나도…… 안을 수 없어."

"조금만 싫어도…… 나는 그럴 수 없어요."

생각해 보면 둘 다 바보 같을 만큼 고지식한 인간이었다. 그래서 같은 마음인데도 되찾기가 오래 걸리고 더뎠다. 가까운 듯 멀었다. 봄은 시트를 끌어와 제 어깨에 두르며 좀 더 말했다. 이렇게 흘리듯 말해도, 그가 기억해 줄 거라는 걸 알았다. 진심이라는 것도.

"선배의 입술…… 포옹, 그 외엔 필요 없어요."

그가 시트째로 봄을 끌어가 가슴에 안았다. 천을 둘둘 말고 잠들 듯 눈을 감고 있는 봄의 몸을 따뜻해지도록 끌어안았다.

"……나도. 네가 내 품에서 내 이름을 부르면, 다른 건 필요 없이 느껴질 때가 있어."

"응."

"하지만 봄아. 나는 네가 내게 의지하기를 원해. 네가 내게 무언가 부탁하고 원해서 나를, 네 것으로 쓰길 원해."

애탄 음성으로 바라는 게 고작 그런 거라니, 이상한 남자다. 그는 봄이 자신을 휘두르기를 바라나 보다. 완전히 소유해서 뒤흔들기를. 허나 그가 바란다 해도…… 그라는 대단한 남자를 자신의 것으로 여기고 조종하는 건, 봄에게는 불가능했다.

어떤 여자들은 그런 야망을 가질지도 모르지만…… 봄은, 그가 자신에게도 꺾이지 않는 남자이기를 바랐다. 그의 가슴으로 뺨을 문대며 나른한 목소리를 냈다.

"선배, 나한테 휘둘린다면 선배는 바보예요. 선배가 정해서, 옳다고 여겨지면 그렇게 해요. 그게 맞는 거예요."

"……나도 항상 맞지는 않아."

낮에 괜히 그런 소리를 해서 그를 약하게 만들었나 보다. 봄이 말하지 않았다면 그는 자신의 생각을 굽힐 마음은 절대 먹지 않았을 텐데.

그는 어째서 자신에게만은 이리 약해지는 걸까. 자신이 약한데, 약한 자신이 강한 그를 무디게 하니 참으로 이상한 일이었다. 봄은 눈을 깜빡였다. 낮에는…… 그 사람 생각이 나서 그랬다. 그 절박한 부인과 아침에 보고 온 그…… 엄마가 겹쳐 보였다. 하지만 그뿐이었다.

"선배는, 강해요. 그러니까 선배가 정한 대로 하는 게 좋아요. 내 의견은 약하고 감정적이니까…… 듣지 말아요. 선배가 정한 대로 해서, 그렇게 끝나야 선배의 것이 되니까. 선배는 그 길대로 가요."

"나는 네가…… 내게 무언가 바래 주길 바래."

"……없어요, 그런 거. 난 지금도…… 너무 받고 있는 것만 같아."

그의 거처에서 지내고 그의 것으로 먹고 그의 사람을 부린다. 봄은 제 통장의 잔고를 떠올렸다. 달러라 한화로 환산해 봐야 정확한 액수를 알 수 있을 테지만 그에게 월세 같은 걸 건넬 수는 있을 거다.

하지만 그러면 그는…… 분명히 불같이 화를 낼 거다. 건네 봐야 받아들여지지 않을 테고 그의 기분만 상하게 할 게 뻔해 시도할 수 없는 일이었다.

그러니 지금으로서 충분히 부담스러웠다. 그에게 무언가 조금이라도 받을수록 가슴은 무거워졌다. 그래도 그의 애정만은 기쁘다고 여겼는데, 지금은 그 무게를 실감해 그게 가장 무겁게 느껴졌다. 봄을 끌어안은 그의 손힘이 강해졌다. 그는 불만스러운가 보다.

"봄아, 그렇다면 나는 네게 아무것도 해 줄 수가 없는 거다. 그건 나를…… 너무도 무력하게 해."

"……그럼, 나중에 딱 한 가지만 내 부탁…… 들어줄래요."

봄은 검지 끝으로 단단히 힘이 들어간 그의 턱을 매만졌다. 마주 누워 그의 팔을 베고 누운 채라 더욱 말하고 싶지 않은 부탁이 있었다.

"뭔데?"

"지금 말고 나중에, 한 번만 들어줘요."

"들어 보고."

"……무엇이든 들어준다고 약속해요."

흔쾌히 몇 번이든, 무엇이든 말해라 할 줄 알았는데 그는 의외로 입술을 꾹 다물고 승낙하지 않았다. 언제는 뭐든 부탁하라라더니, 그는 역시 감이 대단히 좋은 남자다. 봄이 빌고 싶은 소원을 알기라도 하는 것처럼 거부의 얼굴이니까.

봄이 바라는 유일한 부탁은, 자신을 버려 달라는 것이었다. 아직은 말하지 않을 생각이었다. 나중에, 나중에 그 날이 오면 말할 거다. 자신이 그의 곁을 떠날 때에.

선배, 다신 날 찾지 말아요. 그리고 선배는 선배대로 행복해요. 어울리는 사람이랑 결혼해서…… 그 사람만 바라보면서 살아요.

그게 내 부탁이야. 다들 그렇게 사랑한대요.

스스로 생각하기에도 지독히도 이기적인 부탁이었다. 자신은 그의 애정을 듬뿍 받고, 만족하고 떠나면서 그에게는 이제 그만이라고 선을 긋고 도망치는. 그리고 동시에, 자만이었다. 그가 그렇게 말하지 않으면 자신을 찾아내어 다시 제 곁에 가두고 말 거라는 걸 아는 자만.

봄은 지난 몇 주간 뼈저리게 배웠다. 그란 남자는 하나밖에 모르고, 그 하나만을 위해서 그만큼의 자리를 비우고 그 외에 빈틈은 두지 않는 단호한 남자라는 걸. 그 자리를 두고 떠나는 걸 용서치 않는다는 걸. 무려 8년을 그대로 기다렸으니, 그 쇠 같은 심성 변할 리 없었다.

그런데도 그를 언젠가 끊어 내야 한다고 마음먹는 일은 참 힘겨웠다. 하지만 자신은 그의 곁에 있기에 너무도 부족했다. 부족해도 너무 부족해서 서러움이 끓었다. 부족한 자신이 싫어서 눈물이 나려 했다. 그런 자신이 또 싫어졌다.

그래도 지금만은, 그를 끌어안아야겠다. 그의 몸이 너무 커서 다 안을 수 없는데도 봄은 자꾸만 손을 뻗어 그를 붙들었다. 울지 않기 위해, 눈물이 나게 하는 남자를.

6장

며칠쯤 지나서였다. 봄이 그에게 여주에 다녀오고 싶다는 말을 꺼낸 것은. 물론, 유 비서 없이 혼자 가겠다는 이야기였다. 그는 대번에 싫다는 얼굴을 했고, 봄은 그가 걱정하는 바를 알았지만 누군가 자신을 쫓아다니는 일은 너무도 거북했다. 그것이 이제는 감시의 의미보다 보호의 의미가 더 강하다 해도 말이다. 그래서 한 가지 약속을 했다.

"꼭, 이리로 돌아올게요."

거짓말하는 눈도 아니었거니와 흔들림 없는 침착함 음성이었다. 믿음직한 태도랄까. 본래의 봄은 그런 여자였다. 가냘파 보일지언정 신뢰할 만한 차분한 품성을 갖춘 어른이었다. 하지만 신강오는 봄이 그런 자신을 지킬 수 없게 만드는 남자였다.

평소 분명 이성적인 성인 여성인 봄이지만, 그의 손아귀에 떨어지면 그저 첫사랑에 허우적대는 풋내 나는 아가씨가 되고는 했다.

"돌아오지 않으면?"

"……알잖아요. 내가 선배에게 폭 빠진 거."

어렴풋이 웃으며 그렇게 말했지만 그의 불안은 너무 오래된 것이라 새삼 설득하는 일이 쉽지 않았다. 또한 그는 봄이 아직 완전히 안주하지 않았다는 걸 알고 있었다. 그의 눈을 떼어 놓고 다니려는 자체가 그에게는 불안이었다.

"나는 그런 거 몰라. 매일이 조마조마하기만 하니까."

"여주에 다녀오고 싶을 뿐이에요."

"버스나 전철을 타고? 왜 그런 어려운 길을 가. 유 비서한테 말할 테니 차를 타고 다녀오면 되잖아."

"내가, 그렇게 어려운 부탁을 하는 거예요?"

"그런 것만 부탁하지 마. 그러면 내가 하는 부탁은 그리 어려운 건가? 부디 안전하게 몸 편히 다녀오라는 게? 제발, 내 보호 아래 있어 달라는 게?"

이런, 봄은 말문이 막혔다. 역시 그를 말로 이기는 건 10년은 일렀다. 아마 평생 불가능할지도 모르겠다. 그는 직업이 직업이라……

굳이 더 핑계를 대자면 그가 말하는 편한 일이 봄에게는 맞지 않는 옷처럼 더 불편하다는 거다. 누군가에게 시중을 받고 귀인 대접을 받는 그런 일 말이다. 분수에 맞지 않는 호화로운 행위에 체할 것 같다면…… 그는 이해할 수 없을까?

봄은 입술을 꾹 물고 넥타이를 매다 말고 화난 얼굴인 그를 올려 봤다. 그러다 그에게 한 걸음 내디뎌 바짝 다가섰다. 뒤꿈치를 들며, 그의 어깨를 붙잡고 올라가 입술을 마주 댔다.

고개를 모로 기울이며 느리지만 확실하게 그의 입술을 삼키고 그가 제게 하듯 잠식하는 키스를 했다. 그의 눈이 지그시 감기더니, 봄의 허리를 익숙하게 휘감았다. 혀가 얽히는 짧지만 깊은 입맞춤 뒤에 그는 탄식했다.

"……이런 건 어디서 배운 거야."

"선배에게요."

봄은 당연한 거 묻지 말라는 듯 웃었다. 그는 아직 항복할 의사가 없어 보였지만 말이다.

"이런다고 내가……."

그가 불만하는 사이 봄은 다시 키스했고, 이번엔 좀 더 깊었다. 그의 가슴 위로 두 손을 올리며 그에게 자신을 기대고 받아 달라 조르는 키스를 했다.

말랑하고 부드러운 혀와 입술이 흠뻑 촉촉대자 그는 결국 숨을 집어삼키며 받아들여야 했다. 봄의 손이 가볍게 그의 목덜미를 끌어안았다. 이러면 자신이 약해진다고 알려 준 건 그 스스로였다.

"제길."

"선배. 난 그때의 스물두 살짜리가 아니에요."

"……."

"길 찾기라면 아주 잘해요."

봄은 그의 턱 위로 입술을 누르며 속삭였다. 사실이었다. 8년을 떠돌아다녔으니 말이다. 비자가 허락하지 않아 무비자가 가능한 유럽권 나라는 거의 다 돌아다녀야 했다.

거의 매달 새 짐을 꾸리고 50일 이상 체류하는 도시가 드물었다. 비자 때문이라도 한 나라에서 세 달을 버티지 못했다. 그러니 그에 비하면 한국은 별것 아니었다.

빤히 봄을 내려다보는 그의 시선이 눈동자에서 입술로 내려갔다. 봄은 눈을 감았고, 이번엔 그가 먼저 키스했다. 가볍지만 그래서 다시 한 번 서로를 찾게 하는 키스였다.

"다녀와."

"네."

"꼭 다녀와야 해."

그는 두 번이나 말하며 두 번이나 키스했고. 봄은 두 번 다 고개를 끄덕였다. 그는 불만 있는 아이처럼 심통 난 표정이었다.

그는 보내 주는 조건으로 봄에게 일찍이 사 준 핸드폰을 들려줬다. 기계치인 봄을 위해 너무 최신식의 복잡한 것보다는, 실용성 위주의 쉬운 스마트폰이었다.

봄은 그것을 말 잘 듣는 아이처럼 받아 와서는 가방 속에 넣어 두고 여주에 도착하도록 한 번도 꺼내 보지 않았다. 그가 상상하는 것 이상으로 기계와는 안 친했으니 말이다.

어느 정도냐 하면은, 처음 그 스마트폰을 건네받았을 때 신기해서 조금 만져 본다는 게 기계를 초기화시켰을 정도였다. 화면을 켠다는 게 소리를 무음으로 만들어 버리는 건 예사였다.

그래도 오래 갈고닦은 솜씨로 길은 정말 잘 찾았다. 물어물어 전철을 한 번 타고 버스를 두 번 갈아타 아기용품점에 도착하기까지는 오래 걸리지 않았다.

"후우."

오늘은 그가 없이 혼자 들어가느라 마음을 가다듬는 시간이 가장 오래 걸리는 것 같았지만 말이다. 정말 10분 가까이 가게의 도로 건너에 서서 심호흡을 했다.

한 걸음 내디뎠다가 다시 뒷걸음쳐 또 마음의 준비를 하기를 반복했다. 겨우 가게에 들어섰을 때는, 도착한 지 삼십 분가량 지나서였다.

여주인은, 봄의 친모는 오늘도 친절했다. 입구 바로 곁에 있는 카운터 안쪽에 앉아 있다가 활짝 웃으며 몸을 일으켰다.

"어서 오세⋯⋯."

"안녕하세요."

봄이 백 번쯤 곱씹은 첫 인사를 무사히 했는데, 그녀는 이상하게 조금 놀라 멈춰 서 있었다. 자신이 무슨 실수를 했나 싶어 봄은 아랫입술을 바르르 떨며 긴장했다. 여주인은 이내 반색하며 다가왔다.

"어머 미안해요. 전에 왔던 아가씨죠?"

"⋯⋯네에."

"저기, 그때 같이 온 남자분이 누군지 내가 나중에 알았지 뭐예요. 미안해요."

그녀는 주변을 한 번 둘러보며 아무도 없는 가게를 새삼 조심하고는 작은 목소리로 말했다. 아줌마다운 너스레로 봄의 한쪽 어깨를 툭, 치며 말이다. 제법 유명인사인 그를 그 자리에서 못 알아본 것이 미안했나 보다.

"아."

"어디에 말하진 않을게요."

"저기……."

"무슨 사인지도 안 물어볼게요."

그렇게 말했는데, 봄의 입술은 왠지 절로 움직였다. 숨기고 싶지 않았달까. 적어도 이 사람 앞에서는.

"……제가, 좋아하는 사람이에요."

"어머나."

"그런데 먼 사람이요."

너무 거짓말이 안 돼서 탈이었다. 순간 흐릿해진 봄의 안색 때문이었을까. 그녀는 놀라는 눈치였다. 그녀가 생각하기로는 필시, 좀 더 가까운 사이라고 여겼으니까.

"난…… 처음 봤을 때는 두 분이 결혼한 사이라고 생각했어요. 그리고 나중에 그 남자분이…… 신 의원님 이라는 걸 알고는…… 미혼남이니 약혼한 사이려니……."

뭘 그리 미안해하는 걸까, 주섬주섬 조심스레 말하는 그녀가 제 엄마라 봄은 더 속상한 기분이었다. 웃으며 고개를 저었는데 그 미소는 보일 듯 말 듯 했다. 우는 쪽에 가까운 그런 웃음이었다.

"그렇게 봐 주신 건 감사하지만…… 안 돼요. 제가…… 많이 부족해서."

"······그렇군요."

딸이라고 밝히지 않았으니 그저 초면과 다를 바 없는, 겨우 두 번 스치듯 본 손님과 가게 주인일 뿐인데 뭘 이리 주절거리고 있는 건지.

봄은 이상하게 술술 말하는 자신을 이해할 수 없어 입술을 막았다. 지금의 자신은 마치······ 속상했다, 들어 달라, 힘들다······ 투정 부리는 어린아이 같았으니까.

기다렸다는 듯 뭘 이리 토해 내는 걸까. 아무리 말할 곳이 없었다 하지만······ 이러기 위해 엄마를 다시 찾은 건 아니었다.

애초에 내가 딸이라고 밝힐 생각도 없었다. 그저 조금 친해지고 싶었다. 손님과 주인으로서 조금 편하게 대화를 나누는 사이가 되고 싶다. 사람 간의 조금의 친분. 아주 조금! 그렇게만 바랐다. 그 밑에 깔린 게 부모를 원하는 외로움일지는 몰라도 이곳으로 다시 향한 처음 작정은 분명 그런 것이었다.

봄은 다시 촉박해지는 자신을 느끼며 뒷걸음치려 했다. 이유 없이 들어 주는 그녀 때문에 평정을 지킬 수 없어졌으니까.

"저기 아가씨, 이런 말 아줌마의 괜한 오지랖일지도 모르지만······."

마치 봄이 도망치려는 것을 느낀 것처럼 그녀가 이상하게 따듯하고 작은 두 손으로 봄의 손을 붙잡았다. 나이 많은 사람의, 그래서 부드러운 손은 처음이었다.

"지금 포기하면, 평생 혼자일 거예요. 좋은 사람 많다는 말은······

사실 어른들이 하는 선의의 거짓말이거든요. 정말 좋은 사람은 평생에 하나예요."

그를 떠나면 평생 혼자 지낼 각오다. 그렇게 말하면 이 사람은 놀랄까? 봄은 입술을 움직일 수 없었다. 겨우 한 손을 붙잡혔을 뿐인데 발도 굳고 손도 굳어 꼼짝하지 못하고 그 말소리만 들었다. 그녀도 무언가 느끼는 걸까, 남 같지 않아 이렇게 조언하는 걸까?

"아가씨가 내 딸 같아서 하는 말인데…… 난 그 예전에…… 용기를 못 내서 아직도 혼자예요. 아가씨도 나처럼 되면…… 내가 너무 안쓰러울 것 같아. 신 의원님 좋은 분인 건 우리나라 사람은 다 아는데……. 그리고 의원님이 아가씨 보던 눈이 얼마나 그리운 빛이었는데."

"하지만 저는 너무……."

"아가씨! 잘 생각해 봐요. 그 사람 없이…… 다른 사람과 행복하게 사는 모습 보여 줄 수 없다면, 차라리 노력해 봐요. 인생 살아 본 선배 말이 맞는 거예요."

자신이 다른 사람과 행복한 모습? 그런 걸 그에게 보여 줄 수 있을 리 없다. 그가 없이 행복할 수 있을 리 없다.

그렇다고 그가 다른 사람과 행복하게 지낸다면…… 그건 어떤 기분일까. 질투로 몸속이 뒤틀리는 듯한 고통일 거다. 함께할 수 없다면 각자 행복해야 하는데. 내가 그를 떠나서 행복할까? 그런 내가 행복을 빈다고 그는 행복할까? 봄은 문득 그런 자문에 빠졌다.

"그런 남자일수록, 이런 데 여자랑 같이 안 오는 법이에요. 그런데 아가씨와 함께 왔잖아요. 모자를 쓰기는 했지만 들켜도 상관없다는 태도로 아가씨만 봤잖아요. 나이 많은 사람 눈은 틀리지 않아요. 아가씨가 특별하지 않으면 그럴 수 없는 거예요."

"……."

"……혹시 아이가 생긴 건……?"

"아, 아니에요!"

잠시 생각에 빠졌던 봄은 깜짝 놀라 부정하며 저도 모르게 뒷걸음질 쳤다. 그러다 부딪친 카운터에서 명함 통이 바닥으로 우수수 떨어졌다. 얼른 주저앉아 줍는데 손끝이 떨려 제대로 주울 수가 없었다. 몇 개는 줍다가 구겨 버리고 말았다. 손에 너무 힘이 들어가 당황스러울 정도였다.

"미안해요. 아줌마라 참 주책이죠?"

맞은편에 앉아 같이 명함을 줍는 중년 부인이 얼굴은 애써 보지 않았다. 그래도 목소리는 막을 수 없어 귀로 고스란히 들어왔다. 바닥만 죽어라 보는 시야로 멀쩡한 명함 하나가 파고들었다.

"근처로 이사 왔나 봐요……. 온 김에 명함 하나 가져가요."

가게의 상호와, 전화번호…… 그리고 핸드폰 번호가 적힌 명함이었다. 봄은 폈던 손을 주먹 쥐며 잠시 망설이다가 겨우 뻗어 명함을 받아 들었다. 구겨 버릴까 조심하느라 오히려 힘이 들었다.

"필요……한 게 있어서 두 번이나 온 것 같은데…… 나중에라도 정하면 전화해요."

전화하라는 말에 고개를 조금 드니, 그녀는 그다지 푸짐한 인상도 아닌데도, 고르자면 마른 편인데도 아주 푸근하게 웃어 주었다. 예의 이상하게 따뜻하고, 이상하게 부드러운 손으로 봄의 손바닥 안에 명함을 꼭 쥐여 줬다. 그리고 토닥여 줬다.

"요즘은 택배로도 보내 줄 수 있으니까. 부담 갖지 말구요."

무언가 눈에 차오르는 것 같아 봄은 얼른 몸을 일으켰다. 허리를 바짝 세우자마자 출입문으로 몸을 돌렸다. 겨우 꺼낸 한마디도 파르르 떨렸다.

"……다시 올게요."

"그래요."

그러나 문 앞에서 바로 떠나지 못했다. 뒤돌아서 굳어 선 채로 입술을 달싹였다. 뭐라고 말한단 말인가. 등 뒤에 그 사람이 서 있다고 생각하니 다시 긴장될 뿐이었다. 봄은 가까스로 걸음을 떼어 뒤돌아보지 않고 정류장으로 걸어갔다.

♠　　♠　　♠

그의 귀가가 조금 늦었다. 봄이 핸드폰을 받지 않아 오후 2시부터는 화가 나 있었는데, 봄이 집에 4시쯤 귀가했다는 유 비서의 소식에는 안심하고 밀린 일을 해치우고 온 것이다. 그가 현관에 들어서자마자 봄은 얼른 뛰어나갔다.

"선배."

그는 자신을 보며 급히 다가오는 봄이 낯설었다. 평소에는 어느 쪽이냐 하면, 조금 멀찍이 안방에 서서 '다녀왔어요?' 하고 조용히 반겨 주는 정도였으니 말이다.

"왜 이리…… 반가워해?"

"아, 내가 그랬어요?"

"무슨 일이야."

그는 의아할 정도인데 봄은 자신이 어땠는지도 몰랐나 보다. 평소의 봄은 정적이랄까, 고요한 느낌이었다. 그의 기억 속 대학생 시절에는 잘 웃어 주지만 조용하고 어른스러운 여학생이었고, 지금은 그냥 의연한 여성으로 굳어 있었다.

종종 그를 보면서는 서럽게 울고, 혼자 오래 내버려 두면 삭막함에 질린 초점 없는 얼굴이지만 말이다. 그게 다 너무 진지한 성향 때문이다. 뭐든 쉽게 가는 법이 없어서.

"저기…… 정말 부탁하기 싫지만……."

"……뭔데 그래?"

"이 정도 부탁은…… 괜찮을 것 같아서요."

봄이 영 조심스럽게 뜸만 들여서 그는 절로 심각한 얼굴이 되었다. 하기 싫은데 하고 싶은 부탁은 대체 무어란 말인가. 부탁하는 거 정말 싫어하면서.

"유 비서 님에게는…… 말하지 못했는데."

"그게 뭐길래."

"괜찮으면…… 핸드폰 쓰는 법…… 가르쳐 주지 않을래요?"

"……뭐야, 부탁하고 싶은 게 겨우 그거야?"

한참 만에 한다는 부탁은 허탈할 정도였다. 봄이 워낙 심각한 성격이라 대단한 부탁이거나, 엄청 들어주기 싫은 부탁일 줄 알았는데.

그는 긴장이 풀린 얼굴로 허탈한 웃음을 지었다. 한쪽 눈썹만 삐딱하게 들어 올리며 웃는 그는 매력적이었다. 그의 짓궂은 면은 그 웃음에서 종종 보이고는 했다.

"고작 말만으로 내 심박 수를 이렇게 올리는 건, 세상에 너뿐이야. 알고 있으라고, 김봄."

한참 이것저것 배웠는데도 아직 어려웠다. 일단 그에게 전화하는 법과 문자하는 법을 배웠다. 그리고 전화번호 저장하는 법까지. 그는 좋은 선생이었고, 봄은 성실한 학생이었다. 물론 봄이 핸드폰을 가진 게 8년 만이라 난관은 제법 존재했지만 그는 목소리 높이는 법 없이 차근하게 가르쳐 줬다.

밤이 깊어 그가 잘 준비를 하기 위해 씻는 동안 봄은 침대 머리에 기대 받아 온 명함의 핸드폰 번호를 주소록에 저장했다.

연습 삼아 그의 번호와, 유 비서의 번호를 넣어 보고 세 번째 시도여서 그럭저럭 할 만했다. 문제는 그 뒤였다. 번호가 잘 저장됐나 한 번 더 본다는 게…… 왠지 전화를 걸고 있었으니 말이다.

뚜르르르.

분명 신호음이 가고 있었고, 터치 화면 위에 뜨는 빨갛고 파랗고 노랗고…… 여튼 무지개색 영상은 전화 거는 연습을 할 때 본 것들이었다. 맙소사, 지금은 새벽 1시인데. 나는 대체 언제 통화

버튼을 누른 거지? 봄은 장담하건대, 이 전화가 혼자 멋대로 전화를 걸고 있다고 생각했다.

"세상에."

뚜르르르르.

"얘가 왜 이러지?"

어떻게 끊지? 봄은 심히 당황해서 핸드폰을 쥐고 쓸데없이 마구 흔들어 봤을 정도였다. 하지만 소용 있을 리 만무했다. 최악인 것은 거는 법은 배웠지만 끊는 법은 배운 것도 같고 아닌 것도 같아 생각이 나지 않는다는 사실이었다.

당황하니 머릿속은 더욱 백지장이 되었다. 이 전화가 어쩌자고 통화를 걸고 있는 걸까? 놀라 침대에서 일어났다. 그가 있는 샤워실로 막 뛰쳐 가는데, 전화가 연결돼 버렸다.

— 여보세요?

맙소사, 받아야 했다. 흘러나오는 것은 분명 그 사람의 목소리였다. 봄은 제 목소리가 덜덜 떨리는 것도 인지하지 못했다.

"여, 여보세요?"

— 네, 누구세요?

"……저는…… 그러니까……."

이렇게 전화하려던 게 아니다. 항상 일이란 그렇다. 그러려던 게 아닌데…… 운명의 장난처럼 엮여 버렸다. 당장 전화에 대고 뭐라고 말해야 할지 눈앞이 깜깜했다.

머릿속은 하얗게 세어 버리고 눈앞은 어두워지는 기묘한 경험 속에서 봄은, '잘못 걸었습니다.' 하고 끊으면 된다는 것을 가까스로 떠올렸다. 급히 입술을 떼는데, 상대방이 더 빨랐다.

— 혹시…… 낮에 다녀간 단발머리 아가씨 아닌가요?

어떻게 목소리만 듣고 자신이라는 걸 알까. 낮에는 두 번째 본 얼굴을 기억하더니. 원래 기억력이 대단한 분인 걸까? 아니면 자신이 너무 특이한 행동을 해서일까. 봄은 곧장 대답하지 못하고 손가락으로 머리카락 끝을 쥐었다. 단발, 자신을 말하는 게 맞았다.

"……맞습니다. 밤늦게 죄송……."

— ……저기 아가씨?

"네?"

— 정말…… 미안한데요. 실례될 수 있는 질문이지만…….

봄은 순간 어떤 '혹시'를 떠올렸다. 그리고 심장이 요동쳤다. 이내 수화기 너머에서 가늘게 떨리는, 자신과 같이 긴장한 목소리가 들려왔을 때는, 멎어 버리는 줄 알았다.

— 아가씨…… 혹시, 부모님이 계신가요?

"……!"

핸드폰을 붙든 손아귀에 땀이 났다. 입안이 순식간에 바짝 말라 혀끝이 갈라지는 듯했다. 아무 말도 할 수 없어 침묵에만 매달렸다. 겨우 코로만 내쉬는 숨소리는 사시나무처럼 떨리고 불안했다.

— 혹시…… 아가씨, 내…… 내…….

그러고 보면 눈물은 많은 대답을 대신해 준다. 그래서 간혹 참지 못하고 흘리고 만다. 이건 세상에서 가장 쓸모없는 거라고 여기면서도. 때로 멋대로 흘러 버리는 건 나를 위해서일지도 모른다.

"……흐윽."

— ……역시.

"죄송……해요."

그냥 죄송하다는 소리가 눈물과 함께 터져 나왔다. 봄은 다시 침대로 무너지듯 앉으며 침대 머리에 몸을 기댔다. 손바닥으로 눈물이 흐르는 눈을 꾹 누르며 어떻게든 그만 울어 보려 애썼다. 눈물이 나는 이유는 수십 가지 같기도 했고, 없는 것 같기도 했다.

— 이름이…… 뭐예요?

"이름……."

— ……내가, 뭐라고 불러야 하죠? 이름 부를 수 있게…… 해 주지 않을래요.

통화의 어디서부턴가 그 사람도 울고 있었다. 봄의 어머니도 봄처럼 소리 내지도 못하고 조용히 울고 있었다. 저 너머에서 간헐적인 흐느낌만 간혹 들려왔다.

"뭐 하고 있……."

봄도 따라 울고 있자니, 이름 하나 말해 주지 못하고 훌쩍이고 있자니 그가 때마침 욕실에서 나왔다. 수건으로 얼굴을 닦으며 걸어 나오다가, 울고 있는 봄을 보고 놀라 그대로 떨어트렸다. 그를 보자, 봄은 그제야 제 이름이 떠올랐다.

"……봄이에요."

— 너무…… 예쁜 이름이네요.

봄에 버려져서, 봄이라는 말이 목구멍까지 차올랐다. 차마 말하지 못하고 있는데 울 듯 웃는 목소리가 들려왔다. 어렴풋이 기쁘다는 듯. 그 이름이 못내 마음에 든다는 듯.

— 생일이 봄인 거…… 알아요?

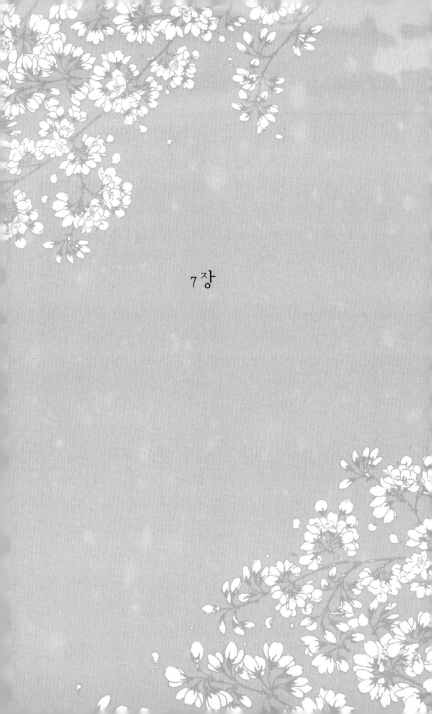

7장

한 번도 그렇게 생각해 보지 않았다. 버려진 게 봄이라 봄이라고만 여기고 살았다. 갓난쟁이로 버려졌으니 당연히 그 무렵이 생일인 걸 머리로는 알면서도…… 그렇게 의식해 본 적은 없었다.

이렇게 안타까운 목소리로 애절하게 알려 주지 않았다면 평생을 느끼지 못했을 거다. 누군가 자신을 낳아 준 날 같은 건.

"……윽."

이를 꼭 물어 봐도 흐느낌이 새어 나갔다. 줄곧 버려진 날이 생일이었다. 그날이 비슷한 아이들을 한데 모아 한 달에 한 번 고아원에서 주는 케이크를 먹었다. 생크림이 싫었고 느끼했다. 케이크 같은 건 참 맛이 없었다. 누군가 싫어하는 음식을 물으면 케이크라고 대답하고는 했다.

생일 따위 싫다. 싸잡아져서 버려진 날을 기념하는 행위도 아니고, 오지 않았으면 좋겠어. 내겐 부모도 없고 생일도 없어, 모자라지 않은 구석이 없어. 어린 시절 그렇게 비틀어진 생각만을 했다.

"봄아."

그런데 그가 다가왔다. 미간을 안타깝게 좁힌 채 커다란 두 손으로 봄의 뺨을 감싸 쥐고, 엄지로 부드럽게 눈가를 매만져 줬다. 눈물을 닦아 주며 작고 낮은 음성으로 물었다. 더 눈물이 났다.

"……어머니야?"

"네…… 어머니예요."

그에게 보듬어지며 토해 내듯 대답했는데, 말하고 보니 그것은 처음으로 입 밖에 내 본 단어였다. 이렇게 쉬운 것을. 왜 그동안은 소리 내 보려고만 하면 목이 멨을까. 내 것이 아닌 단어처럼 거북하고 불편했을까.

더 이상 말하지 못하는 봄을 그가 품으로 끌어안았다. 눈물범벅인 얼굴을 제 가슴에 묻게 하고 깊숙이 당겨 안았다. 마치, 그렇게 품어 주기 위해 살아가는 사람처럼.

"당장 어머니가 계시는 곳으로 가자."

그런 그의 목소리가, 그의 심장 소리와 함께 들렸다. 그의 가슴팍에 안겨 있기 때문인지 그것은 아주 강렬했다. 봄이 저도 모르게 그에게 몸을 기대게 만들 만큼. 이 남자라면 모든 걸 맡기고 따라도 될 것 같은 흐릿한 최면이 올 만큼.

"……흐윽!"

"봄아, 울지 마라. 네가 그러면…… 내가 너무 아프다."

무너지는 틈 사이로 그가 빼곡히 스며들었다. 약해진 틈새로 파고들어 와 자신을 빈틈없이 채우고는, 봄이 무너지지 않게 했다. 대신 그 대가로 자신 없이는 살 수도 없게. 지켜 주는 만큼 소유하려 들었다. 지탱해 주는 대신 도망칠 수 없게 만들었다. 그가 메꾸어 주는 만큼 봄은 그의 것이 되어야 했다. 나날이 그와 온몸이 엮여 가는 듯했다.

필시 더 힘들어지리라. 그에게 자신을 내준 만큼 그의 빈자리로 너덜너덜해지리라. 그걸 알면서도 봄은 그에게 기대고 말았다. 그의 품 안이 한없이 따듯해서. 그의 가슴이 제 것인 것 같아서. 지금만은 그러지 않으면 숨을 쉴 수 없어서.

♠　　♠　　♠

새벽이었고, 밤길은 텅텅 비어 있었다. 급한 일이 있는 사람처럼 그가 속도를 높이는 통에 한 시간도 되지 않아 여주를 가리키는 표지판이 보였다. 내비게이션은 입력한 주소까지 고작 10분이 남았음을 알렸다. 시간은 처음에 길게 느껴졌다가, 갈수록 빠르게 다가왔다.

오는 동안 봄은 몇 번인가 말을 바꿨다. 이성이 돌아오자 긴장이 차올랐기 때문이다.

"너무 늦었어요…… 우리 날이 밝은 뒤에 가면 안 돼요?"

"안 돼, 이미 가겠다고 했잖아."

"……모레, 아니면 주말에 가면 안 돼요?"

"그만 도망쳐."

그렇게 겁만 냈더니 그는 짐짓 화를 냈다. 네가 무엇으로부터 도망치는지 보라며 힐난 어린 눈을 했다. 세상에 피할 게 없어 부모를 피하냐며 미간을 일그러트렸다가, 봄이 두려운 눈을 하고 있자 금세 약해져서는 겁내지 말라 가느다란 손을 잡아 줬다. 생각해 보면 돌연 생겨난 부모가 반갑기만 하다면, 그게 오히려 이상한 일이었으니 말이다.

긴장되는 동시에 심장이 뛰고 조마조마해 체할 것만 같았다. 부모라고 불러야 하는 사람이 낯설고, 어떻게 대해야 할지 미지수였다.

"그분을 뭐라고 불러야 할지 모르겠어요. 만나면 뭐라고 해야 하는지도……."

"그건 어머니도 마찬가지이실 거야. 둘 다 같아."

어렵기는 서로 같다. 그게 조금의 위로가 되었다. 알게 된 이상 만나야만 했다. 그에게 반쯤 떠밀려서라도 말이다. 봄은 혼자 가게 두면 천년만년 걸릴 자신을 알았다. 그러니 그가 힘을 주고 있다는 것도. 자신의 한쪽 손을 잡고 있는 그의 손을 내려 보다가 슬쩍 밀어냈다.

"왜?"

"운전은…… 두 손으로 하는 거예요."

그는 밀쳐진 제 손을 한 번 내밀었다가, 봄의 지적에 피식 웃으며 다시 거두어 들였다. 그러고는 잘 보라는 듯 두 손으로 핸들을 쥐고 전방을 주시했다.

자신이 너무 빡빡하게 구나 싶어 조금 미안한 봄이었지만, 그 꽉 막힌 성격은 쉽게 바꿀 수가 없는 것이었다. 그런 자신이 좋다는 그가 이상할 정도였다.

그를 밀어내고는 다소 무안해져서 창밖을 보는 척했다. 그러나 결국 다시 시선이 가는 건 차창에 비치는 그의 옆모습이었다. 일하고 와서 피곤할 텐데, 문득 그런 생각을 했다.

내비가 가르쳐 주는 대로 친모가 사는 아담한 주택 앞에 도착한 것은 얼마 지나지 않아서였다. 그를 돌려보내기로 마음먹은 것도 그쯤이었다.

"선배, 나…… 혼자 들어갈게요."

녹슬고 오래되어 보이는 철문 너머로 봄의 어머니가 서 있었다. 막 집 앞에 멈춰 선 차가 봄이 타고 있는 것인지 아닌지 몰라 철창 사이로 살펴보며 나와 볼까 말까 하는 눈치였다.

전화한 지는 한 시간이 넘었는데. 그리고 어디서 출발한다고 말하지 않았는데 저 사람은 무슨 기약 없는 기다림을 한 걸까? 언제 올 줄 알고. 언뜻 봄이 가게와 가까운 곳에 산다고 착각했으니 몇 십 분을 내리 기다리진 않았을까?

처음에는 그가 피곤할까 싶어 얼른 보내려 했던 건데, 기다리고 있는 사람의 얼굴을 보자 어서 내려야겠다 싶어졌다. 만남에 어려움을 느낀 게 언제냐는 듯.

"무섭다며?"

"어렵다고 했죠."

"……혼자는 싫다며."

"혼자 이야기해 볼래요. 그럴 수 있어요."

조수석 문을 열며 대꾸했다. 그러고 보면 봄은 예전부터 보기와 달리 강경한 구석이 있었다. 천하의 신강오를 밀어내는 것만 봐도 알 수 있듯이 말이다. 보통의 여자들이라면 그에게 진작 항복하거나 함락당했을 텐데, 봄은 용케도 그러지 않고 버텼다. 그래 보여도 강한 구석이 있기 때문이다.

그를 아는 그는 잠시 침묵했다가, 고개를 끄덕였다. 납득한 모양이다. 봄이 할 수 있다는 걸.

"좋아. 대신 내일 데리러 올 테니, 기다려."

아무렇지 않게 그가 사용하는 단어들은 이상하다. 데리러 온다느니, 기다리라느니. 가족 간에나 쓸 법한 단어들이 아닌가. 속으로 어울리지 않는다고 여기면서도 봄은 알았다고 대꾸해야 했다.

부러워했던 것들이다. 손때가 반질거리는 식탁 위로 차가 나오고 방금 깎은 과일이 나오는 이런 순간. 동경했다는 편이 맞을까? 시간이 새벽이고 마주한 사람 둘이 30년 만에 재회한 모녀라고 해도 말이다. 그녀가, 그 사람이…… 아니 어머니가 물었다.

"날 어떻게 찾았어요?"

"……."

"핑계 같겠지만, 나는…… 계속 찾아다녔는데 찾지 못했어요."

핑계가 아니라는 걸 안다. 그의 정보력은 일반인의 상식 이상이었으니까. 돈을 보낸 봉투 하나로 외조부를 찾고, 어머니를 찾고, 어머니가 그간 뒤진 고아원의 목록까지 그 조사서에 집약되어 있었다. 찾지 못한 유일한 것은 친부에 대한 것뿐이었다. 아마 어머니만 알기 때문이리라.

봄은 어렴풋이 그런 생각을 했다. 혹시 자신이 먼저 나서서 찾았더라면…… 찾아볼 생각도 하지 않고 살 게 아니라, 한 번쯤 혹시 하는 희망에 부모를 찾았더라면 좀 더 일찍 이렇게 만날 수 있는 건 아니었을까? 아니, 그건 아닐 거다.

어머니를 찾아낸 것은 순전히 그의 능력이었다. 봄의 힘으로는 아무것도 알아내지 못했을 거다.

"할아버지께서…… 딱 한 번, 봉투를 보내셨대요. 고아원으로."

"편지 같은 게, 남아 있었나요?"

"아뇨. 돈이 조금 들어 있었다고만 들었어요."

그게 전부였다. 여주시의 것인 우편 소인과, 거기에 적힌 이름 석 자가 흔적의 전부였다고 한다. 그마저도 아주 흔한 이름이라 찾을 거라고는 여기지 못한 듯했다.

봄의 대답에 친모는 다소 침울해했다. 우울함과 쓸쓸함이 뒤섞인 얼굴이면서, 봄과 눈이 마주치자 애써 웃어 보였다.

"원래 그런 분이긴 하셨어요. 그래서 미웠고."

뭐라고 말해야 할까. 자신을 버린 사람이 바로 그 외할아버지였다. 하나뿐인 딸이 아비 없는 아이를 낳았다는 이유로 손녀를 내다 버린 지독한 아버지.

봄 역시 빈말로도 믿지 않다고는 할 수 없었다. 하지만 끔찍이
화가 나지는 않는 것이, 너무 오래전 일이기도 했고 당사자가 이
미 이 세상 사람이 아니며…… 한 번쯤은 봄을 생각했기 때문이
다.

"그래도, 봉투를 보내 주셨어요."

"대신 사과하고 싶어요."

"……대신 사과하실 일은 아니라고 생각해요. 계속, 저를 찾
아다니셨고……."

봄은 그걸로 사실 충분했다. 내가 완전히 버려진 게 아니었다
는 것만으로 제법 위안이 되었다. 하지만 인간이란 욕심이 가득
한 생물이라, 그러면 다 될 것 같던 마음이 얼굴 몇 번 더 볼 욕
심을 냈다. 그리고 무슨 운명인지 이렇게 제 존재를 알리고 말았
다.

"나 때문에 혼자 컸으니 내 잘못이 맞아요."

"그런 거 아니에요."

"……어머나? 정색하는 얼굴은 내 아버지를 닮았네요. 하긴, 내
딸이면 아버지의 손녀이기도 하니까요……. 핑계를 하나 대자
면…… 난 엄하게 자랐어요. 강압적이고 권위적이며, 수치를 알아
야 한다는 명목하에 받았던 숱한 억압 속에서요. 그리고 내 아버지
는, 여자아이가 학교에 가는 것도 싫어하셨죠. 명문고에 들어갔는
데도…… 계집애가 집에나 있지 고등학교까지 간다며 매우 거슬려
하셨어요."

대체 그게 얼마나 오래전 이야기일까. 봄의 나이 이상일 테니 30년도 더 전의 이야기일 테다. 확실히 답답한 시대이기는 했다. 하지만 그렇다고 해도 그 외조부는 도가 심한 모양이었다.

"그래서…… 만약 아버지가, 그 사람이 누군지 알았다면 당장 쫓아 나가 그를 죽여 버렸을지도 몰라요. 잘해 봐야…… 온 세상에 그 사람을 망신 주고, 나를 떠안기듯 책임지게 했겠죠. 그럴까 봐 말하지 못했어요. 봄…… 씨를, 찾지 못했다면 평생 가슴에 묻어 뒀을 거예요."

친모 역시 봄을 부르는 게 아직은 어색한 모양이었다. 봄을 보자 그 사람이 생각나는 듯 그리운 미소를 지었다. '그 사람'이란 바로 친부를 뜻한다는 걸 어렵지 않게 알 수 있었다. 친모의 그 웃음이 친부를 사랑했음을 뜻한다는 것도. 그리워하고 애틋하게 여기는 입가다.

"그분은, 어떤 분이세요?"

봄은 그 휘어짐을 홀린 듯 보다가 정말이지 반사적으로 묻고 말았다. 그게 친모의 오랜 비밀이라는 걸 알면서도.

"……살면서 한 번도 누구에게 알려 준 적이 없어요. 그 사람에 대해서는."

"죄……송해요. 묻지 않을게요."

봄은 입술을 깨물었다. 순간 왜 그런 질문을 했는지 스스로 이해할 수 없었다. 어머니면 됐지, 아버지까지 바라는 거니, 김봄? 너 그렇게 욕심쟁이였어? 이러다…… 그까지 욕심내 버리겠구나?

"아니에요. 그냥 그랬었다는 이야기를 하는 거예요. 어디에 말한다고…… 이제 와서 뭐라고 할 사람은 남아 있지 않은걸요."

친모는 차를 한 모금 마시며 한 템포 쉬더니, 다시 느릿하게 말을 이었다. 더듬더듬 회상하는 듯한 게 아니라 눈에 잡힐 듯 선명한 무언가를 말하는 듯했다.

"그 사람은, 내가 고등학생이었을 때 우리 학교에 부임한 선생님이었어요. 나와는 10살 차이가 났죠."

"……세상에."

봄은 말하지 못할 만한 이유가 충분했음을 깨달았다.

"놀랍나요? 하지만…… 첫사랑이었어요. 그 사람은 사회를 가르쳤고, 나는 그에게 잘 보이고 싶어서 열심히 공부했죠. 그렇게 2년을…… 그만 바라봤을까? 우리는 사귀었죠. 아마 나만 그렇게 생각한 걸지도 모르겠지만."

"그럼……."

"그 사람 마음은 모르겠어요. 너무 말수가 없는 사람이었기 때문에…… 나는 진심이었는데…… 그 사람은 어린애의 몽상 정도로 여겼을지도 몰라요. 그리고 더 좋아한 쪽은 분명 나였어요."

이 어머니의 사랑 방식은 봄과 비슷했다. 마치 그런 것도 유전이 되는지 놀라울 만큼.

"졸업하고 얼마 지나지 않아 영영 서울로 올라가는 그에게 추억을 달라고 조른 것도 나였어요. 조금이라도 내게 마음이 있었다면, 진심이 있기는 했다면 그렇게 대해 달라고. 마지막 소원이라고. 난 여주에 남아서 아버지 일을 도와야 했고 그 사람은 이런 시골에 있기에는 너무 똑똑한 남자였거든요. 그 뒤로…… 그를 만나진 못했어요. 한 번 편지가 왔는데…… 계속 공부해서 교수가 되고 싶다고 했어요. 그때 난 막 임신했다는 걸 알았고."

"……말하셨나요?"

"아뇨. 난 그에게 그 사실을 말하는 대신 열심히 하라고, 그리고…… 다신 편지 보내지 말아 달라고 했어요. 각자…… 힘내자고."

"어�째서요?"

"여러 이유가 있었지만…… 계속 그렇게 편지가 오면…… 아버지가 조만간 눈치채게 될 것 같아서, 내가 끊어 냈어요. 그를 지키려고요."

정말이지 그 어머니에 그 딸이었다. 바보 같은데 대쪽 같다는 점에서 닮아 있었다. 봄은 이 어머니가 자신과 다른 듯 비슷한 길을 걸었음을 알았다. 아니, 닮은 건 딸인 자신 쪽이리라.

"그리고 그 대가로…… 당신을 지키지 못한 거죠."

뼈아픈 소리에 그런 웃음이었다. 봄은 그 의미를 전부 알 것 같았다.

보통 그런 경우 여자는 누굴 지킬까. 남자? 아니면 아이?

열 중 아홉이 하는 선택은…… 둘 다 아닐 거다. 그 어린 마음은, 대게 자기 자신을 지키기에 급급할 테니까. 남자를 찾아 결혼하거나 아예 아이를 낳지 않거나가 대부분의 선택일 거다. 남자도 찾지 않고 아이를 낳는 경우는 정말 사랑하지 않고는 선택하기 힘든 사항일 테니까.

봄은 조금 웃고 말았다. 자신과 눈앞의 중년 여인이 한 핏줄임이 여러모로 분명해 보였기 때문이다. 얼굴은 물론이고 그 성격까지 빼다 박아 있었다. 남들은 힘든 길이라 비판해도 내가 맞다고 여기면 고집스레 해내야 하는 성품까지. 같은 선택을 하고 마는 운명도.

"다 내 잘못이에요. 그러니 날 미워해야 맞아요."

"밉지 않아요."

"……난 계속……."

"건방질지는 몰라도…… 전 어머니를 이해해요."

진정이었다. 그 상황이었다면 봄 역시 같은 선택을 했을 거다. 자신도 낳을 수 있었다면 낳았을 거다. 잃기 전에 알았다면 반드시 낳아 지켜 줬을 거다. 내내 품에 안고 그를 그리며 그 아이의 뺨에 키스했을 거다. 그와 닮아 가는 걸 보며 행복해했을 거다. 헌데 불현듯 생각해 보니…… 그것은 그를 가지는 방법 중 하나였다.

그를 갖기를 바라지 않는다 여겼는데. 자신은 그렇게라도 그를 가지고 싶었나 보다. 봄은 최근 들어 몰랐던 자신을 깨달아 가고 있었다. 부모님은 필요 없다고 했으면서 원하고 마는 자신이나. 그의 사랑을 맛보는 거면 되리라 여겼는데…… 도저히 내뱉을 수 없는 자신 말이다.

"나를…… 미워하지 않아 주는 것만으로도, 나는 너무 고마워요."

"······말씀 놓으세요."

"아니에요. 내가 봄이 씨에게 뭘 해 줬다고 바로 어미 행세를 하겠어요. 아직은 내가 떳떳지 못해서······ 이게 편하네요. 찾아와 줘서 고마워요."

친모는 봄이 오기 전에 많이 울었는지 제법 부은 눈이었다. 하지만 또 눈물이 나오는지 눈가에 맺히는 것을 훔치며 웃었다. 울며 웃는 친모의 모습은 정말 봄을 반기고, 애타게 기다린 사람의 것이었다. 그것을 확인하자 긴장으로 얼어 있던 마음이 조금 녹았다.

몰랐던 이야기를 듣고 이 친모가 낯선 사람이 아니라 자신과 같은 사람이라는 걸 알았기 때문일까, 봄은 허했던 마음 한구석이 차오르는 것을 느꼈다.

둘은 밤새 대화했다. 끊임없이 서로의 이야기를 이으며 그간 비었던 시간을 보상받으려는 것처럼 말이다. 간혹 어색한 틈도 없지 않아 있었지만 봄이 뒷걸음치거나 움츠리는 만큼 친모가 다가왔다. 조금은 부담스러워하는 것에 개의치 않고 그리움을 쏟아냈다. 묻는 건 대부분 그녀였다.

"그렇게 오래 외국에 있었어요?"

"네."

"그럼 학교는?"

"······휴학계를 내고, 돌아가지 않았으니. 아마 퇴학 처리 됐을 거예요."

운 나쁘면 제명일지도 모른다. 하지만 한국을 떠날 때 이미 돌아갈 생각은 없었다.

"왜…… 휴학을."

곁에 있어 주지 못했기 때문일까? 그 상황들에 대해 알지 못하기 때문에 친모의 물음은 아주 조심스러웠다. 걱정스러운 얼굴로 봄의 안색을 살피며 말하는 것이다. 봄은…… 저런 얼굴에 매우 약했다.

"처음엔…… 그냥 이곳이 싫었어요. 떠나고 싶기만 했어요. 그래서 …… 도피하다시피 외국으로 나갔죠."

"……뭐가 그리 힘들었어요?"

"사람들 속에서 산다는 자체가 힘들었어요."

따지고 보면 자신은 패배자였다. 사람들 사이에서 적응하지 못하고 도태될까 매일이 두려웠다. 고등학교를 졸업하자마자 고아원을 나와야 했고 그 뒤로는 그냥 길거리의 돌이 된 기분이었다.

그래서 더더욱 열심히 살았다. 남들의 몇 배로 노력했다. 그러면서도 사람들이 혹여 내 흉을 보지는 않을까 신경이 곤두서 있었다.

같은 실수를 해도 자신은 고아라는 이유로 더 책잡힌다는 걸 줄곧 배워 왔기 때문이다. 그랬기에 나날이 지쳐 갔다.

어릴 적 반에서 도둑이 생기면 가장 먼저 의심을 받았고 같이 놀던 친구들이 부모에게 끌려가며 혼이 나는 걸 봤다. 자신과, 고아새끼와 논다는 이유로 말이다. 그렇게 몇 번쯤 흙 묻은 손을 한 채 놀이터에 혼자 버려진 뒤로는 학교 밖에서 친구를 두지 않게 되었다.

엄마가 너랑 놀지 말라고 해도, 그래도 나는 네 친구다! 그리 장담하던 친구들이 결국 멀어지는 것을 십 년 넘게 반복하고 나니 학습이 되었다.

"사람들 속에서 의연한 체했지만, 사실은 그들이 무서웠어요. 버티지…… 못했어요."

언젠가 이 사람도 나를 먼지 털어 내듯 무심히 털어 내 버리겠지 하는 마음이 항상 사귐 사이에 잔재하게 되었다. 그러니 무얼 아무리 열심히 해도 혼자 재롱부리는 느낌에 불과했고 가망 없음만을 느꼈다. 혼자 일구고 혼자 보답받는 일은 공허하기만 했으니까.

타인들에게 보답받자고 사는 게 인생이 아니라는 걸 머리로는 알았다. 하지만 마음은 납득하지 못하고 힘들어 넘겨졌다 일어나려 할 때면…… '그래 봤자 넌 외톨이잖아?' 그렇게 신랄한 비판을 했다. 그러니 자빠져 살라고.

너무 잘해도 비난을 듣는 게 가장 힘들었다. 노력해서 성과를 내면 고아 주제에, 그 이상의 소리는 듣지 못했다. 면전에서 하는 말은 아니지만 그들은 뒤에서 매우 자존심 상해했다. 고아에게 졌다는 게 마치 치욕적이라는 듯 말이다. 열심히 하지도 말라는 걸까?

그에 어떻게 해야 할까…… 고민하다가 봄은 웃기 시작했다. 웃는 얼굴에 침 뱉지는 못할 테고 아무렴 칙칙한 것보다는 남들 보기에 좋을 테니 말이다. 근데, 그러자 더욱 힘들어졌다.

"사람들과 섞여 살겠다 나를 포장하고, 나를 숨기고…… 나 그대로 살 수 없다는 게 어느 날부터인가 고역이 됐어요. 아무렇지 않은 척, 열심히 사는 척했지만 사실은 이미 한계였나 봐요. 그전부터 그리…… 순탄한 유년 시절은 못 되어서……."

"……고아라서요?"

"그냥…… 매일 힘들게 웃고 있는 내가 가식적이고 역겨워 참을 수가 없었어요. 그리고…… 불쌍해서. 그래서…… 좀 쉬게 해 주고 싶었어요."

떠난 건 한국이 싫어서였고, 돌아오지 못한 건 기다리는 사람이 없어서였다. 아니, 그런 줄 알았다. 사실 그가 기다린다는 것, 친모가 자신을 찾는다는 것 따위 까맣게 몰랐으니 돌아올 이유 따위 없는 시간들이었다. 그냥 흘려도 하나 아깝지 않은 나날들이었다.

아마도 계속 그렇게 떠돌아다녔다면 이 친모는 평생을 가도 봄을 찾지 못했을 거다. 봄 역시 이렇게 찾아볼 생각을 하지 못했을 테고 말이다.

"나를 그대로 내보일 수 없는 데 지쳤고, 그걸 앞으로 평생 해야 한다고 생각하니 어느 날 갑자기 숨이 막혔어요. 두려움이 들었죠. 나는 계속 이렇게 혼자…… 다 버텨야 하나? 못할 것 같은데……. 그래서 도망친 거였어요. 전부로부터."

주변의 모든 것과 텅 빈 자신으로부터 도망쳤다. 누군가 이렇게 울며 제 걱정을 하고 있는 줄은 모르고.

친모가 숨기지도 않고 눈물 흘리며 봄의 두 손을 잡았다. 눈물

가득한 목소리로 미안하다고 몇 번이나 말했다.

"미안해요, 그렇게…… 힘들었어요? 내가, 옆에 있어 줬더라면……."

"……그래도 한 남자 앞에서는 정말로 웃고는 했어요."

나쁜 것만 있지는 않았다. 좋은 것도, 조금 있었다. 그를 볼 때면 그냥 보스스한 웃음이 나왔다. 뺨을 붉힐까 봐 오래 마주 보지도 못하면서 그가 다른 곳을 보고 있을 때면 그를 훔쳐보고는 했다.

"신 의원님 말인가요?"

"그 사람이 선배였어요."

"내…… 착각이 아니라면, 내 눈으로 보기에…… 신 의원님에게도 당신은 각별한 것 같아요."

"제게도 그래요."

그 대답은 쉬웠다. 서로에게 각별하다는 데 부정할 이는 없었다. 다만, 아무리 각별하다 한들 그게 모두 이어지지는 않는다는 거다. 자신도 그랬으니 알 텐데 친모는 왜 불안한 낯빛일까.

"그럼 둘이……."

"우린 어울리지 않아요. 그 누가 봐도."

"……나도 알 수 있는데? 그 남자가, 봄 씨를 얼마나…… 아끼고 사랑하는지? 보란 듯 그렇게 티를 내는데……."

"그런 남자라서, 내게 아까운 거예요. 아세요? 바보같이 받아들일 수만 없는 제 마음은 어떨지. 그냥 맘 편히 꿈을 꾸고 싶어도…… 그러지 못해요. 나는요."

봄은 자신이 진짜 바보였으면 좋겠다고 생각했다. 그가 무슨 꿈같은 소리를 해도 전부 고개를 끄덕일 수 있는 멍청이. 꿈과 현실을 구분 못 하는 몽상가. 세상이 무지갯빛으로만 보이는, 그런 사람이고 싶었다.

♠   ♠   ♠

날이 밝자마자 누군가 초인종을 눌렀다. 인터폰을 들여다보니 번듯하게 격식대로 차려입은 신강오가 서 있다. 주택가 길목에 얼굴도 가리지 않고 서 있는, 전처럼 캐주얼한 차림도 아니고 양복을 제대로 입고 있는 그는, 누가 봐도 영락없이 신문에 종종 등장하는 그 인물이었다. 지금은 인터폰 속에 있었다. 봄의 친모는 왠지 허둥대고 말았다.

매체로나 종종 보던 사람이 제 집 앞에 서 있으니 말이다. 전에 한 번 보기는 했지만 그때는 바로 알지 못해 이런 기분은 아니었다.

"얘야, 신 의원님이……!"

"그 사람이요?"

"어머, 내 정신 좀 봐! 문 열어 드려야지."

데리러 온다더니 벌써 왔나 보다. 일을 끝내고 저녁에나 올 줄 알았던 터라 봄은 깜짝 놀랐고 그건 문을 열어 주러 부랴부랴 마당으로 나가는 친모도 마찬가지였다.

어제 봄을 데려다 준 사람이 그일 거라고 어렴풋이 짐작했기에 잠은 언제 잤을까 싶은 마음에 봄처럼 염려가 드는 것이다.

그리고 이런 지극정성인데 밀어만 내는 봄이 제 딸이지만 독하다 싶었다.

"들어오세요."

날은 철제문은 열면 끼이익 하는 소리가 나서 친모는 미뤄 둔 기름칠을 어서 해야겠다고 생각했다. 그리고 철문의 높이가 낮아 고개를 숙이며 마당으로 들어서는 그를 휘둥그레진 눈으로 올려 봤다.

가까이서 보니 키가 훨씬 크고, 어깨가 더 큼직한 남자였으니 말이다. 또한 그 수려한 얼굴은 TV 속이나 신문에서 봤을 때에 비할 바가 못 되었다. 그 잘생긴 얼굴이 이상하게 위압적이라는 게 신기했다.

"인사가 늦었습니다, 어머님. 신강옵니다."

"……네에."

"잘 부탁드립니다."

그가 느긋하게 웃나 싶더니, 흙이 깔렸을 뿐인 마당 위로 무릎을 꿇었다. 막 신을 고쳐 신고 나온 봄은 경악했다. 말릴 새 같은 건 없었다.

"선배?!"

"따님과는, 결혼을 전제로 사귀고 있습니다."

누구 마음대로! 봄은 정말이지 이 남자 때문에 기절하고 싶었다. 언뜻 신사인가 싶으면서도 은근한 막무가내였으니까.

봄이 지독히 현실적이라면, 신강오는 그런 봄에 대해서는 저돌적이었다. 봄의 친모를 만나자마자 기다렸다는 듯이 한다는 인사가 그런 거라니! 이러려고 어머니를 찾아 준 건가 싶을 정도였다.

  이른 아침부터 들이닥친 손님 덕에 봄의 어머니는 바빠졌다. 없는 반찬 걱정을 하며 아침상을 차리기 시작한 것이다. 그런 어머니의 눈을 피해 봄은 그를 붙들었다.
  "선배가 무슨 짓을 했는지 알기나 해요?"
  "어머니께 인사를 드렸지."
  그 잘생긴 얼굴로 어찌나 느긋한 웃음을 짓고 있는지, 그는 의외로 능글능글한 구석이 있었다. 타협 없는 성격 때문에 칼을 맞은 전적도 있으면서 대낮부터 남의 집 마당에서 무릎을 꿇다니. 조금만 더 그대로 내버려 뒀다면 '따님을 주십시오.' 했을 판이었다. 봄은 억눌린 소리를 내야 했다. 큰 소리를 냈다가는 어머니가 눈치챌 테니까.
  "……난 프러포즈 받은 적도! 승낙한 적도 없어요!"
  "하지만 알고 있었잖아. 내가 그럴 생각인 건."
  "내가…… 그렇지 않다는 것도 알고 있잖아요."
  그래, 그는 분명 봄과 결혼할 생각이었다. 봄을 자신의 집에 가둬 두고 밤이면 몸을 섞고 아침이면 자신을 마중하게 하는, 그런 정부 취급을 계속하고 싶은 건 아닐 테니까. 봄 역시 그걸 느꼈다. 그래서 도망치려 했던 거다. 그에게 그런 소원이 빌고 싶었던 거다. 자신을 버리고, 다른 사람과…….
  "다른 여자와 결혼하라는 말은, 안 들을 거다."

"⋯⋯!"

잘라 내듯 미소를 지은 그의 대꾸에, 봄은 두 눈을 크게 뜨고 순간 모든 행동을 멈추고 말았다. 숨 쉬는 것 역시. 그가 자신을 의외로 많이 파악하고 있다는 걸 깨달았다. 자신이 상대하기에 너무 똑똑한 남자라는 것도.

"내 결혼 상대는 너다, 봄아. 네가 돌아와서 나를 보고, 멈춰 있던 그 순간부터."

당연하다는 듯 자신과 결혼하겠단다. 그가 이렇게 분명히 말하는데도 봄은 딱히 놀라지 않았다.

사실은 언젠가 그가 그렇게 말할 줄 알고 있었으니까. 그렇다면 그건 우스운 일일까. 오만하고 건방진 자신일까? 자만일까. 봄은 그가 그렇게 말해 줘서 기쁜데, 동시에 슬퍼졌다. 결코 부응할 수 없을 테니까.

"그럼, 내가 돌아오지 않은 걸로 해요."

"⋯⋯확실히. 네가 돌아오지 않고, 돌아와서도 나를 바라지 않았다면 나는 누군가 아무나와 결혼했을지도 모르지."

"그럼 그 예정대로 해요."

"너와는 연애나 하고?"

"난 그걸로 충분해요. 아니, 그것도 과분해. 그러니 난 돌아오지 않은 셈 쳐요."

아무렇지 않게 말해 버렸다. 세상엔 분명 안 되는 일이라는 게 있고 신분 차이라는 게 존재했다. 그와 자신의 사이처럼 말이다. 봄은 예전부터 분수껏 사는 법을 알았고 그렇기에 제 수준과 가

치를 두어 배로 쳐 준다 해도 그에게는 감히 못 미친다는 것도
알았다.

자신은 지금 이 정도, 그와 밤을 보내고 사람들이 없는 곳에서
키스를 나누고, 그가 묘하게 웃어 주면 그걸로 족했다. 이미 충
분히 만족스러웠기에 더 바랄 마음도 들지 않았다.

그간 이 정도 행복도 예상치 못하고 살아온 인생이니까. 그가
자신을 사랑한다는 것만으로 꿈만 같다 누누이 생각하기에.

"나는 충분하지 않아. 네 마음을 알면서 몰랐던 때로 돌아갈
수는 없다."

"선배가 아무리 그래도, 나랑은 결혼할 수 없어요."

"내가 모두를 납득시킬 거다. 널 받아들이게."

이 남자의 자신감이란 하여간 무시무시했다. 설득이 아니고 납
득시키겠단다. 그가 이렇게나 분명히 결혼에 대한 입장을 말한
건 처음이었지만 봄은 새삼 흔들리지 않았다. 정말 욕심이 나지
않았으니까. 아니, 정확히는 엄두가…… 나지 않았다.

"내가 싫어요. 부담스럽고, 무서워."

"그럼 나는 평생 아무와도 결혼하지 않을 거다."

가까이 다가온 그의 손이 봄의 손을 움켜쥐었다. 마주한 그의
눈이 아릿하게 다가왔다. 제가 바보인데 그까지 그러면 어떻게
하나. 둘 중 하나는 똑똑해야 할 텐데. 괜한 걱정이 들었다.

"……그럼 선배는 바보예요."

"난 이미 세상에서 가장 바보야. 봄아, 너를 기다리면서 나는
이미 그걸 알고 있었다."

자신이 바보라는 걸 인정해 버리는 기분은 어떤 걸까. 그는 시원하게 자신의 사랑은 확고하다고 말하지만, 봄에게는 아직 불안이 존재했다. 잔재해 있었다. 자신을 향한 그의 사랑이 사랑이지만 그 시작은…… 동정이나 책임감이 아닐까 하는.

자신은 그에게 첫사랑이자, 그의 아이를 잃은 여자가 아닐까 하는.

8장

만약 그와 결혼한다면 그건 죽은 아이에 대한 예의가 아닐 것 같았다. 그 아이가 그저 수단이 되는 것 같기에. 다른 사람들이 보기에는 그 반대일지 몰라도 봄에게는 그렇게 느껴졌다. 그 밤에 아이가 생기지 않아서, 그 아이가 그렇게 가지 않았다면 그는 이렇게 기다리지 않았겠지, 하는 생각이 잦아들지 않으니 말이다.

　그에게 자신은, 사랑하는 여자보다는 자신의 아이를 품었던 여자가 아닐까. 그래서 그 대쪽 같은 성격에 다른 여자를 생각지 못하는 건 아닐까. 책임져야 한다는 강박에 시달리는 건 아닐까. 아니, 그럴 거다. 그렇게 생각했다. 봄은 자신의 아이를 수단으로 만들고 싶지 않았다.

　그 아이에 대한 가련함은, 그 죄책감은 그의 애정조차도 때로

꺼리게 만들었다. 그리고 그의 눈은 그 마음까지도 꿰뚫어 보나 보다.

"……너는 내가 사랑한다고 백 번의 말을 하면, 몇 번이나 믿어 줄까."

"지금은, 전부 믿어요."

"사랑한다는 말은 믿겠지."

"……."

그는 봄의 상상 이상으로 봄을 파악하고 있었다. 그 지그시 보는 시선이 전부 말하고 있었다.

"나는 네 불안을 알아. 우린 그만큼 오래 사랑하지 못했고, 그렇기에 네가 내 전부를 믿어 줄 수는 없다는 것도."

"선배……."

"너는 모를 테지만 내 마음은 그리 간사하지 못해서, 널 잊는 방법을 찾지 못했고 널 찾을 방법만 생각했다. 널 그리기만 하고 너만을 생각해. 네가 나와 다를까 겁을 내면서도 널 쫓는 것을 그만두지 못해. 나는, 네가 받아 주지 않으면 그냥 스토커 같은 놈일 뿐이다."

그는 왠지 이를 악물었다.

"너는 내가 기적 같아? 봄아, 내게는 네가 기적이야. 나 역시 네가 그토록 오래 나를 마음에 품고 있었다는 게 놀랍다. 나만 그렇지 않다는 게. 빛바래지 않고 깊어만진다는 게. 그리고 나는 오히려, 네가 그랬기에 나도 그랬던 게 당연하다는 생각을 해. 너와 내가 같은 인간이라 끌리고 틀어와 깊숙이 박혔다고."

세상에는…… 의외로 한 사람밖에 보지 못하는 사랑이 많은 걸까. 봄의 어머니처럼. 그처럼. 자신처럼. 그런 믿을 수 없는 사랑들이? 자신이 하는 사랑은 스스로의 것이니 알겠는데 그도 그렇다는 건 좀처럼 와 닿지가 않았다. 사랑이란 이유 없는 거다. 봄에게는 그런데 그에게 자신은 이유 없이 사랑할 여자가 못 되었다.

그가 봄의 손을 끌어갔다. 바짝 몸을 맞대 오는 그 때문에 봄은 숨을 멈췄다. 그의 몸은 꽉 쥔 주먹처럼 단단하고 화난 듯했다.

"봄아, 잘 들어라……. 나는 그냥 남자다. 대단치 못해. 너를 보면 만지고 싶고, 밤이면 네가 달아오른 얼굴로 숨도 못 쉬어도 내 욕심 때문에 너를 놔주고 싶지 않고, 네가 나를 봐 주지 않으면 화가 나고. 때론 네가 나를 원망할까 변명을 늘어놓는, 변변치 못한 남자다."

"……선배는, 대단한 사람이에요."

"그리고 그건 네가 날 거부하는 이유지."

"그야……."

아니라고는 할 수 없었다. 그도 대단하고 그의 아버지는 더했다. 가까이 있는 게 신기할 만큼 범상치 않은 사람들인 것이다.

봄은 차라리 그가 평범한 남자였으면 했다. 그랬다면 그의 사랑에 마냥 기뻐하며 순박하게 받아들일 수 있었을 테니까. 하지만 그는 평범치 않아서 봄을 의아하게 했다.

내 어디에 매력이 있어서 내 어디를 그렇게 사랑해 주는 건지.

현실성이 없었다. 나는 당신의 아이를 가졌었다는 것 말고는 아무런 메리트도 없는 여자니까. 봄은 멍한 눈을 했다. 그의 목소리가 들리지 않았다면 아무 생각도 할 수 없게 되어 버렸을 거다.

"만일 내가 진정 부족한 인간이라면…… 네 앞에서 당당할 수 없는 인간이라면, 그래서 널 행복하게 해 줄 자신이 없는 초라한 남자라면 이럴 순 없을 거다. 널 붙잡고 집착하는 건! 널 집요하게 원할 수 있는 건. 널 분명히 행복하게 해 줄 수 있어서다. 그 정도는 되는 남자라서 네게 이렇게 집착하는 거야, 김봄. 난 대단한 게 아니다. 내 여자 하나 건사하고 지킬 수 있는 남자일 뿐이야."

그의 모든 말은, 그러니 자신을 밀어내지 말아 달라는 바람이었다. 자신 따위가 뭐라고 이렇게 사랑을 말할까.

"……선배는 자존심도 없어요?"

미안할 정도의 애정이었다. 저도 모르게 질책할 만큼이었다. 그의 모든 건 자신이 갖기에 아까운 것이었으니까.

"그럼 네가 말해 봐."

"……뭘요?"

"내가 너를 잃어버리는 바보가 되어야 할지, 너를 갖는 바보가 되어야 할지."

대답할 수 없었다. 그는 이미 말했으니까. 자신은 오래전부터 바보였다고. 그리고 그는 항상 자신이 갈 길이라면 정해 두고 있었다.

"나는, 널 잃는 바보가 되지는 않을 거다."

♠　　♠　　♠

　그날에 그는, 떨어져 있던 어제에 대한 보상인지 유난히도 집요했다. 아니면 한동안 잠잠했다 자신에 대한 거부를 또 드러내는 봄에 대한 원망일지도 모르겠다. 서울에 있는 그의 집으로 돌아오자마자였으니까…… 고작 저녁이 지날 무렵부터였을 거다. 침대 위에서 그에게 붙잡혀 울어야 했던 것은.

　"흐!"

　봄은 온몸이 저릿거리도록 그에게 치받아져 움찔 떨며 시트를 말아 쥐었다. 발뒤꿈치로 시트를 밀며 어깨를 뒤틀었다. 피부 위마다 땀이 배어 나왔다.

　"네가…… 내 밑에서 힘들어하면서도 날 받아 내는 걸 보면, 나는 네가 날 사랑한다는 걸 느껴."

　아래로 뭉근하게 드나들고 있는 그의 혀가 턱 끝을 핥아 오고 깨물었다. 몸 안이 벌어지나 싶도록 버겁게 채운 채 그의 두 손이 봄의 가슴을 모아 쥐고 욱신거리도록 괴롭혔다.

　그 정점은 너무 예민해져서 공기만 스쳐도 파르르 하니 반응할 만큼이 되었다. 그의 느린 음성이 목덜미를 타고 내려가 가슴골 사이에서 멈췄다.

　"이때의 넌 나를 밀어내지 않지. 그래서 나는 더욱더 밤이면…… 욕망에 차올라. 절절한 마음이 들어. 네가 나를 품고 있다고 생각하면, 그러면…… 하아, 날 밀어내지 못할 만큼…… 너도 날 원하고 사랑한다고 생각하면, 그만둘 수가 없어져."

그래, 신음에 찬 그의 말 그대로였다. 봄은 이 침대에서 그에게 안기는 순간을 너무도 사랑했다. 이때만은 원하는 대로 행하면 되었으니까. 적어도 이 안에서는 타인을 생각할 필요가 없었고…… 그저 명백한 둘만의 세상이었으니까. 강한 몸짓에 빠져 허우적대다가 그의 절정에 찡그려진 얼굴을 보면 그것만으로 내일이 필요 없을 정도였으니까.

그래서 그를 한 번도 밀어내거나 그만이라고 말해 본 적 없었다. 온몸이 부서질 듯 힘에 겨워도. 그를 전부 가지려고만 했다.

"윽…… 흐!"

"봄아."

"하아, 하……아! 아흐윽……."

점점 빠르고 깊어지는 그의 몸짓에, 단단한 허리가 눌러 들어와 허벅지를 벌려야 하는 느낌에 봄은 입술을 한껏 열어야만 했다. 그의 침입이 깊어질수록 공기가 급해졌으니까. 본능적으로 등을 휘며 가슴을 내밀었다. 손을 뻗어 잡히는 그의 몸 어딘가를 덜덜 떨리는 손으로 붙들었다.

얼굴 바로 옆을 그의 손이 짚고 있었다. 그 불끈거리는 손등을 따라 올라가면, 그의 팔뚝에 걸린 제 무릎이 보였다. 그러다 그가 가까워졌다. 그의 가슴팍에 가슴이 눌리고 그의 목덜미에서 떨어지는 땀이, 제 피부 위로 고였다. 그러면 그제야 그의 목소리가 들렸다.

"내 아이를 가져라."

"……하……아?"

"그럼 너는 도망치지 못할 테니까."

흐린 정신 속이라 그가 하는 말이 곧장 이해되지 않았다. 뜨거운 아랫배가 닿아 있었다.

"나는 그렇게라도 너를 가져야겠다. 봄아."

그는 진심이었다. 이 순간 그의 눈과 음성에 한 가지는 확실해졌다. 적어도, 자신이 그의 아이를 가졌기에 그의 사랑을 얻은 건 아니었다는 거다. 그는 봄을 가지기 위해 아이를 원했다. 그때가 실수였다면, 이번엔 짙은 고의였다. 생으로 뒤섞인 몸 안에서 그가 맥박 쳤다.

그가 허리를 묵직하게 눌러 오는 것이 유난히도 자극적으로 느껴졌다. 그도 그럴 것이 자신의 몸 중, 그의 몸에 짓눌리지 않는 부분이 없었으니까. 그중 가장 깊숙이 맞물린 곳의 적나라한 꿈틀거림에는 말문이 막혔다.

"잠깐……만요."

억지로 소리를 내 봐도 치미는 열기에 갈라진 목소리만 나왔다. 봄은 그의 땀으로 젖은 손으로 그를 밀어내 봤지만 힘이라고는 없는 손끝이었다. 그에게 녹아 있는 몸으로 그를 거부하기란 쉽지 않았다. 그의 속삭임은 짙고 낮았으며…… 너무도 애타는 것이었다.

"허락해."

"……흣!"

"봄아, 어서."

생각할 여유를 주지 않으려는 것인지 허리를 높이 들어 올리며 불쑥, 깊숙이도 파고들어 오는 그의 움직임 때문에 봄은 밀어 내려던 것을 잊고 그의 목을 두 손으로 끌어안아야 했다.

봄의 몸은 착실히 그가 가르친 대로 움직였다. 그가 느리게 밀고 들어올 때면 위로 떠밀려 올라가지 않기 위해 그를 끌어안는 습관이 들어 버린 것이다.

아주 고약한 버릇이라고 생각하면서도 그에게 봉긋한 제 가슴이 눌리도록 힘껏 매달렸다. 그에 의해 흔들리며 그가 파고들어 올 때면 저도 모르게 허리를 뒤틀었다.

"아, 하으…… 선배, 웃! 그랬다간…… 사람……들이……."

잘게 떨면서도 용케 고개를 내저었다. 터져 나오는 신음 때문에 울음소리 같은 목소리를 내야 했다. 안타까운 손으로 그의 팔목을 잡으며 절대 안 된다는, 찌푸린 눈으로 그를 올려다봤다. 봄이 걱정되는 건 자신보다는 그였다. 오로지 그의 걱정만 되었다.

아이가 생긴다면…… 확실히 사람들에게 둘의 결혼을 '납득'시키기는 쉬울 거다. 하지만 그것은 아이에게 못할 짓인 동시에 그의 평판을 한참 깎아내리는 일이었다.

아이가 생겨서 결혼한다면 사람들은 우선 상대적으로 수준이 낮은 사람의 고의라 여겨 봄을 힐난할 테고, 그 뒤에는 그런 여자에게 넘어간 그에게로 비난을 돌릴 터다.

상상만으로도 끔찍했다. 그를 갖고자 그를 망가트리고 싶지 않았다. 사랑한다면, 누구나 그러리라 믿었다.

"사람들?"

"……선배, 알잖아요. 안 돼요."

그는 움직임을 멈추고 조금 화난 얼굴로 봄을 내려다봤다. 봄이 사람들을 신경 쓰는 게 전부 자신 때문이라는 걸 알아서다. 자신이 봄에게 너무 부담스럽다는 것도. 그리고 그는 그렇다면……자신은 아무래도 좋았다.

하나를 갖기 위해서는 하나를 잃어야 한다는 걸 알았다. 전부를 가지는 사람은 세상에 없다는 것도, 그러니 봄과 자신의 평판중에 고르라면 그의 선택은 오래 걸리지 않았다.

"사람들은…… 착각을 하고는 하지. 임신은 하는 것보다는 시키는 것에 가깝고 남자의 책임이 압도적으로 높다는 걸. 만약 그걸 간과하고 널 비난하는 사람이 있다면, 내가 똑똑히 말해 줄거다. 널 임신시킨 건 바로 나라고."

"누가, 내가 욕먹을까 봐 그래요?"

"……네가 내 여자라고, 온 세상에 공표할 거다."

알면서 그러는 거다, 이 남자. 그는 비난받을 거라면 전부 자신이 듣겠다는 각오였다. 봄은 입술을 앙 물며 생각했다. 그를 그렇게 욕먹게 할 바에야 그와 순순히 결혼하는 게 낫다고. 차라리 자신만 욕먹는 게 낫다. 그를 그만 힘들게 하고…… 마음이 순간 그렇게 기울어 봄은 화들짝 놀라고 말았다.

어느샌가 자신은 기울고 있었던 모양이다. 이렇게 간절한 그를 믿어 보자고. 아무리 힘들어도 그를 얻는다면 괜찮지 않느냐고. 그가 원한다는데…… 안 될 이유가 무엇이냐고. 자신 역시 그를 원해 마지않는데.

225

자신과의 싸움으로 밤새 뒤척이느라 봄은 새벽에야 겨우 잠이 들었었다. 마침 주말이라 제 등 뒤를 끌어안은 그의 체온을 한참 만끽하다가 따스한 그가 떨어져서 어렴풋이 한 번, 밝은 햇살이 눈앞을 지나가서 또 한 번 눈을 깜빡이고, 그의 샤워 소리에 그제야 스물스물 잠에서 깨어나고 있었다.

그리고 마침내 낮게 울리는 핸드폰 벨소리에는 완전히 눈을 뜨고 상체를 일으켰다. 처음에는 그의 핸드폰인 줄 알고 무시했는데 생각해 보니 이것은 자신의 것이었다. 그리고 그 전화로 자신에게 전화할 사람은 세상에 단둘이었다. 지금 샤워하고 있는 저 남자와, 어머니.

오전 10시를 가리키는 벽시계를 힐끔 보고는 서둘러 어제 입었던 옷가지 속을 뒤졌다. 급한 마음에 뒤집고 흔들자 툭 떨어진 것을 얼른 집어 들었다. 끊어질까 급한 마음이었다.

"여보세요? 어머니?"

― 아, 잘 잤어요? 내가 깨운 건…… 아니죠?

"그럼……요."

원체 거짓말은 잘 못해서 말꼬리가 늘어지고 말았다. 원래는 6시면 눈이 자동으로 떠지고는 했는데 최근에는 긴장이 풀린 탓도 있고, 밤이면 체력 소모를 너무 하는 탓도 있어서 기상 시간이 점점 늦어졌던 것이다.

봄은 전화 너머로도 느껴지는 어색함에 부스스한 머리만 만지작거리며 말을 골랐다. 제 입으로 내뱉은 어머니라는 단어가 뒤늦게야 낯간지러워졌다.

— 집에는…… 잘 들어갔어요?

"네…… 전화드렸어야 하는데."

— 나는 괜찮아요. 아침은 먹었어요?

봄은 연거푸 대답하며 전화에 대고 고개를 끄덕였다. 이렇게 걱정하는 사람에게 어제 전화 한 통 못한 것이 후회가 되었다. 그간 누군가에게 자신의 행방을 알려 본 적이 없어서 잊고 있었던 것이다. 또 다른 핑계를 대자면 누구누구 씨가 줄곧 괴롭히는 통에 먼저 전화할 짬이 없기도 했다.

— 다른 게 아니라…… 확인하고 싶은 게 있어서요.

"어떤……?"

— 그게, 어제 신 의원님이…….

어머니는 곧장 말을 잇지 못했다. 그와 관련된 것은 분명한데. 봄은 혹시 그와 함께 산다는 무언의 티를 팍팍 내며 그에게 끌려오는 모양을 봐서, 미혼의 남녀가 동거한다는 게 어른의 눈에 탐탁지 않은 걸까 하는 어림짐작을 했다. 그와 함께 사는 기간이 이리 길어질 줄 몰랐던 터다. 사실 시작은 반강제이기도 했고 말이다.

"아, 혹시……."

— 다음 달쯤, 부모님을 만나 달라고 하시던데…….

"……예?"

— 그…… 신 의원님의…… 아버지와, 어머니를…… 만나 달라고……. 난 그게 무슨 소린가 해서. 혹시…… 내가 생각하는 게

맞으면…….

당황스러워 어쩔 줄 모르는 태도였다. 그럴 만도 했다. 봄은 기가 차서 미간을 찡그렸다. 하여간 그 남자의 번개 같은 솜씨는 알아줘야 했다. 어제 그 짧은 새 언제 그런 말을 나눈 걸까. 더 이상 허튼소리 못 하게 감시한다고 감시했는데. 일부러 빨리 친모의 집을 빠져나온 것은 그가 무슨 짓을 더 할지 몰라서였는데.

봄이 어머니에게 그와는 오래 만나지 않을 거라고 말한 아침에, 따님과 결혼하겠다며 마당에서 무릎을 꿇었으니 말이다. 그의 사전에 상의 같은 건 없는 모양이다.

— 둘이 말하는 게 너무 달라서…… 누구 말을…….

"……선배 마음대로 그러는 거예요."

— 그리고…… 의원님 부모님…… 아버님이면…… 그, 그분 아니에요?

약간 질린 그 목소리는 봄이 이해하고도 남았다. 그 남자는 자기가 범인인 줄 아는 걸까? 평범하지 않다는 자각을 도대체 왜 안 하는 걸까. 마침 그가 욕실에서 나오는 기척에 봄은 전화를 끊고 뒤돌아보며 소리쳤다.

"선배에!"

"……어?"

"무슨 짓이에요, 대체!"

봄은 당장에 그의 앞으로 뛰어가며 화를 냈다. 좋게 말해서는 통하지를 않으니 이제 화를 내는 수밖에 없었다. 그런데 그는 봄의 성난 얼굴을 빤히 보나 싶더니 픽 하니 웃는 게 아닌가.

"지금 웃음이 나와요?!"

"아아, 네가 그 어투로…… 여보라고 부르면서 화를 내면 짜릿할 것 같다…… 그런 상상을 했거든."

대체 이 남자 머릿속에는! 봄은 기가 차서 화내려던 것도 잊고 말았다. 그 싱글벙글한 얼굴에는 오히려 말을 더듬고 말았다.

"……이, 이상한 소리 좀 하지 말아요! 그보다 어머니한테 대체 무슨 말을 한 거예요?"

"아아, 그거?"

"그거라뇨! 당황해서 전화하셨어요."

"그렇지 않아도 말하려고 했는데……. 어머니가 널 보고 싶어 하셔. 조만간 만나 주지 않을래?"

그가 한껏 웃으며 말해서 봄은 입을 딱 벌린 채 굳어 버렸다. 이번에 당황한 것은 봄이었다. 삐걱삐걱거리는 머릿속을 애써 정리하며 생각했다.

그가 말하는 어머니란, 봄의 어머니는 아닐 거다. 그렇다면 그의 어머니다. 부모님을 만나 달라는 말이 그냥 한 말이 아니었던 걸까? 그의 어머니가 자신을 알고 있는 걸까? 설마.

"지금…… 뭐라고?"

"내 어머니를 만나 줘, 봄아. 기다리고 계시거든."

"……자, 잠깐만요."

"그리고 조만간 네 어머니도 함께."

순간 봄의 기분은 어떤 것이었냐 하면, 엄청나게 빠른 물살 한가운데 서 있는 듯한 것이었다. 까딱 한눈을 팔면 저만치 휩쓸려가 돌아올 수 없을 것 같은. 그리고 이대로 있다가는 정신을 차리면 결혼식 날이 되는 건 아닐까 하는 그런 예감.

오래전 대학 시절 선배에게 들은 이야기가 떠올랐다. 프러포즈 받은 기억은 없는데 어느 날 보니 결혼식 날이더라는.

설마하니 그게 자신에게 일어나고 있는 걸까?

확실히 그의 밀어붙임과 추진력이라면 그러고도 남았다. 봄은 말이 나오지 않아 고개를 바보처럼 내저었다. 그는 늘 그렇듯 아랑곳하지 않고 제 할 말을 다 했지만 말이다.

"인사드리러 가자."

"아뇨! 아뇨!"

"아버지는 아직 좀 더 시간이 필요하지만. 어머니는 상당히 호의적이시거든."

사람이 말을 하면 좀 들으라고 소리치려는 순간이었는데, 그의 어머니가 제게 호의적이라는 말에 봄은 그만 넘어가고 말았다. 궁금증이 치솟았다.

"어머니……께서, 절 어떻게 아세요?"

"그야 내가 얘기했으니까. 8년 전부터."

"……뭐라구요?"

"단 하나의 여자가 있다고."

오늘따라 그의 웃는 얼굴에 묘한 위력이 느껴졌다. 예전에만 해도 이리 활짝 웃어 주지 않았는데. 자신도 그에게 씩씩대며 화를 내는 건 상상도 못 했는데. 자신의 어머니를 만나는 건 물론이고, 그의 어머니를 만나게 될 거라고도 생각지 않았는데.

봄은 멍하니 있다가 더듬더듬 말을 내뱉었다. 제가 뭐라고 하는지도 순간 알 수 없었다.

"나…… 입을 게 없는데요."

"얼마든지 사 줄게. 원하는 만큼."

있는 옷은 탈탈 털어 봐야 열 벌이 조금 넘는 정도로, 전부 티 아니면 바지였다. 옷을 사야 하긴 했다. 물론 그의 어머니를 만날 생각에 옷을 준비하려던 건 아니었지만. 아니, 그보다……. 봄은 그가 나긋하게 제 어깨를 감싸 오며 하는 말에 미간을 좁혔다.

"옷 정도는 내가 살 수 있어요."

"그래? 그럼 난 골라 줄게."

"……아."

여전히 웃는 그의 얼굴에 순간 당했다 싶었다. 그는 일부러 봄이 예민하게 굴도록 얼마든지, 원하는 만큼을 운운한 게 분명하다. 아차, 이게 아니었는데. 또 그에게 깜빡 넘어간 모양이다.

봄은 이러다 정말 눈 깜빡하면 그와 식장에 서 있는 건 아닐까 하는 걱정이 들었다. 그는 절대 방심할 수 없는 남자니까.

"으…… 선배는 정말 왜 그래요?! 내 의견 같은 건 아무래도 좋아요?"

그에게 휩쓸리는 자신이 바보 같아 봄은 일부러 소리 높여 화냈다. 정색하고 두 주먹을 꼭 쥐며 마지막 발악을 하듯. 그래 봐야 이 남자는 조금도 꿈쩍하지 않았지만 말이다. 유유자적할 뿐이었다.

"네가 날 사랑한다는 건 분명하지."

막 샤워를 하고 나와 위에 아무것도 걸치지 않은 그가 다가와 뺨을 쓰다듬자 절로 심장이 반응했다. 봄은 그의 손을 피하려 했다.

"그렇다고 이럴 순……."

"그렇지만 내 곁에 영원히 있을 마음은 없다는 것도. 아니, 생각이 없다는 것도 분명하지."

커다란 손에 곧장 턱을 붙잡혔다. 그의 말 그대로였다. 그의 곁에 영원히 있을 '생각'이 없는 거다. '마음'이 없는 게 아니라. 마음은 항상 흘러넘쳐서 그에게까지 닿을 정도였다. 그래서 그는 이리도 몰아붙이는 거다. 어쩔 수 없는 봄의 속을 아는지 그녀의 숨겨 둔 몫까지 힘껏.

그가 봄의 얼굴을 잡은 손에 서서히 힘을 주며 입술을 마주 대왔다. 그 사이가 너무 가까워서 숨결의 온도가 느껴질 정도였다.

"네가 도망가니 나는 잡아야 하지 않겠어? 네가 발버둥 칠수록…… 나는 힘주어 잡는 수밖에 없다. 봄아."

그래, 그랬다. 그의 손바닥 위에 얌전히 앉아 있느냐 무리해 내려가려다가 옥죄어 아프도록 꽉 잡히느냐는 전부 봄의 선택이었다. 그가 마치 휩쓸어 버릴 듯 몰아붙이는 것도, 전부 순순히 그를 따르지 않는 봄의 태도 때문이었다. 그는 봄만을 주시하고 봄을 붙잡기 위한 최선책으로만 움직였다. 필요하다면 무자비해질 수 있었다.

"나는 너를 출국금지 시킬 수도 있어."

"……!"

"전화 한 통이면 가능해. 되도록 그러고 싶지는 않지만……
위협을 느끼면, 나는 움직일 거다."

허언이 아니었다. 그는 마음만 먹으면, 정말 봄이 숨 쉴 틈도
없이 꽁꽁 붙잡을 수 있는 남자였다. 그것이 봄을 가장 슬프게
했다. 화를 내는 것조차 힘겹게 했다. 자신을 위협하는 그가 도
리어 위협당하는 걸로 느껴졌다.

그는 어째서 이다지도 자신에게 몰입하는 걸까. 지독하게도 원
하는 걸까. 그의 말처럼, 집요하게 사랑해 주는 걸까. 왜 그는!
한 사람밖에 사랑할 줄 모르는 남자인 걸까.

"나는…… 선배한테."

울먹이고 말 것 같아 봄은 잠시 말을 잇지 못했다. 겨우 목에
힘을 주고 다시 입술을 열었다. 당신은 아주 미련한 남자라 눈길
로 탓하며.

"선배한테 흠밖에 되지 않아요. 그런데 내가 어떻게 순순해
요? 그게 선배를 망가트린다는 걸 세상 모두가 아는데!"

"……네가 나를 망가트릴 거라 여기진 않지만, 너를 얻지 못
한다면 나는 어차피 망가질 거다."

정말이지, 이 남자의 이 시선에는 당해 낼 수가 없었다. 자신
이 하는 말이 마치 세상의 진리인 양 분명하다는 눈동자니까. 한
점 의심도 할 수 없게 만드니까. 봄은 기어코 비집고 나오는 눈
물에 코맹맹이 소리를 내야 했다. 애써 강한 체하고 있는데 그가
전부 무용지물로 만들어 버렸다.

"……선배는, 왜."

"그걸 외면하지 마라."

"대체 왜…… 하필 나를 골랐어요?"

"네게 선택받을 자신이 있으니까. 적어도 지금은."

지금은이란다. 그렇다는 건 예전에는 자신이 없어 붙잡지 못했다는 뜻이다. 그러고 보면 그는 항상 말했다. 남들이 보기에는 과대한 자신이, 그저 한 여자를 지킬 수 있는 남자일 뿐이라고.

아침부터 눈물을 빼게 만드는 그 때문에 봄은 한참을 울먹여야 했다. 울지 않으려고 아무 말도 안 하고 있었더니, 그가 다정히도 끌어안아 왔다.

"전부 책임질 테니까. 봄아, 눈 꼭 감고…… 나만 따라와."

그에 봄은 저도 모르게 고개를 끄덕일 뻔했다. 그를 외면하는 것이 갈수록 힘들어졌다. 그의 여자로 살고 싶은 욕심이 생겼다. 그것이…… 나날이 뿌리 깊어졌다.

9장

주말 낮부터 그에게 끌려온 곳은, 정말 말 그대로 끌려온 곳은 백화점이었다. 얼결에 차에 태워져서는 혹시 그의 어머니에게 가는 걸까 봐 질겁한 차라 봄은 백화점에 도착해서는 내심 안도했다. 그가 언제 무슨 짓을 저지를지 몰라 긴장한 상태였으니 말이다.

그의 추진력이 남다르다는 것은 최근 몸으로 배웠으니까. 잠시만 방심했다가는 웨딩드레스를 입어 보고 있을지도 모른다. 그러니 이 정도는 상당히 양호한 편이었다.

"자, 어디로 갈까."

그런 봄의 속을 아는지 모르는지 주차장 엘리베이터 앞에 선 그는 꽤나 신나 보였다. 안내도를 가리키며 몇 층으로 갈지 물었다. 아마도 봄이 그의 어머니를 만나 달라는 말에 옷 걱정부터 한 것을 상당히 긍정적으로 받아들인 모양이다.

봄은 그저 스스로를 원망했다. 자신은 왜 그런 말을 해서는……. 저도 모르게 그랬다 핑계를 대 보지만 이미 내뱉은 뒤였다. 그에게 틈을 내보이면 안 되는 거였는데. 하지만 이제 와서 후회해 봐야 소용없었다. 어차피 제대로 된 옷 한 벌은 필요했다. 꼭 그의 어머니 때문만은 아니라고 봄은 애써 곱씹었다.

"……3층이요."

"여성 캐주얼 말이지? 좋아. 올라가자."

엘리베이터에 타서는 그의 등짝을 노려봤다. 그리고 어쩌면 이 남자는 등짝까지 잘난 걸까 하는 불만 아닌 불만을 품고 말았다.

딱 벌어진 어깨에, 엘리베이터 입구를 가득 채우는 눈에 띄는 키는 물론이고 가볍게 달라붙는 회색 티셔츠 아래의 여실한 근육까지. 모자를 푹 눌러쓰고 운동화를 신었는데도 젊은 여자라면 누구나 한 번 그를 힐끗댔다. 그는 여성 캐주얼 층을 웃으며 활보하기에 너무도 훤칠한 남자였다.

"저런 건 어때? 아니면 저런 건. 뭐가 네게 어울릴까."

쇼핑을 싫어한다는 남자라는 종족답지 않게 들떠 있기까지. 그는 알까 모르겠다. 자신이 상당히 섹시한 남자라는 걸. 슈트를 입으나, 벗으나, 어떤 것을 입거나 전부.

남들 앞에서는 언뜻 금욕적인 모습이지만 어느 결정적인 순간이면 짐승이나 다름없는 적나라한 욕망을 드러내서 그를 아는 봄에게는 특히나 치명적이라는 걸.

봄은 시도 때도 없이 그의 근육질을 되새기는 자신이 민망해 아무 가게로나 걸음을 틀었다. 전에는 이러지 않았는데, 근래에는 그의 팔뚝만 봐도 심박 수가 올라갔다. 대체 왜 이러는지.

"어서 오세요."

대충 들어선 곳이 하필이면 파스텔 톤의 상당히 얌전해 보이는 매장이었다. 하얗고 동그란 전등이 천장 가득했고 옷걸이는 금색이며, 옷은 누가 봐도 나 여성스러워요, 하는 그런 것. 명백하게 봄의 취향이 아니었다. 하지만…… 그의 어머니라면 이런 풍을 좋아하리라. 발은 머리보다 마음에 충실한 모양이다. 입술도.

"깔끔한…… 원피스가 필요한데요."

"어디에서 입으시려고요?"

"그냥……."

"중요한 자리에서 입을 겁니다."

봄이 말을 흐리자 그가 당연하다는 듯 끼어들었다. 뒤에서 봄의 가느다란 어깨를 감싸 쥐며 제 여자라는 내색을 아낌없이 했다. 그런가 하면 손으로 살며시 허리를 받쳐서, 반드시 깊은 사이일 것 같은 예감이 드는 그런 스킨십을 해 댔다. 사람들 앞에서.

"……선배."

"음?"

이 남자는 여성 매장에 서 있는 게 안 부끄러운 걸까? 하물며 여자인 봄도 이런 화려한 곳이 낯설어 몸이 간질거리는데, 그는 어느새 봄을 매장 안쪽으로 떠밀더니 점원이 내미는 원피스들을 심사했다. 그건 봄의 피부색에 어울리지 않다느니, 그건 너무 짧다느니, 그건 너무 화려하다느니. 제 옷도 그렇게 열심히는 안 고를 것 같았다.

"그럼, 이런 건 어떠세요? 계절에 구애 없이 입으실 수 있는 상품인데요."

점원이 다섯 벌쯤 퇴짜 맞은 뒤에 들어 보인 것은 연한 민트색 원피스였다. 네크라인은 둥글고 소매나 치마 기장은 칠부였다. 허리에 하얀 절개선이 들어가 있었지만 다소 부해 보이는 스타일 이라 목덜미부터 팔뚝, 허리까지 전체적으로 마르지 않으면 어울 리지 않는 그런 옷이었다.

그러나 봄은 그것이 자신에게 어울릴지 어떨지 감이 오지 않 았다. 워낙에 오랜만에 이런 옷을 사 보는지라.

"그거 괜찮은데……. 봄아, 네가 보기에는?"

봄은 갸웃거리는데 그가 먼저 고개를 끄덕였다. 오히려 봄보다 봄에 대해 잘 아는 모양이다. 그러니까, 벗은 몸매라거나 몸의 선 같은 것. 원피스를 보는 그의 시선에 봄은 왠지 자신이 발가 벗겨지는 기분이 들었다. 그는 그 옷을 보며 자신의 몸을 상상하 고 있으리라. 아니, 되새기고 있다는 게 정확하리라.

"……입어 보면 되는 거죠?"

"그래."

홍조가 도는 얼굴 때문에 봄은 탈의실로 얼른 숨어 버렸다. 앞 으로 저 남자와 옷 구경은 하지 말아야겠다고 생각하며 말이다. 분명 점원이 눈치챘을 거다. 이 원피스를 빤히 보며 그가 봄을 발가벗기고, 이것을 걸치게 해 얼마나 어울리는지 계산하는 그런 것 말이다.

남자가 여자의 옷을 골라 준다는 건, 생각해 보면 자극적이기 그지없는 일이었다. 모든 연인이 그러는 건지는 몰라도 봄에게는 너무도 부끄러운 일이었다. 붉어진 얼굴을 가라앉히느라 조금 늦게 탈의실에서 나왔더니…… 그는 어디 가고 없었다.

"너무 잘 어울리시네요. 이건 살집이 있으면 어울리지 않거든요."

점원이 갖은 칭찬을 했지만 봄의 귀로는 잘 들어오지 않았다. 기껏 입고 나왔더니 이 남자는 그새 어딜 간 건지. 하기야 거울을 보니 보여 줄 만한 것도 못 되었다.

원피스가 예쁘면 뭘 할까. 화장을 한 얼굴도 아니고 머리를 손질한 것도 아니었다. 게다가 구두도 아닌 캔버스화. 어울리고 어떻고를 떠나서 원피스와 몸이 따로 노는 듯했다.

생각해 보니 옷만 산다고 될 일이 아니었다. 구두도, 가방도, 화장도, 머리도. 하자면 끝이 없었다. 구색을 한참 맞춰야 하는제 초라한 꼴만 샅샅이 드러났다. 봄은 생각만으로 지쳐서 원피스를 어서 벗어 버리려고 했다.

"어머, 실례."

"아, 죄송해요."

하나뿐인 탈의실 앞에서 다른 손님과 부딪칠 뻔한 건 그런 마음 때문이었다. 이 옷이 자신에게 너무 어울리지 않는 것 같아 마음이 급했던 것이다. 상대가 먼저 들어가도록 뒤로 물러서는데, 그녀가 알은체를 했다.

"어라? 김봄 아니야?"

"······황연희?"

"이야······ 오랜만이다?"

진한 눈웃음을 치는 상대의 얼굴을 몇 초인가 들여다보자 곧장 기억이 났다. 고등학교 시절의 동창이었다. 딱 한 번 같은 반이었는데도 이름까지 떠올랐다. 둘은 항상 국어와 외국어 성적이 비슷해서, 곧잘 번갈아 만점을 받고는 했다.

"그러게."

"네가 이런 덴 웬일이야?"

한쪽 눈썹을 비뚤며 연희가 물어서 봄은 잠자코 이 친구는 여전하다는 생각을 했다. 이런 데는 웬일이냐니, 그건 마치 백화점에 오면 안 되는 사람이 여기 있다는 듯한 가시가 아닌가. 너는 백화점이 안 어울린다는. 하긴 예전부터 그녀는 봄에게 하는 말마다 가시투성이였다.

급식비를 걷는 날이면 일부러 봄에게 와서 '아참, 너는 지원받지.' 하고 큰 소리로 말하거나, 물려 입은 것이 뻔한 교복을 두고 왜 그렇게 해졌느냐 핀잔을 주고는 했다.

그것 말고도 같은 반이던 시절 체육 시간에 그녀의 지갑이 없어진 적이 있는데, 담임선생은 그때 대놓고 봄의 가방부터 검사했었다. 물론 아무것도 나오지 않았지만 그게 누구의 사주인지는 머리가 있다면 알 수 있었다.

"······옷을 좀 살까 해서."

봄은 원피스 아래 입은 제 캔버스 운동화가 신경 쓰였다. 아마

5년은 신은 것으로 그마저도 어느 길거리의 프리마켓에서 중고를 사 신은 것이었다.

"헤에…… 니가?"

"……."

그 내려 보는 시선에, 봄은 일부러 대꾸하지 않았다. 말을 섞어 화가 난다면 차라리 안 섞는 편이 나으니까.

"아, 나 요즘 TV에 나와. 봤니?"

"……미안. 귀국한 지 얼마 안 돼서."

"세상에! TV도 안 봐? 나 공중파 아나운서잖아."

아주 자랑스러운지 크게 웃는 연희의 얼굴이 볼만했다. 봄은 그녀가 원하는 바를 알았으므로 어렵지 않게 호응해 주었다.

"그래? 대단하다. 축하해."

"뭐 별거라고…… 그보다 넌 요즘 뭐하니?"

"난, 그냥 있어."

"어머나…… 세상에! 백수야? 서른에 취준생은 심하다."

칭찬을 해 줬더니 돌아오는 것은 으스대는 말투였다. 뭐, 새삼 그녀가 겸손해지기를 바라지는 않았지만 말이다. 사람의 어린 시절 성격은 어른이 되어도 어디 가지 않는 모양이다. 봄은 크게 피곤함을 느꼈다.

"갈 데 없으면 내가 어디 소개시켜 줄까?"

어딘가 즐거워하는 얼굴에도 봄은 화가 나지 않았다. 본래 무심에 가까운 차분한 성격이었고, 비꼬는 사람이 원하는 대로 반응해 줄 만큼 바보가 아니었다.

대신 연희의 말을 인정했다. 일하지 않는 백수인 건 맞았으니 말이다. 애당초 이곳에 오래 머물 작정이 아니라 생각지 못했는데…… 당장 떠날 게 아니라면 무언가 일을 하긴 해야 했다.

"그건 내가 알아서……."

"친구인가 봐?"

"……선배."

"그 원피스 역시 잘 어울린다."

어딜 다녀왔는지 그가 연희의 뒤로 나타났다. 그는 느슨하게 서 있는데도 힐을 신은 연희보다도 머리 하나는 컸다.

"응?"

그리고 제 바로 뒤에서 낮은 남자의 음성이 들리자 연희는 비웃음을 입가에 건 채로 뒤돌아봤는데, 아나운서는 아나운서인지 눈썰미가 아주 좋았다.

제 코앞에 있는 강오의 얼굴에 처음엔 그냥 미남자라는 데 놀랐다가 이내…… 그를 완전히 알아보고는 입과 눈을 쩍 하니 벌렸다. 그녀는 전혀 표정 관리를 못 하고 있었다.

"신강오 씨?!"

"……제 고등학교 동창이에요."

"아아, 신강옵니다."

연희가 저를 알아보자 그는 차라리 잘됐다 싶은 모양이다. 정면으로 자연스레 옮겨 오며 한 손으로 악수를 청했다. 얼떨결에 응하는 연희의 표정이 꽤나 바보 같아 보였다.

"……애와는 무슨……?"

"결혼할 사입니다."

이제 봄은 그의 저 막힘없는 태도에 새삼 놀라지도 않았다. 말릴 새도 없이 말하는 것도 전매특허라면 특허일 거다. 봄은 황연희가 어디까지 놀랄지 궁금했다. 그리고 그게 대부분의 사람들이 둘에게 보이는 반응일 것 같아 착잡했다.

"세상에…… 그게…… 정말이세요?"

"그럼 가짭니까?"

"……정말…… 둘이……? 어떻게 만나신……."

"대학 선후배였죠."

거기까지 말한 그는 더 이상 대답해 줄 필요를 못 느끼는 모양이다. 황연희를 가볍게 지나쳐서는 봄의 손목을 잡아끌어 가까운 소파 위로 앉혔다. 그러더니 어디선가 집어 온 구두를 꺼내 보였다. 심플하고 어른스러운 회색 구두는, 발등이 돋보이는 것이었다. 어딜 갔나 했더니…… 이런 걸 골라 왔나 보다.

"이게 필요할 것 같아서."

"정말……."

봄이 못 말린다는 시선을 보내자 그는 기쁘게 웃어 보였다. 그러고는 아무렇지 않게 봄의 앞에서 한쪽 무릎을 꿇더니 캔버스화를 벗기고 골라 온 구두를 신겼다. 마치 늘 해 왔던 일인 것처럼. 종아리와 발꿈치를 받치는 그의 손끝은 누가 봐도 야릇했다. 자신의 것을 만지는 손이었으니까.

"어울리잖아."

"……신발 사 주면, 도망간대요."

"이미 갔다 왔잖아?"

"음……."

역시 말로는 이 남자에게 못 당하겠다는 생각을 하는 사이 그는 어느새 다른 발에도 구두를 신겨 줬다. 그가 골라 온 구두의 사이즈가 자신에게 딱 맞는다는 게 신기하고, 나쁘지 않은 기분이었다. 그가 드러난 봄의 발등을 제 손끝으로 더듬으며 은밀하게 속삭였다.

"그리고 아예 목줄을 매어 버릴 참이니까. 구두쯤이야."

그러고 보니 이 남자, 모두가 보는 데서 또 무릎을 꿇었다. 자신을 알아보는 사람도 있는데. 그리고…… 발은 더러운데. 그렇게 막 만지면 미안한데. 정작 그는 아무렇지도 않은지 오히려 적나라한 애정표현 하기를 즐겼다. 봄은 밀려드는 부끄러움에 뺨을 붉혔다.

"……내가, 그렇게 좋아요?"

"그걸 이제 알았어?"

대답이 너무 빨랐다. 농담처럼 물어본 것이 민망할 만큼.

"아까는 일부러 그랬죠?"

"그래."

"……고맙지만 고맙지 않아요."

레스토랑으로 자리를 옮겨 단둘이 된 뒤에 봄은 샐쭉해했다. 그가 자신의 기를 살려 주려고 일부러 그랬다는 걸 안다. 그는 든든한 아군 정도가 아니라 전세를 단번에 뒤바꿀 만한 장군 패니까. 그 어떤 치열한 여자의 싸움도, 그가 난입하는 순간 승패가 갈릴 거다. 신강오는 반칙에 가까울 만큼 막강한 남자니까.

"나서는 걸 싫어한다는 걸 알아. 하지만 내가 그걸 두고 볼 수 없다는 것도 알잖아?"

남녀 간에 영 무지한 봄도 알고 있다. 제 나이 때 여자들의 서열을 정하는 건 본인보다는 가까운 남자의 능력이라는 것을 말이다. 얼마나 든든한 남자가 곁에 있느냐가 여자의 대부분을 좌우한다. 10년 뒤에는 아이가 얼마나 똑똑한가로 우열을 정할까?

어찌 됐든 지금, 남편 혹은 연인의 능력만으로 여자들을 줄 세운다면 봄은 분명 상위에 있으리라. 지금껏 인생에서 그래 본 적 없는데.

"하지만…… 선배는 일반인이 아니잖아요."

실제로 황연희는 그의 등장에 봄을 대하는 태도를 곧장 180도 바꿨다. 신강오가, 김봄의 발등에 키스하고도 남을 만한 남자라는 걸 인지하는 순간 놀라운 순발력을 보인 것이다.

그 예전의 시간들 중 도대체 언제 둘이 절친이었는지는 모르지만 그렇게 말하며, 팔짱을 끼고 핸드폰 번호를 알려 달라고 친근한 행세를 하기까지 했다. 결혼식 때 꼭 불러 달라며.

봄이 고개를 내젓자 무안해하면서도 감히 그 성격대로 화내지도 못했다. 과연 신강오의 위력인지 그 콧대 높은 동기가 쩔쩔매는 모습이 제법 우습기는 했다.

"미안."

"네?"

"내가 경솔했다. 미안하다, 봄아."

"……아니에요, 선배. 나는 정말 화난 게 아니라……."

그랬기에 그가 평소처럼 여유 있게 굴지 않고 측은한 표정으로 사과했을 때, 봄은 자신이 괜한 까탈을 부렸나 급격한 후회가 들었다. 낯간지러웠을 뿐인데 그것을 어떻게 표현해야 할지 모르겠다. 그의 시무룩한 팔자 모양 눈썹에 봄은 쩔쩔매고 말았다.

"사실은…… 고마워요."

"……그래?"

"그럼요…… 그냥, 내가 부끄러워서 그래요."

누가 자신을 감싸 주거나, 기를 살려 주는 데 조금도 면역이 없었다. 뭐든 스스로 해결하도록 단련되어 있어서, 그래서 그가 자신을 치켜세워 주었을 때 간질거리는 심장을 견딜 수가 없었다. 부담스러운 것과는 다른 감정이었다. 미안하달까 고맙달까.

봄은 손바닥을 들어 멋대로 말려 올라가는 입꼬리를 감췄다. 고맙다는 말은 왜 부끄러운 걸까. 그 보호가, 왜 그리 기뻤을까.

"식사 나왔습니다."

"아, 네!"

"리조또는 어느 분에게?"

"여기…… 저한테 주세요."

식당 직원이 때마침 음식을 내오자 봄은 답지 않게 더듬거리며 새된 목소리를 냈다. 다소 과장되게 물을 들이켜고 포크를 챙기다 떨어트리는 모양에서 당황한 게 빤히 보였다.

무슨 부끄러움을 그리 타는지. 그는 봄의 그 모양이 아주 흐뭇한 모양이다. 여전히 팔자 모양으로 휜 눈썹인데, 눈과 입술이 완만하게 웃었다. 마치 귀여운 것의 재롱을 보는 듯한 그의 웃음에 봄은 더 창피해지고 말았다.

"그 여자, 사실은 친구가 아니었지?"

"……어떻게 알아요?"

"딱 봐도 알 수 있거든, 그 정도는. 정말 친구였다면 나도 좀더 말쑥하게 굴었을 거다."

어깨를 으쓱이며 말하는 그는 정말 뭐든지 다 아는 남자 같았다. 속이 그리 깊으면서 가끔 왜 그리 제멋대로 구는 걸까.

아, 이제는 그 이유를 안다. 봄이 타협해 주지 않는 사안에 대해서는 자기 맘대로 밀어붙였다. 그는 아마 자신이 원하는 일 중에 이루지 못한 것이 드물 거다. 모든 것이 완벽한 남자니까.

"연희는…… 잘사는 집 아이예요. 제대로 된…… 그래서 나한테 밀리는 걸 못 견뎌했어요."

포크로 뜨거운 리조또를 뒤적여 식히면서 봄은 피식 웃었다. 연희가 나쁘다고 생각지는 않았다. 고아에게 져서 기분 좋을 사람은 세상에 없으니까. 아주 뻔한 패턴이었다. 사실 친구라고 할 만한 사람 자체가 별로 없었다.

누군가와 친해져도 혹시 그 아이는 자신을 친구로 여기지 않는데, 동정으로 같이 놀아 줄 뿐인데 혼자 착각하는 걸까 봐 늘 조심스러웠다.

차라리 황연희처럼 태도가 확실한 아이들이 알기 쉬웠다. 사람을 헷갈리게 하지는 않으니까. 어떤 의미에서 봄은 황연희 같은 아이가 편했다.

"괴롭혔나?"

"으음…… 비꼬는 정도? 크게 괴롭힘당해 본 적은 없어요. 육체적으로는요."

정신적으로 괴롭힘당한 일이라면 많았다. 그리고 그것은 또래고 어른이고 가리지 않았다. 너무 많이 데어서 남들이 한 번 두드리고 지나가는 돌다리도 봄은 열 번이고 두드려 보고는 했다.

예를 들면, 중학생 때의 일이다. 초등학생 때 적나라한 놀림을 많이 당한 터라 그때는 차라리 혼자가 편했다. 일부러 아무와도 어울리지 않았는데…… 어느 날 누군가 다가왔다. 친구를 하자며 참 잘해 줬다. 그래서 그게 너무 기뻤는데…… 알고 보니 선생님이 시킨 일이었다. 봉사 활동의 일환처럼. 친절이 때로는 가장 큰 아픔이 됐다. 그런 상처는 무뎌지질 않았다.

"그거 알고 있어, 봄아?"

"어떤 거요?"

"제대로 된 집안일수록 인성에 신경을 쓴다는 거. 돈이 많다고 좋은 집안은 아니다. 내가 보기에 그 연희라는 여자의 태도는, 제대로 된 집안에서 교육받은 게 아니야. 졸부나 자식을 그렇게 기를까? 천박한 집안에서는 버릇없는 자식이 나오기 마련이지."

지금 느리게 말하는 그는 왠지 무서웠다. 봄은 포크도 내려 두고 의아한 얼굴을 했다. 자신이 잠시 예전을 회상하느라 너무 우울한 얼굴을 해서, 그는 그래서 화가 난 걸까? 황연희가 자신을 많이 괴롭혔다고 여겨서? 오해라고 말해야 했다.

"망가트려 줄까?"

"……네?"

"그런 여자 하나, 밑바닥까지 추락시켜 줄 수 있다."

잠시 얼이 빠져서, 봄은 숨을 멈췄다. 이 남자가 지금 대체 무슨 무서운 소리를 하는 건지. 그런 살벌한 얼굴로.

"싫어요."

"싫어?"

만약 오해가 아니라 진짜로 황연희가 자신의 학창 시절을 죽을 만큼 힘들게 했다고 해도, 안 될 말이었다. 봄은 미간에 힘을 주며 이를 악물었다. 지금의 그가 아무리 무서워 보여도 물러설 수 없었다.

"안 돼요! 선배 어떻게 그런 말을 해요? 의원이라는 사람이……!"

"봄아."

"그러면 안 돼요! 그건 너무……."

"난, 너의 그런 점도 사랑해."

뜬금없이 고백이다. 말문을 막아 버리기 부족하지 않아서, 봄은 그만 하려던 말을 잊고 더듬거렸다. 그런 점 '을' 도 아니고 그럼 점 '도' 는 또 뭐란 말인가. 사람 부끄럽게.

"갑자기…… 그게, 또 무슨……!"

"보통은 내게 바랄 수도 있는 걸 너는 상상도 못 하는 점이나, 정직하다 못해 의로운 것까지. 너는 너무 정직해서 같이 있으면 기분이 좋아져."

"……방금 일부러 그런 말 한 거예요?"

어떻게 반응할지 실험해 본 걸까? 봄은 기가 찼는데 이 남자는 화도 못 내게 아주 기분 좋은 얼굴이었다. 제 자식이 백 점이라도 받아 온 양. 누가 그쪽 사람 아니랄까 봐 표정이 변화무쌍하기 그지없었다. 그리고, 의외로 무서운 구석이 있었다.

"네가 화낼 거라는 걸 알아서 확인해 본 거다. 내 눈이 맞는지, 틀렸는지."

"세……세상에 누가 그런 무서운 말에 좋다고 해요!"

"의외로 많아. 사람을 탓하지 않는 거, 힘든 거다. 누군가를 원망하지 않는 건 불가능해. 남을 망가트리고 싶지 않아 하는 것도. 너처럼 그러는 게 자신을 지키는 방법이라는 걸 아는 사람은 별로 없지. 많은 사람들이 남을 미워하다 자신을 죽이곤 한다."

봄은 입술을 깨물었다. 그는 자신이 성인군자쯤 되는 줄 아는 걸까? 전혀 아니다. 봄은 자신이 착한 인간이라고 조금도 여기지 않았다. 그저 겁 많고 약한 흔해 빠진 인간일 뿐이었다.

"……나도, 누군갈 미워한 적 있어요."

"누굴?"

"호주의…… 그 아이요. 내가 구해 줬던. 그 아이가 잘못한 게 아닌데도."

"……그것도 미워하지 않으면 사람이 아니게."

깊이 이해한다는 그런 눈, 보고 싶지 않았다. 그가 함께 아팠다는 걸 깨닫게 되어 버리니까. 그럼 더욱 사랑하게 되니까. 봄은 자신의 단점을 죄다 까발리고만 싶었다.

"남을 구하는 게 날 아프게 할 수 있다는 거 알았어요. 그래서 나는 항상 머뭇거려요."

"뒷걸음치는 너도 사랑해."

"……왜 오늘……."

"음?"

"하루 종일 고백이에요!"

당황스럽게! 그는 봄의 말문을 막아 버리는 방법을 깨달았나 보다. 자잘한 표현에도 봄이 매번 얼굴을 붉히자 그걸 보는 데 맛들린 게 틀림없었다. 그는 숨김없다는 점에서 같이 다니기 부끄러운 남자였다. 사람을 바보같이 만들어 놓고는 저만 유유자적하게 웃고 있었다.

"그런 기분이니까."

"부끄럽게 정말……!"

"사실 항상 그런 기분이지."

"……그보다 선배 거, 다 불었다구요!"

봄은 말 돌릴 곳을 찾다가 다 불어 버린 그의 봉골레 스파게티를 가리켰다. 조개들은 그렇다 치고 면이 탱탱 불어 못 먹을 것이 되어 있었다.

"괜찮아. 난 막입이라 다 잘 먹거든."

그는 그러더니 정말 포크로 다 불은 것을 떠먹었다. 그가 가리는 것 없는 남자라는 데는 봄도 동의했다. 그는 고급스러운 입맛일 것 같은데 의외로 그렇지 않았다. 인스턴트로 식사를 때우는 일이 제법 많아서 그런지 끼니로 자주 삼각김밥을 사 들고 돌아왔다.

무언가 해 주고 싶어도 집에는 아무것도 없었고, 부엌은 텅 비어 초라했다. 유 비서는 봄이 요리할 만한 걸 사다 달라고 하면 일절 거절했다. 매끼를 어디선가 사 와서 설거지할 일도 없게 만들었다. 냉장고 안에는 마실 것만 가득했다.

지금까지는 언제 떠날지 몰라 애써 살림을 늘리지 않았는데 오늘은 밖에 나온 김에 뭘 좀 사 달라고 해야겠다.

"그래도 그건……. 어휴! 내 거 같이 먹어요. 난 어차피 많으니까."

봄은 자신의 리조또를 식탁 중앙으로 내밀었고 그것은 식긴 했지만 불어 버린 스파게티에 비하면 먹을 만했다. 그는 웃으며 한 술 뜨더니, 제 입이 아닌 봄의 입술 앞으로 내밀었다.

"먹어라."

"……내가 먹을 수 있어요."

"아."

이 남자…… 혼자 데이트하는 기분을 제대로 내고 있었다. 봄은 무시하려 했지만 그는 내민 스푼을 거두지 않았다. 적어도 한 입은 먹지 않으면 만족하지 않으리라. 그의 집요함이라면 잘 알았다.

"봄아, 아 해라. 어서."

"으……."

마지못해 입술을 벌렸다. 그는 기어코 한 입 먹이더니, 문득 생각났다는 듯 물었다. 또 한 수저 떠서 내밀며.

"참, 여주 어머니에게서 아버지에 대해 들은 거 있어?"

딱 한 번만 먹으려고 했는데, 얼결에 또 받아먹고는 우물거리며 대답했다.

"조금요."

"말해 봐."

"……하지만, 비밀인걸요."

그가 은근슬쩍 한 수저 더 내밀어서 봄은 그것을 밀쳐 냈다. 세 번 당하진 않을 셈이다. 그는 항상 봄을 살찌우고 싶어 했고 그 수작은 그치질 않았다. 지금의 봄이 예전에 비하면 많이 마른 것이 은근히 신경 쓰이는 모양이다.

"비밀이라면 네게도 말하지 말았어야지. 어머니가 네게 무언가 가르쳐 주셨다면, 그건 네가 찾고 싶거든 찾아보라는 뜻이다. 자식이 부모를 찾는 건 천륜이거든."

방금 그가 먹여 준 것을 우물거리며 듣자니 그건 그랬다. 아버지에 대해 들려주는 어머니는…… 자신은 찾지 않았지만 원하거든 너는 한번 찾아보라는 뉘앙스였다. 말리지 않겠다는.

자식이 부모를 찾는 건…… 천륜. 봄은 친모를 만났을 때의 묘한 기분을 떠올렸다. 그것은 없던 다리가 생겨나는 듯한 기분이었다.

"……하지만 성함도 모르고…… 아주 단편적으로만 들었어요."

"들은 게 뭔데."

"선생님……이셨대요."

"그리고?"

봄은 이 이야기를 들었을 때 아주 놀랐는데 그는 태연했다. 조금도 흥미로워하지 않는 그의 물음에 봄은 다 말해도 좋겠다는 믿음이 생겼다. 자신이 이 세상에서 그를 믿지 못하면 누굴 또 믿을 수 있을까.

"그리고…… 어머니가 학교를 졸업하던 해 서울로 올라가셨대요. 그게 다예요."

"봄아."

"네."

"그거면 충분해. 사람을 찾는 데는."

어디가 충분한 건지. 하다못해 성씨도 나이도 모르니 이건 아주 어려워 보이는데.

"……어떻게요?"

"간단하지. 네 어머니의 모교를 찾아서, 어머니가 졸업하신 해 학교를 떠난 교사를 찾으면 되니까. 그중 남자인 사람은 잘하면 하나, 못해도 둘. 어렵지 않다."

그의 말은 듣자니, 거짓말처럼 정말 쉬워 보였다. 마치 내일이라도 그가 봄의 친부를 찾아올 것만 같았다.

처음 한국에 돌아와 부모를 찾아보려 했을 때는…… 이렇게 쉽게 풀릴 줄 몰랐다. 인의상 도전은 해 보겠지만 실현 가능성은 사실 없다고 여겼고, 만일 찾는다 해도 그게 끝일 거라 여겼다. 자신을 밝히는 건 꿈에도 생각지 않았다.

그런데 지금은…… 친부를 찾는다면, 그분도 혼자라면 좋겠다는 생각이 들었다. 역시나 희박할 테지만 그런 말도 안 되는 희망이 부풀었다. 세상이 만만하지 않다는 걸 알면서도 그와 함께 있자면 저도 모르게 그런 마음이 생겨났다. 왜냐하면 이 남자 자체가 봄에게 너무도 큰…….

"……내 부모님 찾는 일에, 왜 선배가 더 열심이에요?"

"너를 위한 일은 나를 위한 일이기도 하니까."

너무도 큰 희망이었으니까. 다다단 꿈이었으니까. 이루려 해 본 적도 없는 사랑이었으니까. 그런데…… 일어났으니까. 사람들은 모를 거다. 꿈에 잡히는 이런 기분.

백화점에 다녀온 다음날 일요일 아침이었다. 봄은 늦잠 자는 대신 그보다 일찍 일어나 부엌에 섰다. 그에게 억지를 부려 사온 간단한 요리 재료들을 정리하고 한참 부엌을 뒤져 겨우 냄비를 찾았다.

그는 왠지 봄이 집안일 하는 걸 싫어했다. 온실 속에서 화초를 기른다고 생각하는 게 아니라면 내버려 두라고 했더니 결국 항복했지만 말이다.

그러면서도 봄이 아침은 빵이냐 밥이냐 물으니 고민도 안 하고 밥이라고 대답했다. 해 주면 먹을 거면서!

봄은 왠지 기분이 좋아져서는 콩나물을 다듬었다. 그간은 일부러 그의 집 부엌에 서지 않았다. 부엌이란 왠지 그 집 안주인의 것처럼 느껴져서……. 처음 한동안은 그를 유부남으로 착각해서 꺼렸고, 그 뒤에는 도망갈 생각만 하느라 부엌을 볼 틈이 없었다. 조금 순순해진 뒤에도 요리할 생각을 하지는 못했다. 스스로에게 영 여유가 없었으니까.

그런데 어제는 불현듯 요리할 생각이 들었다. 요리도 잘 못하는 주제에 왜 그랬을까? 봄은 제 요리 솜씨를 잘 알았다. 자취생들의 대충 넣고 대충 끓여서 먹을 만하면 만족하는 그런 수준의 요리였다. 그런데도 할 마음이 든 건…… 그래, 그가 막입이라서일 거다. 절대 이 집이 편해졌다거나 그의 부인 행세를 하고 싶은 건 아니다.

"아니야, 아니라고."

봄은 제가 중얼거리고 있다는 것도 모르고 신중하게 콩나물을 다듬었다. 다 다듬고는 물에 한 번 헹궈 두자니 그는 그제야 일어나서 거실로 걸어 나왔다. 늦잠을 자느라 새집이 된 머리를 하고는 허리를 긁적이며 말이다. 그렇게 긁으면 배가 다 보이는데, 그러니까 그 단단한 복근이.

"봄아……."

그는 잠에 잠긴 목소리로 봄을 부르다가, 반쯤 뜬 눈으로 봄이 부엌에 있다는 걸 확인하고는 느리게 기지개를 켜며 하품을 했다. 자다 말고 엄마 찾으러 나온 애도 아니고 말이다. 그 큰 덩치로 새집 머리를 하고 흐느적거리는 그가 우스워 봄은 키득대며 물었다.

"어제 몇 시에 잤어요?"

"으음, 4시……?"

봄을 어머니가 있는 여주에 데려다 준 일로 그는 일이 조금 밀렸는지, 어제 밤늦게까지 서재에 틀어박혀 있었다. 일이 밀렸으면 백화점 같은 데 가지 말지.

여튼 그는 붙잡은 일의 끝장을 볼 모양이었고 봄은 그를 기다리다가 먼저 잠들어 버렸다. 새벽녘에 침대로 들어와 자신을 당겨 안는 그의 기척에는 얼핏 깨어났던 기억이 났다.

"피곤할 텐데 좀 더 자요."

부엌에 선 봄이 두 눈을 둥글게 휘며 입술을 늘려 웃었더니 그는 또 발동한 모양이다. 터벅터벅 무거운 걸음으로 부엌 안으로 들어오더니 봄의 뒤에 서서 잠시 봄이 하는 양을 구경했다.

"……."

"……선배?"

그러다가 뒤에서 봄의 허리를 끌어안고 어깨 위로 코를 부볐다. 봄은 그가 바라는 바를 금세 깨달았다. 그의 욕망은 선명했다. 자잘하게 어깨 위를 누르던 그의 입술이 어느샌가 목덜미를 차지했고, 이내 귀 끝을 깨물었으니까.

이런 느낌을 줄 때…… 그는 결코 신사적이지 않았다. 한 마리 짐승에 가까웠으며 끝없는 욕망 덩어리였다.

그의 손이 앞으로 넘어와 봄의 턱을 돌리게 했다. 순순히 따랐더니 그의 입술이 코끝에 닿았다. 가볍게 키스하고, 그가 이마 위로 입술을 눌렀을 때 봄은 크게 움찔했다. 그의 다른 손이 허벅지 사이로 파고들었기 때문이다. 잠옷 대용으로 입은 커다란 티셔츠를 들추고 아랫배를 당겨 갔다.

그러자 허리 뒤로 그의 단단하게 굳은 몸이 느껴졌다. 그것이 찌르듯 굴고 있어서 몸을 앞으로 빼면, 다리 사이로 파고든 그의 손가락이 속옷 사이를 꾹 하니 눌러 왔다.

"엄⋯⋯마야⋯⋯."

그의 긴 손가락 중 하나가 순식간에 작은 천 조각을 들추고 좁은 살 속으로 침범했다. 그러고는 재촉하듯 안쪽을 휘저었다. 놀라 뒤로 허리를 빼자 뜨거운 그의 몸이 봄의 엉덩이 사이를 파고들 듯 눌러 왔다. 앞에서는 그의 손가락이 움켜쥐고 있는데⋯⋯. 봄은 덜덜 턱을 떨어 댔다.

"아⋯⋯ 아으⋯⋯ 으, 선⋯⋯ 하아!"

그는 이미 봄을 만지는 요령을 터득한 남자였다. 꾹 하니 깊숙한 곳의 약점을 연달아 누르며 더운 숨으로 봄의 목덜미 곳곳을 적셨다. 몸이 저절로 흐느꼈다.

당황스러운 만큼 빠르게 젖은 소리가 나기 시작했다. 그의 손가락이 하나 더 파고들자 찔걱찔걱하는 소리와 함께 허벅지를 타고 끈적임이 흘러내렸다. 얼굴이 붉어질 틈도 없이 순식간이었다.

"괜찮아?"

봄은 고개만 끄덕였다. 가만있는 사람을 이렇게 참을 수 없는 상태로 만들어 놓고는 물어보면 뭐할까. 허리선이 움찔거리기 시작한 마당에 안 된다고 할 수 있을 리 없었다.

봄은 어서 침대로 가야겠다고 생각했다. 분명 그럴 생각으로 고개를 끄덕였는데, 그의 손이 팬티를 끄집어 내리나 싶더니 다 내리기도 전에 두 다리 사이를 벌렸다.

동시에 뜨거운 것이 봄의 아랫배 밑까지 가득, 밀고 들어왔다.

"아우웃!"

"하아……."

"선, 배……!"

단번에 깊숙이까지 벌어져 열리는 감각에 봄은 온몸 가득 힘을 줬고, 그에 그는 목에 핏대를 세웠다. 정신이 따라가지 못하는 빠른 일체에 하반신이 가늘게 전율했다.

목이 떨려 와 그 한순간 숨이 막혔다. 그가 너무 꽉 채우고 있어서 숨을 쉴 수 없었다. 손끝이 떨려 주먹을 쥐며 봄은 흐느꼈다.

"아침……부터…… 너무……."

"……너무?"

"……커요. 흐읏."

정말이었다. 그가 급하게 굴어서인지, 그가 들어온 방향 때문인지는 몰라도 버거울 만큼 그렇게 느껴졌다. 봄이 헉헉 가늘게 떨며 상기된 볼을 하고 말하자 그는 곤란한 모양이다.

"음…… 그런 야한 말을 하면, 더 흥분된다고."

"아으읏……!"

느리게 허리를 뺀 그가 신음보다 빠르게 다시 몸 안을 채워 왔다.

봄은 알 수 없었다. 이 아침의 어디에서 그가 돌연 흥분했는지. 뭘 했더라……. 그래, 재료를 다듬다가 그가 새집 머리를 하고 걸어 나와 피식 웃었을 뿐이다. 그의 머리 모양이 재미있어서. 그런데…… 어느 순간 부엌에서 이런 모양을 하고 있었다.

뒤에서 그가 박혀 올 때마다 봄은 예민하게 반응했다. 그가 만족스러운 신음을 흘려서 홀린 듯 그를 쫓았다.

"학! 하악, 하으윽……! 흑! 으흐흑!"

몰랐던 사실이다. 거실에서 소리가 더 잘 울린다는 건. 너무 넓어서 신음은 계속 퍼졌고 계속 돌아왔다. 봄의 울음도 그가 힘주어 파고드는 소리도, 그때마다 들리는 젖은 살 소리도. 묵직한 그의 음성이 들릴 때면 봄의 온몸은 아플 만큼 움츠러들었다.

"봄아."

그는 아슬아슬한 순간이면 느리게 움직여 자신을 참아 눌렀는데, 봄은 그 순간이 가장 참기 힘들었다. 그의 형태가 몸 안에 새겨질 듯해서 눈앞이 흐려졌다.

"선배…… 강오, 선배……."

"좀 더…… 불러 줘."

봄은 오로지 이 순간에만 그의 이름을 불렀다. 엎드린 등 뒤로 빼곡히 땀이 흘렀고 그 위를 또 그의 땀이 겹쳐 왔다.

커다란 손이 앞으로 넘어와 봄의 가슴을 움켜쥐고 단단한 몸이 더욱 힘주어 허리 아래로 파고들었다. 끝까지 닿을 만큼 강한 압박이었다. 그를 온전히 받아들이며 봄은 흐린 눈을 떴다.

"……으, 선배……!"

"내 이름, 봄아."

거칠어진 그의 숨소리가 귀 바로 옆에서 들려왔다. 흥분해 땀 흘리는 이 남자의 숨 한 토막이 제 것이라는 데 봄은 기쁨을 느꼈다. 봄이 그 예전 가장 바랐던 일은, 그의 이름을 불러 보는 것이었으니까. 이름만 불러도 기쁘니 깨닫기를 그게 사랑이었다.

"하아, 하…… 선배…… 사랑해요……."

10장

10년 전.

정적을 흐트러트리고 책이 무너지는 소리에 그는 잠에서 깨어
났다.

"왜 이러세요! 교수님······?!"

당황해 파르르 하니 떨리는 앳된 목소리에는 눈을 떴다. 창문을
통해 들어오는 햇살과 그 속을 부유하는 먼지가 느리게 시야를 덮
어 왔다. 신강오는 뿌연 시야의 초점을 거기에 맞추며 지금이 몇
시쯤일까 어림했다. 햇살에 주황기가 도는 걸로 보건대 4, 5시쯤
된 모양이다.

조용히 책을 좀 본다는 게 그대로 잠들었나 보다. 피곤함에 마
른세수를 하는 그의 귀로 또 다른 목소리가 들려왔다. 중후한 남
자의 것이었다. 꽤나 엄한 어투였다.

"왜냐니, 몰라서 그러나?"

"······제가····· 이런 오해하실 만한····· 실수를 한 적이 있나요?"

벽에 기댄 몸을 일으켜야겠다고 생각하면서도 그는 곧장 움직일 수가 없었다. 복학한 이래 매일이 피곤했던 것이다.

지난 4년의 휴학 기간 동안에도 군 복무에 유학에 빼곡한 나날을 보냈으며 각별한 부친의 기대에 부응하기 위해 하루도 쉬어 보지 못한 지가 벌써 몇 년째였다.

그나마 교내는 그가 평범히 지낼 수 있는 유일한 장소였지만 그마저도 동기들에게 둘러싸여 있자면 쉴 틈이 없어 짬이 나면 오늘처럼 인적이 없는 자료실로 숨어들어 혼자 있고는 했다. 대부분의 학생들이 있는지도 모르는 자료실 구석 창가에 앉아 시간을 죽이는 일은, 그의 유일한 휴식이었다.

타고나기가 사람을 이끄는 힘을 가지고 있어서 많은 이들이 그를 따랐고 그가 있는 곳이라면 어디든 사람이 몰렸다. 그리고 그는 근래 자신을 따르는 많은 동기들에게 종종 부담을 느꼈다. 특히나 최근처럼 자기 자신에게도 여유가 없을 때는 그들을 전부 지탱해 줄 수가 없었다.

그들이 생각하는 것만큼 자신이 완벽하다 여겨지지 않았기에, 같은 부족한 인간일 뿐인데 자신을 과히 의지하는 이들에게 부담을 느끼고 마는 것이다.

"자네가 마음에 들 뿐이야. 예뻐해 주고 싶네."

"이러지······! 마세요."

"이보게, 잘 생각해 보는 게 좋을걸세."

문득 알아채기를 들려오는 대화가 이상했다. 문제가 있음을 알아챈 그는 곧장 몸을 일으켰다. 급히 몇 걸음 나가다가 이내 나서지 않고 멈춘 것은, 앳된 목소리의 여대생이 아주 단호했기 때문이다. 그의, 아니 남의 도움은 필요 없겠다 싶을 만큼.

"아뇨!"

"……내 말을 듣는 게 좋다는 걸 잘 알 텐데."

"교수님이 저를 이렇게 대하시는…… 어디가 좋다는 건지, 저는 모르겠습니다."

신강오, 그는 미간을 구겼지만 당장 나서지는 않았다. 우선은 상황을 지켜보는 게 낫겠다 싶은 생각이 들었다. 모든 참견이 옳지는 않다는 걸 알았으니까. 또한 강경한 태도로 보건대, 그녀 스스로 문제를 해결하리라 싶었다.

대신 조용히 책장에 등을 기대며 교수의 얼굴을 확인했다. 근엄한 척하기를 좋아하는 60대에 가까운 영문과의 교수였다. 반면 같이 있는 것은 흔해 보이는 여대생으로…… 저 앳된 얼굴은 더 볼 것도 없이 갓 1학년에 입학한 신입생이지 싶었다. 이래서야 손녀뻘이 아닌가.

그녀가 어리다는 것이 그는 두 가지 이유로 놀라웠다. 교수의 욕망이 너무도 그릇됐다는 것과 어린 것이 무색할 만큼 그녀가 확고하게 거부한다는 데에.

"우수한 성적으로 대학을 졸업할 수 있도록 도와주지. 학비는 물론이고 용돈까지 넉넉히 주겠네. 지금처럼 고생할 필요 없을 거야, 김봄 학생."

그는 여학생을 바라보는 교수의 눈이 탐욕스럽다는 걸 어렵지 않게 알 수 있었다. 진작부터 어딘가 싫은 느낌이 드는 교수였지만…… 저런 면이 있다고는 생각지 못했다. 저래 봬도 대외적으로는 나름 저명한 인사였으니 말이다.

또한 독신주의로 소문나 있었다. 그것이 저 교수의 믿는 구석일지도 모르겠다. 분명 이런 방식으로 건드린 학생이 한둘이 아닐 터다.

"내게 부인이 있는 것도 아닌데 무엇이 어떤가? 나와 연애라도 한다 생각하게나. 그러면 모든 게 편해진다네. 대학 내내 자네 뒤를 봐주지. 나는 다…… 자네가 좋은 때를 고생하며 허비하는 게 안타까워서 그러네. 고개만 끄덕이면 모든 게 편해지는데……. 어떤가? 이러면 자네도 좋고, 나도 좋은 일 아닌가?"

봄은 제 어깨를 길게 쓸어내리는 교수의 손길에 소름이 돋았다. 그간은 이게 학생에 대한 격려와, 친밀함의 표시인 줄 알았다. 총애받는다고 생각했지만 그건 정말로, 성실한 학생에 대한 보답이라고만 여겼다. 그만큼 충실히 임했으니까.

"……차라리, 혀를 깨물고 죽는 편이 낫습니다."

"자네! 그간 내가 잘해 준 게 어째서라고 생각하나?"

울컥 눈물이 나려 했다. 봄은 교수의 손을 떨쳐 내고 뒷걸음질 쳤다. 교수가 뒤에서 갑작스레 자신의 허리를 감싸 안았을 때만 해도 이리 무섭지는 않았다. 세상이란 왜 이리 나날이 더럽고 혹독한 걸까. 봄은 두려워 숨을 제대로 쉴 수 없을 지경이었다.

"그런 호의라면, 싫습니다."

"멍청하긴! 내가 아무한테나······."

"저는 지금 존경하는 분을 잃었습니다."

"······잃을 것 뭐 있나. 내가 지금까지보다 더 잘해······."

"교수님께서는 제게 지금 사람을 믿어선 안 된다는 걸 가르쳐 주셨어요. 아주 훌륭한 교육자이십니다."

울 것 같은 얼굴을 하고는, 그래도 대놓고 비꼬지 않는가. 그는 몸을 숨긴 채로 입매를 늘려 웃고 말았다. 손가락 하나 까딱하면 저를 학교에서 쫓아낼 수도 있는 교수에게 어찌나 또박또박 말하는지. 기절할 것 같은 얼굴이 무색할 만큼이다. 교수는 노한 모양이었다.

"이······ 등록금도 겨우 내는 년이 지금 뭐라는 거야! 기회를 줘도 못 받아먹는 멍청한 것 같으니!"

"······제게 긍지가 있다면, 살면서 남에게 부끄러운 짓을 해 보지 않았다는 겁니다."

"편하게 사는 법을 가르쳐 준대도!"

"그게! 아무것도 없는 제게 있는 유일한 겁니다. 그걸 가볍게 여기시는 교수님은 자신을 부끄러워하셔야 합니다. 창피해하셔야 해요!"

그 질책하는 얼굴은 결코 겁먹은 것이 아니었다. 20살짜리의 마음가짐과 언어도 아니었다. 뒤로 물러설 줄 모르는 그 사고방식은 차라리 그의 아버지에 가까웠다.

그는 조용히 생각했다. 그녀는 어린 여학생이 아니라······ 올곧은 여자라고. 자신과 닮았을지도 모르겠다고. 오히려 더 정직할지도 모르겠다고.

"멍청한 것! 고아 주제에 예뻐해 주면 감사할 일이지……! 감히 누굴 가르치려 들어?!"

상황을 주시하던 그는 입가에서 웃음을 지워 냈다. 자신의 턱이 딱딱하게 굳어 가는 것을 느꼈다. 그래서 건드렸나 보다. 고아라서…… 손을 뻗었다는 걸 깨달았다. 지켜 줄 이가 없으니 아무렴 더 쉬웠으리라. 듣는 그가 다 굴욕적일 지경이었다.

"교수님, 제게 없는 건 가족이지 비굴함이 아닙니다. 동정도 원해 본 적 없고요!"

그러나 그가 그녀를 바라봤을 때 봄은 가련한 표정이 아니었다. 이를 악물고 울 것 같은 얼굴을 하고는, 그래도 부끄럽지 않은 눈이었다. 자신의 결의가 있는 사람의 얼굴이었다.

사람의 웃는 얼굴에 반한다고 생각했는데 아닐지도 모르겠다 싶었다. 후에 생각해 보면 그를 흔든 것은 봄의 그 얼굴이었다.

그로부터 얼마 지나지 않아 영문과 교수가 해임되었다는 공고가 붙었고, 봄은 그 이유를 알 수 없었다. 그도 그때는 딱히 봄을 위해서 한 일이 아니었다. 모든 사람이 그렇듯 더러운 것을 두고 볼 수 없을 뿐이었다.

♠　　♠　　♠

스물다섯의 복학생과, 어느 스무 살 난 신입생이 한 수업을 듣게 되는 건 말할 것도 없이 흔한 일이었다. 봄에게는 1학년 2학기, 처음으로 신강오라는 남자를 알았다.

　우수하기 그지없어 모든 교수가 그를 신뢰했고, 모든 학생이 그를 존경했다. 그리고 그것들을 알기도 전에 봄은 첫인상에 그를 대단하다고 생각했다. 아주 어른스러운 눈을 하고 있었는데 그건 노쇠한 교수들만큼이나 깊고 침착했다. 하지만 동시에 부드럽게 웃어 줄 때가 있어서 모든 사람이 그를 사랑했다. 그러지 않을 수 없게 하는 남자였다.

　지적이며 온화했다. 태양의 햇살과 같았다. 2학기 영어통번역 수업을 함께 들었는데 그건 잊을 수도 없었다. 그 남자를 처음 만난 때라는 것만으로.

　"27페이지, 바이런의 '그녀는 아름답게 걷는다.' 신강오 학생이 낭독하고, 김봄 학생이 해석해 보세요."

　점심시간 후의 첫 수업이라 너도나도 졸던 학생들이 그가 호명되자 고개를 들었다. 마치 교본 같은 남자가 자리에서 일어나 커다랗고 아름다운 손으로 교재를 한 손에 접어 들고 집중하는 얼굴은 어떤 조각상 같았다.

　"She walks in beauty, like the night

　Of cloudless climes and starry skies,

　And all that's best of dark and bright

　Meet in her aspect and her eyes

　Thus mellowed to that tender light

Which heaven to gaudy day denies."

그것은 낭만파 영국 시인의 사랑 시로 정확한 영국 발음으로 구사될 때 가장 아름다웠으며 읽는 자와 해석하는 자는 마치 둘이 사랑을 속삭이듯 해야 했다. 영국에서는 이 시를 발음하는 것으로 교양의 차이를 가를 정도였다.

그의 정중한 발음은 노래를 부르는 것 같기도 했고 밀어를 속삭이는 것 같기도 했다. 봄은 때아니게 심장이 뛰었다.

그가 입술을 움직이는 순간은 설레는 것이었다. 목소리만으로 심장을 갖다 바치게 만드는……

봄이 곧장 해석하지 못하고 있자 지그시 바라보는 그의 시선이 봄의 손끝에 닿았다. 봄은 조금 늦게 말을 이었다. 목소리가 가느다랗게 떨려 오는 것은 긴장 탓이리라.

"……별이 총총한 구름 한 점 없는 밤하늘처럼
그녀는 아름답게 걷는다.
어둠과 빛의 순수는 모두
그녀의 얼굴과 눈 속에서 만나고,
하늘이 찬연히 빛나는 낮에는 주지 않는
부드러운 빛으로 무르익는다."

가까스로 목소리에 안정을 찾자 그가 빠르게 다음 단락을 낭독했다. 봄은 사뭇 진지해져서 교재에 집중했다.

낭독 상대가 존재만으로 사람을 설레게 한들 지금은 수업 시간이었고, 그의 음성이 공기 위로 퍼지는 만큼 창가의 빛이 부서진들 이것은 자신을 향한 감미로움이 아니었다. 시를 읽는 방법일 뿐이었다.

"One shade the more, one ray the less,

Had half impaired the nameless grace

Which waves in every raven tress,

Or softly lightens o'er her face

Where thoughts serenely sweet express

How pure, how dear their dwelling place."

"그늘 한 점이 더하고 빛이 한 줄기만 덜했어도

새까만 머리칼마다 물결치고

혹은 부드럽게 그녀의 얼굴을 밝혀 주는

형언할 바 없는 그 우아함을 반은 해쳤으리라.

그녀의 얼굴에선 사념이 고요히 감미롭게 솟아나

그 보금자리, 그 얼굴이 얼마나 순결하고 사랑스런가를 말해
주노라."

이번에는 그럭저럭 실수하지 않고 읽은 것 같아 고개를 들어
그를 봤다. 생각지 않게 그와 눈이 마주쳤다.

무표정한 얼굴의 그는 봄에게서 시선을 떼지 않은 채 마지막
까지 낭독했고, 봄은 그가 이 시를 외우고 있다는 데 한 번 움찔
하고, 그 시의 내용을 해석하며 두 뺨을 붉혔다.

"And on that cheek, and o'er that brow,

So soft, so calm, yet eloquent,

The smiles that win, the tints that glow,

But tell of days in goodness spent,

A mind at peace with all below,

A heart whose love is innocent."

"저 뺨과…… 이마 위에서

상냥하고 침착하나 힘차게

사람의 마음을 사로잡는 미소,

환히 피어나는 얼굴빛은 말해 준다.

착하게 보낸 지난날을 이 땅의 모든 것과 화목한 마음,

순결한 사랑이 깃든…… 마음을."

봄이 겨우 해석을 끝맺었을 때 그는 봄을 향해 희미하게 웃어 보였다. 남녀를 불문한 모두가 그에게 사랑에 빠지는 이유를 알 것 같았다.

그의 시선을 받아 내며 해석하는 일은 어째서인지 힘들고, 시간이 길게만 느껴졌다. 시를 낭독하는 그의 음성이 너무도 감미로워서일까. 대꾸하는 자신은 마치 사랑 고백이라도 하듯 설레어했다.

그저 시를 번갈아 읽었을 뿐인데 이 치미는 감정은 무엇일까. 너무도 위대한 시인의 시라 그런 감정의 착각에 빠졌을 뿐일 거다. 오늘따라 가을 햇살이 그에게 유독 감겨드는 건, 눈의 착각일 거다. 봄은 그렇게 치부했다.

♠   ♠   ♠

날이 갈수록 깨닫기를, 신강오는 놀라울 만큼 완벽한 사람이었

다. 영문과 학생들보다 유려한 발음으로 교재를 읽었고 외국인 교수와 아무렇지 않게 빠른 대화를 했다. 그런데 뽐내는 구석은 조금도 없었으며 자신에게 다가오는 모두에게 상냥했다. 하지만 결단코 엄한 남자였다. 예의를 벗어나는 일에는 용서가 없었으니 모두가 그를 따르지 않을 수 없었다.

그의 모든 것 중 하나지만 지극히 단정한 얼굴은 아름답다 싶을 정도였고 완벽한 어른의 몸은 그런 비율이 남자를 가장 매력적으로 만든다는 걸 일깨웠다. 그런데 부족함 없는 인성까지 갖춰서 모두를 놀라게 했다. 사람이 저렇게나 완벽해도 되나 싶었기에.

봄이 그런 그와 같은 학생부가 된 것은 2학년 때의 일이었다. 그는 3학년이었고 학생회장으로 추대됐지만 거절하고 부회장에 그쳤다. 그를 존경하고 따르지 않는 자 없었음에도, 그는 자신이 그간 이어 온 '학생회장직은 4학년이 맡는다.'는 불문율을 깨길 원치 않았다. 군 복무하고 유학을 다녀와 나이상으로 문제가 없었는데도 말이다.

기묘한 1년이었다. 회장이 부회장에게 기대 일을 처리하고 모두가 회장보다 부회장을 찾았다. 그는 난감해했지만 어쩔 수 없었다. 누가 시키지 않았는데도 모두가 그를 더 따랐다. 선망하고 존경하며 그라는 인간에게 반하고야 말았다. 알고 보니 그는 본디 그런 태생의 남자였고 말이다.

"선배. 저 고민이 있습니다."

학생들은 그와 동기라는 걸 자랑스러워했고 후배들 역시 그랬다. 교수들도 함부로 대하지 못하는 학생인 그는, 더 이상 학생이 아니다 싶을 정도였다.

"요즘 어머니가 너무 부담스럽습니다. 제게 너무 많은 기대를 하셔서……"

"박상원."

"예."

"부모가 네게 기대를 한다고 생각하면 안 된다."

봄은 2층으로 이어지는 계단에서 잠시 멈춰 섰다. 일하는 햄버거 체인점에 학생회 일원들이 와서 서비스로 콜라를 들고 올라가던 차였는데, 그들은 무언가 진중한 대화 중인 듯싶었으니 말이다. 이상하게도 한 남자의 목소리가 유독 귓가에 울렸다.

"……그럼 어떻게 생각합니까? 선배 역시 많은 기대를 받으시면서……"

"너를 믿고 있다고 생각해라, 상원아."

"믿고…… 있다고요?"

"네가 열심히 하리라 믿으시는 거니 너는 그대로만 하면 된다. 자기 자식을 믿는 건 부모로서 당연하지. 그리고 너를 그렇게 믿어 주는 사람이 네 주변에 부모님 말고 또 있던가 생각해 봐라. 기대는 저버려도, 믿음은 저버릴 수 없는 거다."

감탄스러운 사람. 그러고 보면 그는 매번 누군가의 문제를 해결해 주고 있다. 봄이 드문드문 보기로도 몇 번이나 되었다.

모두가 자신에게 기대는 게, 그는 혹시 힘들지는 않을까? 그는 기댈 곳이 있을까. 봄이 보기에 정작 가장 기대를 사는 건 그였으니 말이다. 찰나 걱정했지만 이내 털어 내 버렸다. 가끔 눈인사나 하는 사이에 주제넘는 일이었다.

봄은 타이밍을 봐서 2층으로 올라갔다. 웃는 얼굴로 알은체를 했다.

"선배님들."

"어, 봄이구나."

"이거 드세요."

작은 캔 콜라 몇 개였다. 네 명이 와서 네 개를 가져왔고 그마저도 제 식비에서 제해야 할 것이었지만 선배들은 기뻐했다. 봄은 할 도리를 했다 여겨 방긋 웃어 보이고는 본래 있던 카운터로 내려갔다. 다들 공짜로 생긴 캔 콜라에 단순히 기뻐하는 눈치였다. 의문를 제기한 건 신강오가 유일했다.

"김봄, 서점 알바 아니었나?"

교내 서점에서 몇 번인가 봄을 본 기억이 분명히 있었다. 가끔 조교실에서도 얼굴을 봤는데 햄버거집에까지 있으니 의아한 것이었다. 잡다하게 아는 것이 많은 그의 동기가 햄버거를 베어 물고 으적이며 대꾸했다.

"아아, 맞아."

"그리고 조교 보조인 것 같던데."

"그건 근로 장학생으로 월수금일걸? 화목은 서점. 그리고 밤에는 이 24시간 햄버거집. 쟤 과외도 하잖아."

"근로학생이에요? 그러면 공부는 언제 해요?"

부모가 저에게 너무 기대하는 것이 유일한 고민인 박상원이 끼어들었다. 봄과는 같은 학년이지만 과가 달라 잘 모르는 눈치였다.

봄을 포함한 이 자리의 모두가 같은 학생부였지만 봄은 교수의 추천으로 입부한 데다가 아르바이트 일로 워낙에 바빠 중요한 행사 때 외에는 보기가 힘들었다.

"쟤 장학생이잖아. 성적 떨어지면 학교 다니기 힘들걸? 너보단 적어도 1학점은 높을 거다."

"그 정도예요? 그럼 잠은 언제 자요?"

"글쎄다. 너와 달리 목숨 걸고 공부해야 할걸, 쟤는."

"예쁘던데."

박상원이 중얼거리기를, 그 정도 예쁜데 공부 열심히 해서 뭐 하냐는 뉘앙스였다. 손등에 이마를 기대고 봄이 내려간 계단을 바라보던 강오는 미간을 좁혔다.

열심히 산다고 감탄은 못할망정 한심스레 여기는 이 후배가 왠지 그를 화나게 했으니 말이다. 그리고 예쁘다는 말에 자연스레 봄의 얼굴을 곱씹었다.

가늘고 조금 긴 앞머리, 그 아래 동그란 눈, 아담한 코, 느슨하게 묶고 다니는 검고 긴 생머리에 붉은색 도는 립밤만 바르는 작은 입술. 웃을 때면 유독 도톰해 보이는…….

"아니, 귀여운 쪽인가요? 약간 청순하기도 하고…….”

"박상원."

"예 선배."

"그런 데 관심 끄고 공부나 해라."

"예에……."

신강오는 짐짓 엄하게 후배에게 일갈하고는 제가 왜 그랬지 싶었다. 이렇게 강하게 말할 필요 없는 일이었는데. 그러나 다시 한 번 생각해 봐도 화나는 일이었다. 아직 엄마엄마 하는 이 후배가 봄을 예쁘다고 하는 일은 말이다.

♠　　♠　　♠

축제를 코앞에 둔 학생회는 바빴다. 관련된 모든 일을 확인하고 결재 받아야 해서 일이 끊이질 않았고 정말 서류가 산더미처럼 쌓여 갔다.

회장급은 도통 맞지 않는 예산과 실랑이 중이었고 다른 이들은 축제의 부스 자리배치와 각종 행사에 대한 규제 때문에 골머리를 앓는 중이었다. 몇몇은 오늘 밤을 새야 할 참이었다.

어느새 밤이 늦어 시간은 자정에 다다랐고 대부분의 학생들이 귀가했다. 학생회실에 남은 것은 직책이 높아 책임량이 많은 몇과, 기숙사에서 생활해 귀가가 여유로운 소수뿐이었다. 그마저도 남은 여학생은 봄뿐이었다. 평소 아르바이트로 바빠 학생회 일을 잘 거들지 못하는 게 마음에 걸렸던 것이다.

"으으! 졸려서 더는 안 되겠다. 커피 좀 마셔야겠어."

다들 피곤이 극에 달해 능률이 바닥을 칠 무렵 학생회장이 자리에서 일어나더니 기재를 켜며 말했다. 어깨를 돌리는데 으드득

하는 소리가 다른 사람들 귀에 들릴 정도였다.

"죽겠네, 이거……. 같이 나갈 사람?"

"그럼 커피는 회장이 사는 겁니까?"

"짜식이, 회장님이라고 부르면 사 준다."

"아이고, 회장님. 그게 뭐 어렵습니까."

그렇게 하나둘 일어나 쫓아가나 싶더니, 본래 몇 없던 학생회실에 남은 것은 봄과 강오, 둘뿐이었다. 둘 다 하던 일을 마무리하지 않고는 다른 일을 못 하는 사람들이라 단둘이 되어서도 묵묵히 주어진 일에만 집중했다.

시간이 가는 줄도 모르고, 남은 게 둘뿐이라는 것도 인식하지 못하고 있다가 문득 그것을 먼저 알아챈 것은 봄이었다.

일하다 고개를 드니 텅 빈 학생회실에 둘만 남아 있었다. 나간 사람들은 삼십 분이 넘어가도록 돌아오지 않고 있었다. 교정이라도 산책하는 모양이다.

"……."

일하기 편했던 침묵이 갑자기 무겁게 느껴졌다. 왠지 그와 자신만 있다는 걸 인지한 뒤로 일이 손에 잡히지 않아 봄은 당황하고 말았다. 긴장이 되고 불안해졌다. 왜 그러는지 알 수 없어서 심장이 울렁댔다. 난데없이 공기가 부족하게 느껴져…… 크게 숨쉴 수가 없었다.

이유를 찾으라면 단 하나였다. 한 공간에 있는 어떤 남자 때문이었다. 이 밤에 남자와 단둘이 있어서 불안함을 느끼는 걸까? 자신이 그렇게 낯을 가렸던가? 봄은 의아해 그를 바라봤다. 타의 모범 같은 남자 때문에 불안증을 느끼다니. 그건 그에게 실례되는 일이라 여겨졌다.

시선 끝에 말도 안 되는 남자가 있었다. 너무 완벽해서 모두가 우러러보는 남자. 모두의 교본 같은 남자. 그 남자가……

드르륵.

그를 빤히 보던 봄은 자리에서 일어났다. 그리고 그에게로 천천히 걸음을 옮겼다. 서류에 빠져 있던 강오는 누군가 다가오는 기척에 고개를 들었고, 그제야 그도 단둘이라는 걸 알아챘다. 주위에 아무도 없다는 것을, 봄이 저를 보며 다가오고 있다는 것을, 그리고 제 앞에 멈춰서 입술을 벌리는 걸, 그는 전부 눈 안에 담았다.

"선배…… 괜찮으세요?"

무슨 일인가 했더니 봄은 그런 염려를 했다. 조금 찡그린 그 눈동자 안에 걱정스레 담긴 게 자신이라 그는 다소 놀랐다. 자신이 피곤한 티를 냈던가.

"……"

"쉬면서…… 하세요. 무리하시는 것 같아서."

봄은 괜한 참견일까 하면서도 조심스레 말했다. 어쩐지 그의 안색이 나빠 보였고 피곤한 얼굴이 아닌데도 피곤하게 느껴졌다. 사실 그런 얼굴이 아니어도 며칠 밤을 새면 고된 건 사람인 이상 당연한 일이니 말이다.

그는 가장 많은 일을 떠안고 있었다. 모두가 어려운 일이 있으면 그에게 기대고 그에게 물어 해결했다. 그러니 다른 이가 들었다면 건방지게 주제도 모른다 한마디 했을지도 모른다. 신강오가 누군데 너 따위가 걱정을 하느냐고.

하지만 완벽한 인간이라고 지치지 않는 건 아닐 텐데. 그도 때로는 지치는 '사람'일 뿐인데.

사람들은 어째서인지 그를 철인으로 알았다. 책만 한 번 훑어도 전부 외우고 당연하게 수석을 하는 천재로 말이다. 하지만 그는 철저한 노력파로 무언가를 얻기 위해 그만큼 움직였다. 대부분의 사람들은 그를 태어나면서부터 완벽하다 여기는지 그 당연한 사실을 모르는 것 같았지만 말이다.

그래서일까. 그는 자신을 걱정스레 여기는 사람을 거의 보지 못했다. 약한 모습을 내보인 적이 없기도 했다. 그런 모습을 아무에게나 보여서는 안 된다고 여겨서…… 자신에게 기대는 사람들에게 사실은 자신도 약하다는 걸 알리면 안 될 것 같아서.

봄이 대답 없이 저를 바라만 보는 그에게 불안을 느낄 즈음, 그가 말했다.

"……고맙다."

누구나 할 수 있는 걱정스러운 한마디였을 뿐인데 그를 듣고 그가 너무도 부드럽게, 기쁘게 웃어 주어서 봄은 심장이 뛰었다. 울렁임인 줄 알았더니 두근거림이었다.

그의 미소는 누구에게나 향하는 것인데, 자신에게만 특별한 웃음 지어 주는 게 아닐 텐데. 봄은 자신을 그렇게 다독이며 손을 움직였다. 아까부터 걱정스러웠던 것은 따로 있었던 것이다.

"혹시 열이……."

저도 모르게 손끝으로 그의 단정한 이마를 살짝 건드리고는 황급히 떼어 냈다. 맙소사, 제가 무슨 짓을 하려던 건지. 상대는 어린애가 아닌데, 5살이나 많은 연상의 남자인데.

"죄……송해요."

제가 한 짓에 놀라 한 걸음 물러서는 봄을 보며 그는 손이 닿을 듯 말 듯 했던 그 순간에 갈증을 느꼈다. 목마름을 느꼈다. 정말, 열이 있나 보다.

봄의 손이 스친 자리가 점점 뜨거워졌다. 손을 들어 자신의 이마를 만지자니…… 정작 본인도 눈치채지 못하고 있었는데, 그저 몸 상태가 조금 좋지 않다고만 여겼는데 정말 열이 나고 있었다. 그는 멍하니 뜨거운 제 이마를 짚고 생각했다. 만져지고…… 싶다고. 방금 그 손에 다시, 제대로.

아무래도 열이 나서 미쳤나 보다.

♠　　♠　　♠

축제의 둘째 날 미아가 생겼다. 대학교 축제는 워낙에 혼잡스러워 아이가 드물었는데, 그것도 초등학교도 들어가지 않은 듯한 이런 어린아이는 말이다.

"흐어어엉! 엄마, 엄마아아…… 흐억, 허엉……."

부모를 잃어버린 것에 놀랐는지 엉엉 목 놓아 울기만 하는 아이는 제 이름이 무엇인지도 말하지 못하고 그저 엄마만 찾았다. 그에 행사장 한복판에서 아이를 발견한 학생은 가까운 학생회 천막으로 아이를 데려와 맡기고 가 버린 것이다.

아이에 익숙지 않기는 학생회의 일원들도 마찬가지라 난감하기는 같았는데 말이다. 그렇지 않아도 여기저기서 쏟아져 들어오는 사건 사고로 정신이 없었다.

"애를 여기로 데려와서 어쩌자는 거야! 바빠 죽겠는데!"

"미아 방송 좀 해 달라는데요?"

"그럼 방송부로 데려갔어야지! 우리가 노는 줄 알아?!"

괄괄한 임원 하나가 버럭 화를 냈고 아이는 놀라 더 울어 댔다. 하지만 딱히 달래려 드는 사람은 없었다. 그도 그럴 것이 천막 안의 대부분이 남학생이었고, 몇 있는 여학생들도 이런 말이 잘 안 통하는 어린아이와는 친하지가 못했던 것이다.

쉬지 않고 숨넘어가게 울어 대니 더 건드릴 엄두가 안 났다. 우왕좌왕하는 학생들을 정리한 것은 강오였다.

"말은 조용히. 그리고 누가 경비실이랑 방송부에 연락 좀 하고."

"경비실은 왜요?"

"아이 부모가 갈 만한 곳이니까. 정문, 후문 다 연락해."

그는 지시를 내리고는 다시 하던 통화를 마저 했다. 사방에서 여러 문제가 생겼고 전체적인 조율과 통솔을 하는 것이 그였다.

어디는 수도가 끊겼고 어디서는 천막이 무너져 아우성이었다. 어떤 동아리는 쓰지 말라는 화기를 써서 불을 냈다. 모든 문제 해결에는 그의 개입이 필요했고 가장 바쁜 그가 가장 침착했기에 나머지도 안정을 찾고 있던 자리로 돌아갔다.

급한 대로 방송부에 전화해 아이의 인상착의만으로 미아 방송을 지시했을 무렵, 봄이 학생회 천막으로 돌아왔다. 그리고 방치되어 우는 아이를 보고는 놀라 안아 들었다. 눈치만 보며 울던 아이는 불안했는지 얼른 봄의 품으로 안겨 들었다.

"미아예요? 방송은······."

"방금 했어!"

아이의 울음소리에 더 예민해진 터라 누군가 짜증스레 대꾸했고 봄은 우는 아이를 품으로 꼭 안아 토닥였다. 귀가 아플 만큼 울어 대는 아이를 어르고 달래며 제 옷에 침이며 눈물을 흘리는데도 놓지 않았다. 들썩이는 등을 받치고 쓰다듬어 주자 아이의 울음소리가 희한하게 잦아들었다.

"흐으윽, 흑! 흐끅!"

"······놀랬구나."

"응, 흐응."

어느샌가 봄에게 꼭 달라붙은 아이는 울지 않았고 고개를 끄덕이며 작은 두 손으로 봄의 목을 끌어안고 매달려 있었다. 봄은 착하다, 착하다 하며 젖은 두 뺨을 닦아 주고 제 어깨에 아이의 얼굴을 기대게 했다. 지켜보던 선배 하나가 감탄했다.

"이야, 김봄 애를 잘 보네?"

"······아이를 좋아해요."

"동생 있나 봐?"

그럴 리 없었다. 누군가 툭, 제 옆구리를 치자 별생각 없이 물었던 선배는 입을 다물었고 봄은 그냥 웃고 말았다.

"고아잖아. 고아원에서 길러 봤겠지."

허나 정작 악의적인 사람은 따로 있었다. 학생회 천막 안 어디선가 들린 수군댐에 한순간 분위기가 싸해졌다. 봄은 침묵했다.

자신을 탐탁지 않아 하는 사람이 있다는 건 안다. 수준 떨어지는 자신이 학생회에 있다는 것을 질색하고, 아르바이트로 바쁘다는 핑계로 학생회 일에 소홀한 걸 불만스러워하는 사람들 말이다. 교수의 추천으로 학생회에 있어서 나갈 수도 없는데.

봄은 한순간 굳은 얼굴이었지만 이내 방긋 웃으며 아이를 마주 봤다. 아무 일 없었다는 듯 아이에게 웃어 주며, 울음을 그친 게 착하다 뺨을 부비고 이마를 마주 대고 코끝을 비볐다. 더 상냥하게 웃어 주었다. 그러지 않고는 버틸 수 없었으니까.

그래서 그는 불같이 소리치려 전화를 끊고 나서도 아무 말도 할 수 없었다. 저를 향해 웃지 않는 봄에게 애닯을 느낄 뿐이었다. 도움을 바라지 않는데 손을 뻗을 수 없었다. 다만 문득, 저 품에 안기는 기분을 상상했다.

♠　　♠　　♠

봄날, 강오는 느닷없이 그 하얀 목덜미에 시선을 휘어잡혔다.

날이 풀리면서 많은 여학생들이 살갗을 보이기 시작했고 봄도 조금 느리게 얇은 옷으로 갈아입었는데……. 태어나서 처음이었다. 여자의 맨살에 목이 말라진 건. 그것도 한 여자에게만 그렇게 반응했기에 당황스러웠다. 1년 전에만 해도 이러지 않았던 것 같은데.

친구들이 말하던 그 향기에 두근거린다는 게 무엇인지 깨닫고 말았다. 그야말로 느닷없는 일이었다.

옷깃 사이로 언뜻 보이는 살결에 심장이 보인 반응은 놀라울 만큼 격한 것이었고, 그렇기에 외면할 수 없었다. 지금껏 이런 적 없었는데. 더한 노출에도 무심하게 살아왔는데. 청초한 입술에, 가는 속목에, 흰 살결에 심박 수는 올라가 진정되질 않았다. 어지러울 만큼 설레었다.

한차례 당황한 그는, 자신이 사랑에 **빠졌다**는 걸 뒤늦게야 알아챘다.

'아, 나는 이 아이를.'

남들과 달리 누군가에게 이런 감정을 아직 느껴 보지를 못해서 너무도 더디게 알았다. 평범한 감정인데 그게 자신에게 일어날 줄 몰랐던 것처럼 말이다.

그도 그럴 것이 너무도 소리 없이 다가왔다. 잠식당하면서도 느껴지는 것이 없었다. 그 감정은 소리 없이 다가와 그를 차지하고 지배했다.

사랑에 **빠지는** 데는 대단한 게 필요치 않았다. 아주 사소한 것들이 그 마음을 이루게 했다. 시선 한 번, 음성 한마디, 나를 향해 움직이는 손짓 한 번. 그것이면 됐다.

그것들에 사랑을 느끼기 시작하면 이내 전부를 갈취당하는 것이다. 작디작은 것들이라 의식할 새도 없이 전부를 빼앗겼다. 소리 없이 앗아 갔다. 머리가 나쁘지 않아 한 번 인정하자 그 속도는 더욱 무서웠다.

어느 날에 그는 도서관 창가에 앉아 공부하고 있는 봄을 하염없이 바라봤다. 창밖을 보는 척, 사실은 봄을 봤다. 그 가느다란 속눈썹 끝을 한참, 책장을 넘기는 손끝을 또 한참……. 그것만으로 충분히 심장이 벅찼다. 너무 풋풋한 마음이라 평정을 잃지 않고 다가설 용기가 나지 않아 두고 보기만 했다.

부담스러워할 게 뻔해 다가설 용기를 내지 않은걸, 평생 후회하게 될 줄은 몰랐으니 말이다.

길 위로 흐드러지게 핀 벚꽃을 올려 보며 봄은 넋을 놓고 걷고 있었다. 그러다 누군가와 부딪쳐 뒤로 넘어질 뻔했는데 기분 좋은 손에 이끌려 그 가슴에 안겼다. 부드러운 손길에 커다란 몸이었다. 쓰다듬듯 상냥한 음성이었다.

"……벚꽃을 보다가."

"……아."

"미안."

괜찮아요. 봄은 분명 그렇게 말했는데 입술은 떨어지는 꽃잎보다 초라한 소리를 냈다. 뺨을 붉힐까 싶어 어서 자리를 떠나는 봄에게서 그는 꽤나 오래 시선을 떼지 못했다. 한동안 그 자리에 서서 움직이지 않았다.

"……회장, 방금 일부러 부딪치신 것 아닙니까?"

동행의 물음에도 그는 대답하지 않았다. 오늘 아침, 내년 이맘때 약혼이 정해졌다는 부모님의 말씀이 있었으니까. 그 말을 듣지 않았다면 일부러 부딪치는 대신 다른 일을 했을 텐데. 그 손을, 한 번쯤 붙잡아 봤을 텐데. 하루 만에 그럴 수 없게 되었다.

11장

너무 시달린 나머지 봄은 기진맥진해서 숨만 몰아쉬었다. 흐린 시야로 그를 올려다보며 입술을 여는 것조차 힘들 정도였다.

"선배…… 무거워요."

"음."

팔꿈치로 상체를 세우고 있는 그는 알았다는 듯 목을 올리고는, 여전히 봄의 이마에 입 맞추고 땀에 젖은 머리카락을 만지작거렸다. 팔 안에, 가슴 아래 봄을 두고는 긴 팔로 머리를 감싸 안고 뺨 위로 지그시 입술을 눌렀다.

이 커다란 몸으로 왜 떨어지지를 않는 걸까, 그가 무게의 상당 부분을 자신의 팔꿈치로 흘리고 있다는 건 알지만 그는 워낙에 우람한 상체를 가지고 있어서 이렇게 위에 있으면 크게 그림자가 질 정도였다.

그리고 젖은 상체와 상체의 사이가 너무 좁아 숨을 쉴 때마다 가슴이 닿았다. 땀으로 번들거리는 맨가슴이 마주 닿으면 오묘한 기분이 되었다.

특히나 지금은 크게 헐떡이고 있어서 민망할 만큼 가까이 닿았다. 그는 바로 그 부분이 좋은 모양이지만 말이다. 이미 뒤섞인 직후인데도 봄은 매번 부끄러움을 탔다.

"저기, 배…… 안 고파요?"

그의 가슴팍을 살짝 밀어내며 괜히 딴소리를 하는 것은 민망한 탓이다. 아침부터 침대 위에서 헐벗고 땀을 흘릴 줄은 몰랐다. 그는 여전히 쪽쪽대며, 그야말로 밀어내기 미안할 만큼 애정 표현을 해 댔다. 봄의 귓가에 달라붙은 젖은 머리카락을 떼어 내고는 그 자리에 또 키스하며 속삭였다.

"원래 아침은 잘 안 먹어."

"……그래도, 벌써 11시라고요."

"아, 누가 그러던데? 아침 안 먹는 남자는 좋은 남편 이라고."

그건 아마도, 아침 차려 달라고 깨우지 않는 남자를 말하는 것일 거다. 대신 그는 다른 걸로 깨우기 때문에 봄은 그 사항에 동의할 수 없었다. 그리고 그는 식사 준비보다 훨씬 힘들고 격한 걸 하길 원한다.

모처럼 아침…… 그래, 주말이니 아침 겸 점심을 차리고 있었는데. 그것도 이 집에 반납치로 끌려온 지 무려 한 달 만에 처음으로 말이다. 식사를 준비한다는 건 무언가 인정했다는 기분이라 일부러 기피해 왔는데. 드디어 그럴 마음이 들었더니 이 남자는 그보다 다른 게 중요한 모양이다.

아니면 사실은 아는 걸지도 모르겠다. 봄이 그의 부엌에 섰다는 게 어떤 뜻인지. 그래서 이렇게 아침부터 부비적거리는 거다. 자신의 부엌에 서 있던 자신의 여자가 끔찍이 사랑스러운 모양이다.

"어휴, 그만해요, 정말."

"난 아무것도 안 하고 있는데?"

침대 위에서 그는 그녀에게 달라붙으면 도통 떨어질 줄을 모르는 남자였다. 울퉁불퉁한 팔뚝으로 허리를 꼭 끌어안고 놓아주지 않는 게 태반이었다.

그리고 틈만 나면 뺨이며 이마, 머리카락 속에 자잘한 키스를 했고, 그것을 귀찮아하면 다음은 어깨나 쇄골이었다. 등 돌려 버리면 목 뒤와 등뼈 위로 간지럽게 입맞춤을 쏟아 냈다.

"지금 막 여기저기……."

"섹스하는 거에 비하면 이건 아무것도 아니잖아."

"세……."

진지한 얼굴로 대체 뭐라는 건지! 봄은 새빨간 얼굴로 소리쳤다. 반은 진심이었다. 다른 남자를 겪어 본 적은 없지만 이렇게 간지럽게 구는 남자는 분명 드물 테니까.

"선배는 변태예요!"

"오, 어떤 사람은 나더러 성기능이 없냐던걸."

"네?"

"아니면 게이라고 생각하거나."

"……누가 그래요?!"

봄은 경악했지만 정말이었다. 멀쩡한 성인 남자가, 그것도 문제없는 정도가 아니라 완벽하다 못해 넘치는 엘리트가 서른 넘도록 결혼은커녕 주변에 여자 그림자조차 없어서 사람들은 곧잘 그렇게 수군댔다.

성기능에 문제가 있거나, 성향에 문제가 있지 않고는 그가 미혼을 고집하는 이유가 대체 무엇이겠느냐고 말이다.

그의 유일한 흠이라면 미혼이라는 것뿐이었으니까. 그것은 일종의 질투였고, 그에게 대시했다 무참히 무시당한 여자들이 흘린 원한성 소문이기도 했다.

그리고 그에 절대 동의할 수 없는 봄이었다. 그의 욕구는 봄에게만은 항상 끓어넘치고 있었으니까. 이번엔 화가 나서 얼굴이 붉어지는 봄을 보며 그는 그저 좋다고 큭큭댔다.

"그보다 한 번 더 말해 주지 않을래."

"뭘요?"

"사랑한다고."

그렇게 말해 달라는 말이었는데도, 봄은 움찔 목 안이 조여 왔다. 그가 이런 눈으로 자신을 보기만 해도 금방 숨 쉬기 힘든 기분이 되었다. 맞닿은 맨살들 덕에 더욱 아득해졌다. 겨우 숨을 골라 냈더니 또 여유를 잃을 것 같았다.

봄이 입술만 달싹이고 곧장 말하지 않자, 그가 어깨 너머 입술 위로 키스해 왔다. 뒤에서 안은 채 아랫배를 들어 올리며, 다른 손으로는 턱을 돌려 반사적으로 벌어지는 입술 사이로 스며들어

왔다. 그의 입술은, 손과 혀는…… 다디달았다. 심장 속까지 들어찰 만큼.

"아으……."

"왜 그런 소리를 내?"

"선배가 너무…… 다정하게 구니까. 견디기 힘들어요."

"익숙해져야 할 텐데."

느끼하다고 핀잔을 주려다가 봄은 대신 조금 떨어진 그의 입술 위로 제가 먼저 촉 하니 키스했다. 그가 하는 진한 입맞춤에 비하면 가벼웠지만 의미는 같았다. 그의 것이 치명적이라 목이 아플 만큼 달다면, 봄의 것은 보드랍고 잘 사그라졌다. 애타는 마음인데 수줍기는 스물둘, 그 무렵의 것이었다.

"사랑해요. 아주…… 많이요."

"한 번 더."

"……그만 말할래요. 닳을 것 같아."

"안 닳아."

그는 사람을 부끄럽게 만드는 취미가 있는 게 틀림없다. 봄이 베개 속으로 얼굴을 파묻고 고개만 내젓자 그가 등 뒤로 바짝 다가와 무릎으로 느리게 봄의 허벅지 사이를 벌렸다. 봄이 깜짝 놀라 고개를 들자, 그는 역시나 태평한 얼굴을 가까이 하고는 야하게 굴었다. 으슥하게 속삭였다.

"들어가게 해 주라."

"……또요?"

"나를 완전히 받아들여서, 내 것이라고 인정해 줘."

이미 그의 손에 의해 엉덩이가 들렸고, 그는 봄이 젖어 있다는 걸 알았다. 움푹 들어간 가녀린 등선 위로 입술을 누르며 혀로 핥고 붉은 기가 생기도록 빨아들이며 허락을 재촉했다.

허벅지 안쪽을 눌러 오는 그의 몸체가 너무도 명백했다. 습하고 뜨거우며 꿈틀댔다. 목 안에서 무언가 치밀어 오르는 기분에 봄은 견디지 못하고 고개를 끄덕였다.

그는 기다렸다는 듯 밀고 들어왔고 몸 안 가득 그를 느끼는 기분은, 절로 탄성이 흐르는 것이었다. 그에게 허리를 꽉 잡힌 채 치받아졌고 떠밀렸다. 그리고 곧장 다시 끌려가 그를 받아들였다. 절로 아랫배에 힘이 들어가고 억눌린 소리가 입술 사이로 새어 나갔다.

"웃."

그의 진입이 깊어질수록 봄은 부끄러움을 잊었다. 대신 본능대로 허리를 휘며 허벅지를 열고 그가 더 깊이 들어오기를 갈망했다.

그를 위해 적시고, 그를 조금이라도 더 느끼기 위해 몸 안을 좁히며 그가 제 안에서 움찔거리는 순간을 체감했다. 이때의 주도권은 대부분 그의 것이었지만 분명 봄의 것이기도 했다.

"봄아."

"흐, 흑…… 선배. 선배……!"

자신이 그를 부르면 그가 더욱더 흥분한다는 걸 알았다. 그를 부르면 그가 그만큼 강하게 군다는 걸 몸이 먼저 알고 있었다. 부름에 화답하듯 점점 치달아 오르는 그의 떨림에 이어진 곳이 저릿거려 왔고, 지독히도 야한 소리가 났다. 젖은 살과 살이 달라붙을 듯 뜨거워졌다. 허벅지 안쪽이 무언가로 흥건해졌다.

비좁은 팔뚝 사이로 그의 손이 파고들어 야트막한 가슴을 움켜쥐면, 그리고 목과 어깨 사이로 입술을 파묻고 격한 숨을 내쉬면 죽을 것 같은 기분이 되었다.

"하아, 하아."

움직임이 격해진 어느 순간 봄은 제 손가락 마디를 깨물었다. 어째서인지 근래는 이런 순간이면 사랑한다는 말이 튀어 나가려 했으니까. 아마도 부끄러움이나 체면을 챙기는 이성이 흐려져서일까. 하지만 분명한 건, 어느 말을 하든 진심이라는 거다.

"봄아, 너를 행복하게 해 줄게."

"으응!"

"그건 약속할 수 있다."

치밀어 오는 감각에 눈앞이 흐려졌지만 그의 목소리는 똑똑히 들렸다. 자신은 그거면 되는데. 그게 가장 큰 약속인걸. 설렘인걸. 봄은 눈을 꼭 감았다. 그리고 음미했다. 그가 주는 전부를.

♠　　♠　　♠

일주일도 채 지나지 않아서였다. 그가 봄의 아버지를 찾아낸 것은 말이다. 주말에 몇 마디 단서를 내뱉었을 뿐인데 돌아온 수요일에 그는 자랑스러운 얼굴로 귀가했다. 칭찬받고 싶어 하는 아이처럼 보무도 당당하게, 그러나 특유의 믿음직함으로 무장한 채로.

"……벌써요?"

그러나 봄은 이번에도 준비되지 않았다. 그가 이렇게 빨리 찾아올 줄 몰랐기 때문에 잠시 얼떨떨해했다. 하기야 생각해 보면 어머니를 찾는 데도 그리 오래 걸리지 않았으니 아버지는 더욱 쉬웠으리라.

아무것도 모르고 여주 도시를 뒤져야 했던 어머니에 비하면, 학교에 기록이 남아 있을 아버지 쪽은 아예 일도 아니었을 거다.

봄은 금세 납득하고는 그에게서 서류 몇 장과 사진. 그리고 책 한 권을 받아 들었다. 서류는 어머니 때 받아 본 것과 비슷한 조사서였고, 사진은 친부의 얼굴이리라. 바늘 하나 들어갈 곳 없어 보이는 딱딱한 중년 남자의 얼굴은 자신보다는 그를 닮았다는 생각이 들었다. 그런데…… 이 책은 뭘까.

가만히 고개를 들어 그를 보자니 그는 기쁜 듯 웃고 있었다. 그리고 알 수 없는 소리를 했다.

"너는 네 부모님께 축복일 거다."

"……?"

처음에는 이 남자가 꿈을 꾸고 왔나 했다. 하지만 아니었다. 모든 건 현실이었고 봄이 헛웃음 지으며 꾸어 봤던 꿈에 비하면 잔인했지만, 부서지지 않았다. 손에 들린 책 한 권처럼 단단했다.

김성학. 그것이 봄의 친부의 이름 석 자였다. 대대로 학자를 배출한 집안에서 태어나 최근까지 서울대 국제정치학 교수로 재직하고 있었으며 성품이 대나무 같은 인물로 유명했다. 흔히 말하는 부러질지언정 구부러지지 않은 성정의 소유자로, 저명한 교수이자 작가였다.

그가 써 낸 숱한 정치학 책들은 여러 대학의 교재로 쓰였으며 그 방면에서 누구보다 존경받았다. 보통이 아닌 입김과 업적을 가졌으며, 믿어지지 않게도 미혼이었다.

그는 과거 어떤 병을 앓았고, 살기 위해 받은 방사선 치료로 무정자증이 되었기 때문이다. 병을 진단받았을 때 그의 나이 고작 서른이었다고 한다.

봄의 어머니와 헤어진 지 1년이 되지 않아서였다.

김성학 교수가 독거를 고집한 건 어쩌면 당연했고 그는 본디 그다지 감정과 어울리지 않는 남자였던 모양이다. 병이 아니었어도 독신으로 지냈을 것 같은 대쪽 같은 남자였는데, 그러던 그가 어느 날 홀연히 낸 수필집 한 권이 있었다.

어울리지 않게 그 책의 주제는 첫사랑이었고, 제목은 작별이었다.

— 작별

너는 나의 추억이고 사랑이고, 아련했지만 전부였다.
추억인데 잊을 수 없는 추억은 기억이다.
열아홉의 너는 나의 것이었으니 됐다.
스물의 너는 다른 사람의 것으로 더 행복했으면 좋겠다.
더 아름다운 사람으로 살았으면 좋겠다.

그래서 나를 잊었으면 좋겠다.
그럴 만큼 행복했으면 좋겠다.

첫사랑을 그리는 글의 제목이 작별이라 봄은 슬펐고 심장이 아렸다. 그리고 이게 제 아버지가 어머니에게 바치는 글이라 눈물이 날 것만 같았다. 그래도 울지 않은 것은 그가 지켜 줬기 때문이다.

"어머니에게 이 책을 선물해."

자신을 끌어안으며 말하는 그의 품에서 봄은 하염없이 고개를 끄덕였다. 그는 항상 봄으로 하여금 가슴속 무언가가 치밀게 했다. 생각해 보면 아주 오래전부터 그랬다. 그래서 그를 생각하는 것만으로 목 안이 울컥하고 치밀고는 했었다. 8년 전에도, 7년 전에도, 6년 전에도. 어제도 그제도 계속.

"선배…… 고마워요."

"……뭐가."

"나한테 엄마 아빠가 있어서, 나도 조금은 의미가 있어."

자신은 영락없이 버려진 아이인 줄 알았다. 아무도 원하지 않아서 내버려진 거라, 누굴 원하는 것도 안 되는 줄 알았다. 하지만 아니었다. 가족을 찾았다. 그의 품 안에서.

♠　　♠　　♠

봄은 날이 밝자마자 곧장 경기도 여주로 향했다. 쫓아오겠다는 그를 말리느라 대신 유 비서와 동행해야 했는데, 유 비서가 운전하는 차 안에서 저도 모르게 계속 웃고 있었다.

그는 왜 항상 자신의 일에 나서지 못해 안달인 걸까. 누가 보면 아주 한가한 남자인 줄 알 거다. 사실은 말할 수 없을 만큼 바쁘다는 걸 아는데…… 그런데 자신에게 너무 열심이라 웃으며 보게 되었다. 전에는 다가오는 그를 볼 때면 미안함과 애틋함만 가득했다. 그래서 항상 울상이었던 것 같은데…….

언제부턴가는 자신에게 열렬히 다가오는 그를 보면서 마냥 웃을 수 있었다.

마치 재롱부리는 아이를 보는 듯한 기분으로 말이다. 그저 흐뭇하고, 사랑스러웠다. 그 산만 한 남자가 자신에게 부비적대고, 관심받고 싶어 하며 애정을 호소하는 게 말이다. 자신을 사랑하는 그를 당연히 여기게 되었다. 어느샌가 길들어 버린 것처럼.

"김봄 씨, 도착 10분 전입니다."

"네, 고맙습니다."

유 비서의 말에 창밖을 한 번 본 봄은 진한 두근거림을 느꼈다. 무릎 위에 올려 둔 서류 봉투와 책을 계속 쓰다듬으며 작은 웃음을 지우지 못하는 것이다. 그것은 기쁜 소식을 가졌을 때 특유의 설렘이었다. 어머니의 아동용품점이 저 멀리 보이자 벌써 목을 조금 빼고 서류를 가슴으로 끌어안았다.

차를 세우자 마침 가게 문을 여는 어머니가 보였고, 봄은 반가운 마음에 얼른 차에서 내려 바쁜 걸음을 했다. 누군가에게 이리 반가움을 느낀 적이 몇 번이나 있었는지 모르겠다. 아주 적었던 것 같은데. 이런 설렘이나, 이런 흥분, 이런…… 벅참.

"어머니."

"……봄이 씨."

"말씀 놓으세요."

셔터 문을 올리다 말고 친모는 깜짝 놀라 봄을 돌아봤다. 오픈 준비를 하느라 먼지 묻은 손을 바지에 털어 내더니 얼른 두 손으로 봄의 손을 붙잡았다. 반가운데 어떻게 해야 할지는 모르겠는 모양이다. 조금 당황한 듯 보이기도 했고 격양된 듯 보이기도 했다.

"세상에, 미안하게…… 아침부터 여길 다 왔어요?"

"저……."

"밥은, 밥은 먹고 왔어요?"

겨우 식사에 대해 물으며 그리 걱정스러운 얼굴을 하면, 안 먹었다고 말하기가 힘들어졌다. 어물거리는 것을 보고 대번에 봄이 굶고 왔다는 걸 알아챈 친모는 얼른 다시 셔터 문을 닫았다. 그리고 10분 거리에 있는 그녀의 집으로 향했다.

"잘 지냈어요? 별일은 없고요?"

"네……."

"나 좀 봐, 맨날 같은 것만 묻죠? 미안해요. 얼른 식사해요."

매일 전화로 묻는 것과 같은 것을 물은 친모가 얼른 봄의 앞으로 물 잔을 밀어 줬다. 사실 봄은 최근에 그의 밸런스에 맞춰 아침을 안 먹은 날이 많아서 배가 고프지 않았다. 하지만 친모가 차려 준 반찬들을 열심히 입안으로 밀어 넣었고, 그것은 실제로 맛있었다.

그리고 그 모습만 봐도 친모는 흐뭇한 모양이다. 이제 서른이 된 딸이 밥 먹는 모양일 뿐인데. 일상으로 여기기에는 삼십 년 만이라 그럴까. 그래서 봄은 너무 빤한 시선에 음식을 넘기기가 조금 힘들었지만 그런 티를 낼 수는 없었다.

"비서님도 많이 드세요."

"⋯⋯예. 먹고 있습니다."

얼결에 봄과 함께 식탁으로 끌려온 유 비서도 그건 마찬가지 인 모양이었다. 친모의 저 염려스러운 시선 앞에서 식사를 거르 기는 불가능했다.

뜻하지 않게 아침을 대접받은 봄은 친모가 설거지를 하는 동 안 과일을 깎았고, 그러는 사이 친모는 유 비서의 몫까지 세 잔 의 커피를 타 왔다.

굉장히 자연스러운 흐름인데 봄은 문득 이질감을 느꼈다. 왜, 무슨 일로 왔냐고 묻지 않는 걸까? 갑작스레 방문했는데 가타부 타 말없이 밥부터 주다니.

뭔가 물어봐 주어야 가져온 서류와 책에 대해 말하기가 좋은 데⋯⋯. 봄은 커피 잔을 만지작거리며 물었다. 말문을 뭐라고 터 야 할까. 아버지를 찾았다고?

"어머니? 제가 왜 왔는지⋯⋯ 궁금하지 않으세요?"

"그야⋯⋯ 봄 씨는, 내 딸이잖아요."

"네?"

"자식이 부모를 찾아오는 데 무슨 이유가 필요해요? 내가 봄 씨를 보고 싶어 했던 것처럼……. 그거면 돼요."

아, 그렇구나. 봄은 고개를 끄덕이고는 얼른 커피 잔 속으로 얼굴을 파묻었다. 친모가 자신을 생각하는 마음은 감히 상상할 수 없는 그 수준이었으니 말이다. 왠지 그걸 몰랐던 게 부끄럽게 느껴졌다. 부모 앞에서 자신은 분명 아이였고, 앞으로도 평생 그러리라.

봄은 속으로 한 번 곱씹어 보았다. 자식이 부모를 찾는데 이유는 필요 없다는 말을 말이다. 왠지 그 말이 묘하게 위안이 되었다. 그래서 편안한 얼굴을 했다. 이유 없이 오면 안 되는 곳인 줄 알았는데, 그냥 와도 되는 곳이 있다니……. 숨 쉬기가 편해지는 기분이었다.

"참, 보여 주고 싶은 게 있어요."

"보여 드릴 건…… 저도 있는데."

"그래요? 이것부터 봐요. 내 보물이에요."

"……보물이요?"

"따라와 볼래요?"

기대해도 좋다는 얼굴에 봄은 반쯤 마신 커피를 내려 두고 친모를 따라 2층으로 올라갔다. 평소 감시하듯 딱 달라붙어 있던 유 비서도 이번만은 눈치껏 거실을 지켰다.

친모는 2층 구석에 있는 작은 방으로 봄을 이끌었고, 거긴 반쯤 창고화되어 있었다. 크고 작은 상자들이 가득 쌓여 있었고 안 쓰는 물건으로 어지러웠다.

봄이 잠시 구경하는 사이 친모는 가장 안쪽에서 꽁꽁 숨겨 둔 검은 가방을 꺼내 왔다. 학생 시절 쓰던 것인지 오래되어 손때가 가득해 보였다. 그게, 보물일까?

"그건가요?"

"아뇨. 이 안에 있어요."

가방 안에서 그녀가 소중히 꺼내 든 것은 고등학교 졸업 앨범이었다. 봄보다 키가 반 뼘쯤 작은 친모는 가까이 다가와 서더니 앨범을 한 장 한 장 넘겼고, 맨 끝 장에 다다르자 입가에 웃음을 머금은 채 어느 한 장의 사진을 가리켰다. 양장 교복을 입은 소녀 여섯이 빛바랜 사진 속에서 환하게 웃고 있었다.

그 안에 낯익은 친모의 얼굴이 보였다. 지금보다 훨씬 젊고, 앳된, 그리고 봄과 똑같다 싶을 만큼 닮은 얼굴로······. 인솔자로 보이는 선생님 곁에서 웃고 있었다. 아버지였다.

"궁금해할 것 같아서요. 보여 주고 싶었어요."

그날은 소풍날인 듯 배경은 야외였고, 단둘이 찍은 것도 아닌 작은 단체 사진이었다. 이게 어머니의 보물이라니. 아마도 아버지와 함께 찍혀 있다는 이유만으로······ 이렇게 색이 바래도록 간직해 왔으리라.

봄은 저도 어머니를 따라 손끝으로 사진을 더듬어 보았다. 이건 그리움을 삭이는 방법일까. 추억을 되새기는 방법일까.

"잘생기셨죠?"

"풋, 무뚝뚝해 보이세요."

"으음······. 사실 그렇긴 했어요."

잘생겼냐는 친모의 물음에 봄은 그만 웃음을 터트렸다. 단단히 기합이 들어간 김성학 교수의 젊은 시절 얼굴은 잘생겼다기보다는, 지금과 똑같이 바늘 하나 안 들어갈 것 같은 냉한 얼굴이었으니까.

분명 무서운 선생님이었으리라. 이런 사람을 어머니는 어떻게 사랑하고, 어떻게 사랑받았을까.

친모와 마주 웃음을 터트리며 봄은 말할 수 있을 것 같은 기분이 들었다. 아버지를 찾았다고 말이다.

"어머니. 사실 오늘은, 보여 드릴 게 있어서 찾아왔어요."

말문을 열고 기쁘게 말을 전했다. 이 사진 속 남자가 지금도 미혼으로 지내고 있으며 어머니를 기다리고 있을지도 모른다고 말이다. 만나 보자고.

그런데 어머니의 반응은 봄이 상상한 것과는 전혀 달랐다. 돌연 안색을 바꾸더니 설레어하지도, 기뻐하지도, 수줍어하지도 않았다. 그것은 두려워하는 것에 가까웠다.

"못 만나요. 안 돼요!"

"……어째서요? 기뻐하실 줄 알았는데……?"

방금 전에도 사진을 보며 그리 그리운 눈을 했으면서, 보고 싶은 얼굴로 애틋하게 불렀으면서. 이 사람이라고……. 그래 놓고 찾았다는 말에 친모는 까무러칠 듯 놀라기만 했다. 설레설레 고개를 저으며 겁에 질린 사람처럼 격한 거부를 했다.

"아니에요. 나는 못 만나요."

"분명…… 만나고 싶어 하실 거라고 생각했어요. 이 책을 보세요. 이분도…… 어머니를……."

"아……."

봄이 억지로 수필의 한 페이지를 펼쳐서 보여 주자. 친모는 손을 떨기까지 했다. 러브레터에 가까운 그것을 보더니 읽기 전보다 더 두려운 눈이 되어서는 눈시울을 붉혔다. 외면하고 싶은 것처럼.

"아버지는, 병 때문에 어머니를 찾지 않으신 거예요. 지금도 혼자……!"

"이건, 이건 10년도 전에 쓴 거잖아요? 지금은 다를 거예요."

"……어머니?"

"지금 난 그때의 열아홉이 아닌걸요!"

어머니는 기어코 손에서 책을 떨어트렸다. 그것이 대단히 무서운 것처럼. 봄은 이어지는 어머니의 떨리는 음성에 더 이상 말을 이을 수 없었다.

"나는 내일모레 쉰인 아줌마예요. 그런데 선생님이 지금 이런 날 보면…… 분명……."

실망할 거라 여기는 얼굴이다. 그래서 겁이 나고 무서운. 봄은 그 마음 전부를 알 것 같았다. 어머니는 자신이었으니까. 자신은 어머니를 똑 닮아 있었으니까. 안타까움에 가슴이 아팠다.

"어머니…… 용기, 내 보세요. 한 번만 만나 보시면……."

"난 자신이 없어요. 이제는 아름답지 않으니까. 젊지도 않고. 그냥 늙은 사람이니까요. 내가 만일 선생님을 찾으려고 했다면 진작 찾았을 거예요."

"……그래도, 이분은……."

"나는 그냥, 선생님한테 그렇게 기억되는 거면 족해요. 그때 그 모습 그대로 실망하지 않아 주는 거면 족해. 지금의 나는 초라한 아줌마인걸요. 삼십 년이나 지나서…… 내가 무슨 염치로…… 어떻게……!"

뒷걸음쳐 방을 나가 버리는 어머니를 붙잡을 수 없었다. 자신과 너무도 같았으니까. 사랑하는 사람 앞에서 지독한 겁쟁이였다. 그 사람을 너무 사랑해서 세상에서 제일가는 겁쟁이가 되었다. 그 사람에게 미움받느니, 거품이 되기를 바라는 사랑이었다.

♠   ♠   ♠

그에게 좋은 소식을 들려 주고 싶었는데, 웃으면서 돌아와 고맙다고 이야기하고 싶었는데. 예상치 못한 어머니의 거부에 봄은 망연해했다. 기뻐하지 못하는 어머니와, 안쓰러워하는 그에게 미안해 아무 말도 할 수 없었다.

"……봄아."

그의 손바닥이 뺨에 닿아 거기에 얼굴을 기댔다. 눈을 감고 그를 음미해, 가까스로 울고 싶은 나약한 마음을 떨쳐 냈다. 어머니를 그대로 닮은 자신이 어머니를 용기 없다 한탄할 수 없었다.

친부를 그리워하면서도 만나기를 원치 않는 어머니와, 그를 사랑한다고 말하면서 언젠가 이별하고자 하는 자신은 전혀 다를 게 없었으니까.

자신은 스스로에게 잔인했고, 그에게는 더욱 잔인했다. 이렇게 보니 이래서야 남을 것 없는 사랑이었다.

아무것도 바라지 않는 것과 남지 않는 건 분명 다를 텐데. 빈손을 선택하려는 자신이 어머니 앞에서 무슨 말을 할 수 있을까. 무슨 근거와 자신으로. 자신도 어머니와 같은 선택을 하려 하면서 뭐라고, 어떻게 설득하겠는가. 애초에 나서도 되는지조차 알 수 없었다. 자신에게 그럴 자격이 있는지조차⋯⋯.

"봄아."

"⋯⋯."

그가 계속 자신의 이름을 불러서 봄은 시선을 들었다. 자신보다 더 아픈 눈으로 애타하는 그를 보기가 힘들었다. 그는 힘이 되어 주고 싶어 하는데, 정작 자신은 그에게 기댈 용기조차 없었다. 그러니 나아갈 걸음을 디딜 수도 없었다.

어머니가 싫어하시는데 무얼 더 할 수 있을까. 무슨 주제로. 건방지고 오만한 짓인 건 아닐까. 아무도 바라지 않는 일인 건 아닐까.

생각해 보니 아버지가 반겨 주리란 확신도 없었다. 어머니의 말대로 10년 전과는 다른 마음일지도 모른다. 정말 단순히 수필일 뿐이라면⋯⋯? 30년 전 사랑 같은 거 그냥 아련한 감성으로 간직하는 거면? 만일 그렇다면? 이 바람이 헛된 욕심일 뿐이라면⋯⋯.

"내게 기대 주면 안 될까? 내가⋯⋯ 네 힘이 되게 해 주면."

애원하는 듯한 그의 음성에 왈칵 쏟아진 건 눈물이 아니었다.

그에게 기대지 않으려 애쓰던 마음이었다. 봄은, 그에게로 무너졌다.

"선배…… 난, 어떻게 하면 좋아요?"

"선택해야지. 뭘 해야 할지 알고 있잖아."

뭐든 혼자 버틸 수 있다고 믿었는데. 악착같이 그렇게 살았는데. 지금껏 모든 걸 제 속으로만 앓아서, 그게 당연했는데. 눈앞에서 안아 주겠다 품을 내미는 그를 결국 외면할 수 없었다.

그의 품에 파고드는 건 자신을 무너트리는 일이라고 생각했는데 아니었다. 강하게 하는 것이라는 걸 깨달았다. 그리고 자신이 아주 오래전부터 이러고 싶었다는 것도.

"어머니가 바라지 않아요."

"필요한 건 용기야. 봄아, 너와 어머니에게 없는 건 그것뿐이야."

그에게 호소하자 답답했던 마음이 달래졌다. 그저 그가 안아 주고 함께 버텨 줄 뿐인데…… 그의 위력을 실감하는 것만으로 자신이 단단해지는 듯했다.

"그게 없으면 아무것도 할 수 없는데……."

"아니, 용기가 있어도 시간이 없으면 안 돼."

"……그게 무슨 소리예요?"

"김 교수님은 이제 곧 환갑이시지, 그리고 알 테지만 지독한 병을 앓으셨어."

아, 왜 그걸 생각하지 못했던 걸까. 어머니도 아버지도 노쇠하셨다는 걸. 그 이유로 만나기를 피하는 것은 어리석은 일이라는 걸. 봄의 안색이 파리해지자 그가 굳은 입술로 말을 이었다. 현실은 냉정했다.

"그분이 살아오신 날보다 앞으로가 적다는 걸 알아야 한다, 봄아."

"……내가…… 가야겠어요."

너무 늦게 만나서 함께할 수 있는 시간이 그만큼 적다는 걸 간과하고 말았다. 망설일 시간조차 아깝다는 것을 왜 몰랐을까.

어머니에게도 그걸 알려야 했다. 아니, 그 전에 먼저 아버지를 만나야 했다. 자신의 존재와 어머니의 마음을 전부 말하고…… 당신에게도 만날 수 있는 권리가 있다는 것을 알려야 했다.

더 늦기 전에. 망설임은 매번 후회를 낳았으니까.

"잘 생각했어."

"하지만 내가…… 잘할 수 있을까요?"

"네가 네 가족을 모아야 해, 봄아."

"……내 가족."

"내가 네 등을 밀어 줄 순 있어. 네가 원한다면 억지로 두 분을 모을 수도 있어. 하지만 네가 바라는 건 그게 아니잖아? 네가 정말로 바라는 걸 생각해라. 난 그걸 위해 움직일게."

다정하고 다정해서, 눈물이 날 만큼 그가 힘이 되어서 봄은 입술을 꼭 물고 고개를 끄덕였다.

할 수 있을 거다. 할 수 있어야 했다. 이것만은 자신이 아니면 누구도 할 수 없었다. 지금껏 많은 걸 스스로 해 오지 않았던가. 오로지 자신을 위해서였기에 그것들은 허무했다. 하지만 이번에는 달랐다.

"너는 봄아, 약하지 않아. 강하지도 않지만…… 그래서 뭐든 해낼 수 있다."

"……뭐예요, 그게."

어깨를 토닥이며 그가 속삭이는 말에 봄은 긴장을 놓고 웃음을 터트렸다. 그가 따라 웃으며 봄의 등을 꼭 끌어안았다.

"네가 아주 부드럽다는 거야."

"내 어디가…… 부드러워요. 나는 모났어. 심술쟁이고, 부정적이야. 투덜대기만 해."

"네가? 넌 매사 아무렇지 않은 척하지만 사실은 귀여워."

"으……."

"바로 그런 면이."

서른의 어디가 귀엽다는 건지. 평생을 떠돌며 배운 거라고는 초연한 척하는 것뿐이었다. 그 어디가 귀여울 수 있겠는가.

봄이 싫다는 얼굴로 밀어내자 그는 더욱 진하게 웃으며 봄을 제 품으로 이끌었다. 커다란 손과 가슴은 신기할 만큼 따뜻하고, 상냥했다. 이 순간이 평생 기억될 만큼 다정했다.

"나를 쉽게 받아들이지 못하는 너까지 사랑해."

그가 이럴 때면 봄은 자신이 염치없는 여자이기를 바랐다. 이 남자가 자신을 사랑해 준다는 이유만으로 그 곁을 차지할 수 있기를 말이다. 그래서 그의 가슴에 얼굴을 묻고 고백했다. 처음으로 드러내는 봄의 욕심은 연약하기 그지없었다.

"선배의 마음은, 내게 너무 과분해요. 너무 커서 내가 다 가지기 미안해. 그런데도 갖고 싶어. 내가 너무 작아서…… 다 가지지 못하는 게 미안한데, 많이 흘리더라도 놓기가 싫어요."

"……봄아."

"가질 수 없는 걸 알면서 쥐면 안 되는 거잖아요. 그건 미련한 거잖아. 양심 없는 거잖아."

그냥 미련한 사람이 될까. 아주 염치없는 여자가 될까. 그의 그늘만 바라보면서 언젠가 무너지더라도 버텨 볼까. 그의 그림자 속에서 무너진다면 그것도 행복할 것 같은데. 그렇게라도 그의 일부가 된다면 좋을 것 같은데.

봄은 지금 그에게 기댄 몸을 떼어 내기가 싫었다. 평생 이렇게 기대어 살고 싶었다. 그래도 될 것 확신을 그가 계속 주어서.

"8년 전 나는 너를 짝사랑했고, 너도 그랬다는 걸 알았지. 나는 그야말로 기다렸다는 듯 파혼했어. 네가 나와 같다는데 망설일 게 없었으니까."

봄의 어깨를 감싸 쥔 그의 손에 힘이 들어갔다. 그러고 보면 그는 매번 자신의 마음을 고백했다. 봄이 이미 믿고 있는데도 더 알아 달라 호소했다. 매번, 부족하다고 말했다.

"너는 그런 내가 부담스러웠을지도 몰라. 그래서 너는 도망쳤고 나는 기다렸다. 네 믿음을 사기 위해 계속 기다렸어. 그것밖에 할 수 없었어. 너를 놓치고 생각했지. 네가 나를 믿게 하려면…… 어떻게 해야 할까. 하루아침에 네가 내 마음을 알아줄 수 없다는 걸 알아서 그것만 고민했다. 그래서 그 자리에서 그대로 기다리기로 했다. 언젠가 네가 돌아와서, 나를 보면 알 수 있게."

"……알아요. 이제."

"그 시간 동안…… 네게 다른 사람이 생길지도 모른다고 생각했다. 그러면 포기하려고 했어. 네가 돌아와서 내 얼굴을 보고 화낸다면, 그때도 포기하려고 했어. 네가 나를 잊었으면, 혹시 미워하고 있으면 그때는 포기하려고. 네가 언젠가 한국으로 돌아올 거라는 믿음밖에 없으면서…… 그냥 기다렸어. 미련하다는 걸 아는데 그럴 수밖에 없었다."

그의 계산대로였다. 여권의 만료는 10년이었고 결국 그 안에 돌아올 수밖에 없었다. 그리고 그가 세웠던 많은 가설을 무시하고 봄은 8년 동안 혼자였고, 그를 잊지 않았다. 그게 그를 이렇게 만든 거다. 그에게 지독한 희망을 줘서 이리 애타게 만든 건 바로 자신이었다.

그를 잊지 못한 자신이 이미 나쁜 사람이었다. 그를 계속 사랑한 자신은 충분히 미련했다. 그를 보고 도망치지 못했던 자신은…… 이미 염치없는 여자였다. 그랬다.

"나 혼자만의 마음이었다면 이런 욕심 내지 않았을 거고, 그런 미련 갖지 않았을 거다."

그는 심각한데, 봄이 돌연 낮은 웃음소리를 냈다. 평소와는 반대였다. 봄은 그의 허리를 끌어안으며 그의 가슴에 뺨을 눌렀다.

"세상에 선배 같은 남자는 또 없을 거예요."

"……나는 그냥 속이 좁아서, 하나밖에 모르는 남자야."

"이상한 남자예요."

자신을 믿게 하기 위해 8년을 묵묵히 그 자리에 서 있을 만큼 그는 미련했고, 그 자리로 돌아가 본 봄도 미련하기는 마찬가지였다. 똑같이 이상한 사람들이라 서로에게 잡힌 덜미를 끊어 낼 수 없었다.

"그거 알아?"

"뭐요?"

"진돗개 말이야."

"……네?"

이 남자 또 이상한 비유를 하려고 하는 거다. 그에 익숙한 봄은 벌써 싫다는 얼굴을 했다. 그는 그러거나 말거나, 나긋해진 봄이 좋은지 방긋대며 말했다. 품 안의 봄을 더욱 끌어안으며.

"후각도 뛰어나고, 충직하며 똑똑한데 군견으로는 불합격이래. 왜인 줄 알아?"

"왜요?"

"한 주인밖에 따르지 않아서. 군견으로는 부적합하대. 군견은 계속 주인이 바뀌거든."

"……선배가 뭐, 진돗개라는 거예요?"

"그래."

설마 해서 물었더니 대답이 빨랐다. 심지어 만족스럽다는 뉘앙스다. 미안하게 개랑 비교하고 그러나, 이 남자는.

"뭐 자길 개에 비유하고 그래요?"

"난 그 개가 좋아."

"좋겠어요. 개라서."

잘해야지 하다가도 투덜대고 마는 건 그가 가끔 너무도 능글

맞아서다.

"나는 네가 원한다면 너의 충직한 개가 될 건데."

"……누가 그런 걸 원해요?"

"언젠가 네 발 끝에 키스할 거다."

"안 돼요!"

또 그 소리. 그는 종종 봄이 방심하면 맨발등에 키스하려 들었고, 봄은 다른 곳은 가만둬도 그것만은 도통 봐줄 수가 없었다. 어디 키스할 데가 없어 그런 데 하나 싶은 것이다. 그래서 잘 때면 꼭 시트로 발을 꽁꽁 싸매고 잠들었다.

이상한 걸로 불편하게 한다고 봄이 투덜대도 그는 호시탐탐 기회를 노렸다. 꼭 저렇게 매력적으로 웃어 대면서.

"두고 봐, 하고 말 테니까."

"왜…… 왜 그런 걸 하고 싶어 해요? 그러니까 변태라고 소문 나는 거잖아요!"

"그야, 세상에서 네게 그럴 수 있는 남자는 나밖에 없다고 생각하니까."

핀잔 주기 위해 아무 말이나 소리쳤는데 그는 당연시 여겼다. 봄에게는 변태여도 상관없는 걸까. 아니면 이미 그런 걸까. 그건 복종의 뜻일까. 지배의 표현일까. 어느 쪽이든 벗어날 수 없었다. 봄은, 체념하기로 했다.

12장

정치학 수업이 있는 대학 강의실 앞을 배회하며 봄은 고민하고 있었다. 김 교수가 나오면 첫마디를 뭐라고 끊어야 할지. 사람 싫어한다는 그가 제 말에 대꾸는 해 줄지. 대뜸 '내가 당신의 딸인 것 같습니다.' 하고 소리칠 수도 없는 노릇인데.

교수실에 가 봤지만 조교에게 반쯤 쫓겨난 차라서 말이다. 약속 없이 오는 사람을 예의 없다 여겨 가장 싫어한단다.

항상 시작이 어려웠지만 봄은 이번만은 물러서는 대신 무작정 강의실 문 앞을 지켰다. 강의가 끝나면 나올 테니, 그때 어떻게든 말을 붙여 볼 작정이었다.

심각하게 첫마디를 고민하는데…… 강의실 문이 열리더니 김 교수가 걸어 나와 마침 그 앞을 서성이던 봄의 앞에 멈춰 섰다. 거짓말처럼 우뚝.

"아……."

보통 교수는 가장 늦게 나오지 않던가? 봄은 놀란 나머지 그만 고민해 둔 첫마디를 잊었고. 김 교수는 어째서인지 곧장 지나치지 않았다. 대신 냉한 시선으로 봄을 뚫어져라 바라봤다. 신강오에 뒤지지 않을 만큼 집요한 시선이었다.

"……처음 보는데, 자네 이 학교 학생인가?"

그러더니 묘한 뉘앙스의 어투로 그렇게 물었다. 봄은 제 얼굴 위에서 떨어지지 않는 교수의 시선을 느꼈고, 당황했다. 도강이라도 하는 줄 아는 걸까? 그렇게 수상해 보였나?

자신은 절대 만만치 않다고 말하는 얼굴로 그러니 절로 위압감이 느껴졌다. 목 안이 까끌해져서 봄은 침을 삼켰다. 안경 너머 김 교수의 눈이 가늘어졌다.

"학교에선 보지 못하던 얼굴인데."

"모든…… 학생을 기억하세요?"

"아니, 단지 자네가…… 내가 아는 누군가와 많이…… 닮아서."

찰나였으나 그 흔들리는 눈은 기억하고 있는 게 분명했다. 봄의 얼굴을, 아니 그녀와 똑 닮은 젊은 시절의 어머니를. 봄은 저도 모르게 두 눈을 동그랗게 뜨고 김 교수의 소매 끝을 붙잡았다. 희망이 있었다. 조마조마했던 심장이 더욱 터질 듯했다.

"잠시…… 제게 시간을 좀 내 주실 수 있을까요?"

앞뒤 다 끊어 먹은 채로 그렇게 요청하는 봄이 분명 수상하게 느껴질 텐데, 그 빡빡하고 철두철미하다는 김 교수는 답지 않게 고민하더니…… 고개를 끄덕였다. 본능적인 승낙이었다. 왠지 떨칠 수 없었던 모양이다.

봄은 한 시간 전에 쫓겨났던 교수실에 들어올 수 있었다. 그리고 조교가 내오는 차를 받았고, 김 교수와 마주 앉을 수 있었다. 마치 약속된 손님처럼. 김 교수는 아닌 척했지만 힐긋힐긋 봄의 얼굴에 자주 시선을 줬고 그 와중에 무언가 탐탁지 않아 했다.

"사실 나는…… 꼬리를 달고 다니는 사람은 좋아하지 않네."

"……아."

꼬리가 뭔지 알아차리는 데는 잠깐의 시간이 필요했다. 봄은 너무 긴장한 나머지 내내 잊고 있었던 유 비서를 난감한 얼굴로 돌아보았다. 근래에는 강오의 그림자인 저 남자가 제게 붙어 있는 게 너무도 익숙해진 탓이다.

"유 비서님? 잠시……."

졸지에 꼬리가 된 유 비서는 못마땅한 얼굴을 했지만 조교와 함께 교수실에서 나가야 했다. 그가 붙여 놓은 그림자라 꼬리는 꼬리였으니 말이다.

김 교수는 그리 급한 성격은 아닌지 봄이 찻잔을 세 번이나 들었다 놨다 하는 모양을 가만 지켜봤고. 봄은 힘든 첫마디를 고르는 대신 품 안에서 사진 한 장을 꺼내 교수의 앞으로 천천히 내밀었다. 조금 떨리는 두 손으로 바로 그 앞까지.

"이게 뭔가?"

봐 달라는 뜻을 알아챈 지긋한 나이의 교수는 늙었지만 단정한 손으로 사진을 집어 들었고, 잘 보이지 않는지 가슴 포켓에 넣어 뒀던 안경을 꺼내 자세히 살폈다.

몇 번이나 그 눈을 깜빡였는데, 그때마다 동공은 점점 크게 흔들렸다. 그것은 어머니의 학창 시절 사진이었다. 사랑하는 사람과 함께 찍힌 단 한 장의 보물.

봄이 꺼낸 첫마디는, 스스로는 단 한 번도 해 보지 않은 말이었다.

"저는…… 고아원에 자랐습니다."

최근 들어 어째서인지 그런 말을 많이 했다. 그를 만난 이래 매일 해 보지 않았던 말을 했다. 전에는 말할 수 없었던 그런 말들. 사랑을 고백하고, 그리움을 고백하고, 힘들었다고 토해 내고, 어리광을 부렸다.

"그리고 얼마 전에 어머님을 찾았습니다."

"……자네."

"어머니께서는, 스물에 아버지 없이 저를 낳으셨고, 외조부께서는 그런 저를 창피하게 여기셔서…… 어머니에게서 떼어 놓으셨습니다."

놀란 김 교수의 눈에 혼란과 어지러움이 가득했다. 저 나이 지긋하고 저명한 교수가 저런 얼굴을 하게 만들자니 봄 자신도 긴장되고 목이 뻑뻑해졌지만, 힘껏 말했다. 그를 생각하며 갖은 힘을 짜냈다.

"어머니께서는 혼자 저를 계속 찾아다니셨고, 아직도 미혼으로…… 살고 계세요. 만난 건 겨우 얼마 전이지만. 저와 많이 닮으셨어요. 그 사진 속의 누구인지…… 아시겠어요?"

"……내가…… 그걸 모를 수가……."

그것은 공기가 다 떨린다 싶을 만큼의 긴장이었다. 마주한 둘 모두 한동안 말이 없었다. 그러나 깨닫기는 바람과 같았다. 김 교수는 안경을 벗더니 한 손으로 눈가를 누르며 물었다.

"자네…… 이름이 뭐라고 했나."

"……김봄입니다."

"……봄에 태어났나?"

"네."

얼핏 눈에서 손을 떼어 내고 다시 봄을 보는 교수의 눈가가 붉었다. 교수는 느리게 고개를 숙이더니 그대로 물었다. 젖은 음성이었다. 그 근엄한 목소리에 어울리지 않는 떨림과 회한이었다.

"……내가 그녀를 떠난 게 6월이네."

"제가 태어난 건, 3월입니다. 버려진 것도 3월이고요."

더 이상 가타부타 설명은 할 필요가 없었다. 사진을 보여 주고, 떨리는 시선을 한 번 마주했을 때 모든 게 통했으니까. 그저 그것뿐이었는데 교수가 물었다. 목이 메어서는 차마 봄을 마주 보지도 못하는 채로.

"자네, 아이는 있나?"

"……없습니다만?"

"결혼은?"

"아직……."

뜬금없는 질문들에 봄은 얼결에 그렇게 대답하고는 미간을 좁혔다. '안 했다.' 라고 답했어야 맞다. '아직' 이라니, 그건 마치…… 얼마 뒤면 할 거라는 걸 예감하는 듯하지 않은가. 그 남자의 세뇌 때문이다. 어차피 이제 포기하려던 차지만 말이다.

"……다행이군."

"?"

"그건 지켜볼 수 있겠어."

이제는…… 눈물이 나지 않았다. 흐리지만 웃음이 나왔다. 울 것 같은 기분인데 계속 웃음이 났다. 이상한 기분이었다. 아버지가 생기는 건.

♠   ♠   ♠

"사실 어머니는…… 교수님을 만나고 싶어 하지 않으세요. 아니, 못 만난다고 생각하세요."

이미 여주로 향하는 차 안에서 말하긴 너무 늦은 걸지도 모른다. 하지만 김 교수는 나이가 무색하게도 추진이 빨랐고, 만나 달라는 부탁을 하러 온 봄에게 먼저 물었다.

그 사람은 어디에 있는지, 지금 바로 만날 수 있는지. 건강히 잘 지내는지…… 그리고 부디 만나게 해 달라고 진지한 부탁을 했다. 그녀의 걸음이 헛되지 않은 그리움을 내보였다.

그건 마치 누군가를 연상하게 했다. 봄이 사랑하는 남자와 친부는, 어딘가 닮아 있었다.

"그 사람 또 겁이 났군."

"······이제 그때만큼 아름답지 않다고 걱정하세요. 혹여 실망시켜드릴까 봐······."

"그래 봤자 나보다는 열 살이나 어린데. 나는 이제 육십이네."

허허, 하니 웃으며 말하는 친부 때문에 봄은 심장이 철렁했다. 그의 말처럼, 정말 건강이 많이 안 좋으신 걸까? 어디가 얼마나 아프신 걸까. 교수의 주름진 얼굴이 문득 수척하게 느껴졌다.

"나는 더 늙고 초라하다네. 앞으로 몇 년을 더 살지도 모르지."

"······건강은, 괜찮으세요? 어디 아프신 곳은요?"

"내 건강 말인가?"

"네."

봄이 너무 파리한 안색으로 연거푸 그렇게 걱정스레 물어서일까. 김 교수가 낮게 웃으며 봄의 머리를 쓰다듬었다. 낯설고 어색해야 당연한 그 손길이 기꺼우니 희한한 일이었다. 예전의 '어떤' 일로 자신을 만지는 연상의 이성에게 각박한 봄이었는데.

그러고 보니 봄을 민감하게 만든 상대도 교수였다. 그때는 제 아버지가 교수님일 거라고는 생각지 못했는데.

"걱정해 줘서 고맙네. 하지만 난 술도 담배도 안 하고, 죽을 뻔했던 만큼 건강에는 대단히 신경을 쏟고 있네. 나이에 비해 의사도 혀를 내두를 만큼 건강하지."

"······네?"

"왜 그리 놀라는가?"

들은 것과 전혀 달랐으니까. 봄은 당했구나 싶었다.

"……속았어요."

"뭐에 말인가?"

신강오한테 말이다. 만나러 가야 할까 말아야 할까 갈등하는 봄에게 마치 아버지가 내일이라도 당장 돌아가실 것처럼 겁을 주는 바람에 답지 않게 굉장한 용기를 냈던 건데, 그에게 깜빡 속은 모양이다.

대체 뭐에 속았냐 의아한 얼굴의 아버지에게는 차마 사실대로 말할 수 없었지만 말이다. 이렇게 정정한 분을 환자로 만들다니……. 속았다 싶어 어이없고 웃음이 났지만, 고맙기도 했다. 답을 알면서 겁을 내느라 꺼내지 못하는 자신에게 그가 극약처방을 했다는 걸 아니까.

반생을 넘게 사셨으니 앞으로 살아갈 날이 더 적다는 말은 맞았다. 그는 거짓말하지는 않은 것이다. 이제 와 생각해 보면 전부 말솜씨였다. 매번 느끼는 거지만…… 그는 정말이지 지능적인 남자였다. 그러니 자신이 그를 당해 낼 수 있을 리 없었다.

"그럼…… 괜찮으신 거죠? 어머니가 그때와 다르셔도……."

"괜찮고 말고 할 것도 없이 당연한 것 아닌가. 나는 그럼 아름다운가? 그런 건 상관없다네. 둘 다 주름진 손이 된 것도 좋아. 그런데 마음은 변하지 않았다는 게 가장 아름다운 걸세."

"……어머니는 아직도 소녀 같으세요."

아직 엄마라고도 부르지 못하지만 봄은 알 수 있었다. 어머니는 영락없는 여자였다. 자신과 똑같은 여자. 사랑하는 사람 앞에서 아름답기만 하고 싶고, 그러지 못하는 현실에 부끄러워하며 한없이 작아지는. 용기 내지 못하는 것은 욕심이 너무 작아서였다.

"어머니는 분명 많이 뒷걸음치실 거예요."

"……그런가?"

"저도 그랬거든요."

자신이 그랬으니 알 수 있었다. 봄은 불안스레 말했고 김 교수는, 봄의 친부는 다시금 봄의 머리를 토닥이며 안심하라는 듯 웃어 주었다.

어렴풋이 아버지의 느낌이란 걸…… 알 것 같았다. 이런 거구나. 이렇게 든든하고, 커다란 거구나. 눈물이 나오지 않을 만큼 안아 주는 거구나.

"그 사람…… 어릴 때는 부끄러움을 모르더니 나이를 먹고 나서야 그러는군. 하긴 사람은 다 그렇다네."

"……꼭, 행복하게 해 주세요."

"그래야지. 허비한 만큼 소중하게 보내야지."

어머니를 부탁하는 게 주제넘는 일인 건 아닐까 걱정하면서도 봄은 이미 말하고 있었다. 제발, 제발 부디 그러기를 바라서 말이 나오는 것을 막을 수 없었다. 그런 봄의 손을 잡아 주며 김 교수는 다짐했다.

"이번엔 내가 용기를 내 봐야겠네. 예전에는 그 사람이 참 열심히도 와 주었거든."

"궁금해요…… 두 분의 이야기."

"조만간 자네에게도 차분히 들려줄 날이 있겠지……. 그나저나 다시 그 사람을 만날 생각을 하니 이 나이에 주책없이 설레는군. 긴장이 돼. 대체 이런 기분이 몇 십 년 만인지도 모르겠어."

김 교수의 말이 조금 빨라지고 늘어난 것은 여주 톨게이트를 지나서였다. 점잖게 있을 수가 없는지 봄의 손도 놓고 창밖을 보며 안절부절못했다.

만나고 싶은 마음이 너무 앞서 당장 길을 나서기는 했지만 친부에게도 쉽지만은 않은 일인가 보다. 30년 만에 그리운 사람을 보는 일은 말이다.

"사람은 다 겁쟁이지. 어떻게 보일지 모르겠지만 나도 그래."

"아버…… 교수님이요?"

"그래."

"아니에요, 지금도 저보다 먼저 나서서 오셨는걸요."

"겁이 나서 서두른 거네. 오늘도 아마 당장 나서지 않았다면 차일피일 미루다가 또 삼십 년을 보냈을지도 몰라. 한 번 그렇게 허비하면…… 그 다음에는 하루가 아까워지지."

겁이 나서 미루고 그렇게 모르고 지내 온 지난 시간들이 떠오르는지 김 교수의 얼굴 위로 한순간 씁쓸한 빛이 스쳐 갔다.

혼자 체념했다고 여긴 일로 둘이나 되는 사람이 힘든 시간을 보냈을지는 몰랐다. 한 번만 돌아봤더라면 많은 게 달라졌을 텐데…….

김 교수는 주름진 손을 뻗어 봄의 손을 붙잡았다. 후회하듯 말하는 것은, 다신 그러지 않겠다는 단단한 의지였다.

"자네도, 나도 그 사람도 전부 겁쟁이야. 세상에 겁이 없는 사람은 없거든. 소중한 게 있으면 겁이 나는 법이고, 겁이 나면 강해지기도 하는 법이야. 그리고 사람은 말이야……. 소중한 것 앞에서 강해야 하는 걸세. 안 그러면 나처럼 되고 말아."

"……너무 소중하면 약해져요."

"명심하게, 자네가 약하면 소중한 게 상처 입어. 자네와 자네 어머니를 봐. 나로 인해 얼마나 고생했는가. 내가 체념한 벌로 누가 아파해야 했는지."

"아니에요. 아버지…… 때문이 아니에요."

봄은 급히 고개 저었지만 김 교수의 생각은 그렇지 않은 모양이었다. 전부 자신의 탓으로 여겨졌다. 자신은 모두를 지켜 줘야 하는 사람이었는데 그러지 못했다. 그러니 지금부터는 한 걸음도 물러서지 않을 작정이었다.

"사실은 이 남자도 어딘가 겁쟁일 걸세."

문득 김 교수의 손끝이 가리킨 것은 조수석 뒤에 끼인 신문 속의 신강오였다. 그것은 얼마 전 그를 피습한 인물에 대해 그가 얼마나 매정하게 처치했는가를 기사화한 것으로, 그 기사는 그가 절대 겁쟁이로 보이지 않는 것이었다.

적어도 매체만으로 그를 봤을 때 그는 칼 같은 사내였다. 정통한 김 교수의 눈에는 꼭 그렇지만도 않은 듯했지만 말이다.

이건 유 비서가 운전하고 있는 신강오의 차였고, 그러니 차 안에 그가 실린 신문이 있는 건 당연했다. 김 교수는 그저 눈에 띄는 것에 예를 들어 말했을 뿐인데 봄은 괜스레 심박 수가 올라갔다. 굉장히 신경 쓰여 그만 묻고 말았다.

"⋯⋯저, 조금 뜬금없지만⋯⋯ 그 사람, 어떠세요?"

"신 의원 말인가?"

"네⋯⋯."

"어떠냐니⋯⋯. 젊은 의원들 중 보기 드물게 마음에 드네만. 뭔가, 나랑 정치 얘기라도 하고 싶은 건가?"

상당히 호의적인 반응이었다. 봄은 그에 안도가 되어 어색한 미소를 지으며 고개를 내저었고, 저도 모르게 다행이라고 생각했다.

당연한 말이지만 김 교수는 이게 신 의원의 차라는 걸 모르는 모양이다. 하기사 국회의원 마크가 박힌 것도 아닌 개인 자가용이었으니 알 방도가 없으리라.

운전하는 유 비서만이 제가 모시는 사람의 이름이 나오자 백미러 속을 힐끔댔다.

"이보게, 잠시 저기 차 좀 세워 주겠나?"

그러다 김 교수가 창문을 두드리자 급히 차의 속도를 줄였다. 슬슬 시내에 접어들어 주변에는 상가가 많았다.

"어디에 말씀이십니까?"

"저기, 저 꽃집에."

김 교수는, 의외로 로맨티스트였다.

아까부터 창밖을 왜 그리 열심히 보나 했는데 꽃집을 찾고 계셨나 보다. 꽃을 사려는 게 분명한 교수의 곁을 따라 걸으며 봄은 제가 다 웃음이 났다.

어머니는 꽃을 받아 본 적이 있을까? 자신은 아직 없는데. 만약 그가 제게 꽃을 준다면…… 아주 기쁠 것 같았다. 지금 아버지가 어머니에게 꽃을 선물한다는 것만으로 이리도 행복한 기분이니 말이다.

"자네 어머니가 무슨 꽃을 좋아하는 줄 아나?"

중절모를 고쳐 쓰며 꽃집에 들어선 김 교수가 봄에게 물었다. 그는 아름다운 그 어떤 꽃에도 시선을 주지 않았다. 무슨 꽃을 골라야 하는지 몰라서 묻는 건 아닌 듯했다.

"아니요."

"안개꽃을 좋아했어."

"……안개꽃이요? 뭔가 꽃말이 있나요."

봄은 아직 어머니에 대해 아는 것이 별로 없었다. 살갑지만 수줍음을 많이 타시고, 스스로도 미안해할 만큼 끊임없이 챙겨 주려 한다는 것 말고는. 오히려 김 교수가 더 많이 알고 있었다.

"아니, 그냥 예쁘대. 그래서 내게 그것만 한 다발 달라고 했었지."

중년의 신사로 보이는 김 교수의 꽃 주문에 꽃집 점원은 솜씨 좋게 하얀 안개꽃 한 다발을 만들어 냈고, 봄은 안개꽃만으로 이루어진 꽃다발은 처음 봤지만 진심으로 감탄했다. 연약한데 강해 보였고, 작았지만 풍성했다.

"정말…… 예쁘네요."

"내 생에 두 번째로 사 보는 꽃다발일세. 그러고 보니 둘 다 한 사람을 위해서야."

"정말이요?"

"그래. 의외로 장미보다 이게 비쌌어. 그건 지금도 그렇군."

꽃집 점원에게서 안개꽃 다발을 건네받으며 김 교수는 놀랄 만큼 부드러운 얼굴로 웃었다. 어머니에게 저렇게 웃어 주셨던 거다. 분명 그랬을 거다. 그러니 어머니는 사랑에 빠지고 만 거다.

"자긴…… 정말 안개꽃이 좋대. 아직도 그 목소리가 귓가에 생생하네."

'저는 안개꽃이 좋아요, 선생님.'

"……그 목소리 그대로 내게 사랑한다고 속삭였지. 겨우 이런 꽃…… 작은 풀 같은 꽃이 뭐가 그리 좋다고 행복한 듯 웃으면서……."

그때의 기억에 잠긴 김 교수의 얼굴은 분명 평소와 다른 것이었다. 저런 얼굴로 어머니를 위해 수필을 썼을까. 몰래 바치는 러브레터를 쓰는 그런 기분이었을까.

봄은 아버지가 어머니를 매우 사랑했음을 알 수 있었다. 지금도 눈앞에서 보았으니까. 두 분은, 서로를 지극히 사랑했다. 아주 오래전부터 계속.

"길에서 비슷하게 생긴 계란꽃 따위를 주워다 줘도 좋아서 어쩔 줄 몰라 했어. 달리 아무것도 해 주지 못했는데. 그래도 좋다고…… 매일 웃어 줬지."

"……만나실 거예요. 이제 금방."

"그래. 너무 늦게 알아 버렸지만…… 평생 잊을 수가 없으면 같이 있어야 하는 게 맞았네."

꽃다발을 고쳐 들며 김 교수는 딸에게 충고했다. 봄이 아까 말한 것을 기억했다. 뒷걸음치고 있다는 이야기를 말이다.

"나처럼 뒷걸음질 치다가 30년이나 헛되이 쓰지 않도록 조심하게나. 그건 너무 아까운 시간이지 않은가."

♠   ♠   ♠

어머니의 가게 앞에 봄과 김 교수보다 한 걸음 먼저 도착해 있는 인물이 있었다. 누구겠는가, 그 남자뿐이었다. 신강오였다.

방금 신문 속에서 본 남자가 바로 눈앞에 그 어느 때보다 완벽한 차림으로 서 있었고 차에서 내려 그를 본 김 교수는 잠시 할 말을 잃은 것처럼 보였다. 봄은 유 비서가 범인이라는 걸 알아챘다. 추진력 있는 사내의 발 빠른 부하였으니까.

"……이 사람이 왜 여기 있나?"

"처음 뵙겠습니다. 장인어른."

역시 그럴 줄 알았다. 안 그렇게 굴면 신강오가 아니었으니까. 그는 아주 깍듯하게 김 교수를 향해 허리를 숙이고 인사했다. 장인어른이라고 제 맘대로 부르며 악수까지 청했다. 봄은 이제 말리는 것도 그만둔 참이었다.

"······장인어른?"

"예, 신강웁니다."

김 교수는 그가 내미는 손을 한 번 보고, 질렸다는 얼굴의 봄을 한 번 보더니 이제야 전부 알겠다는 듯 고개를 끄덕였다.

그러고 보니 봄에게는 자기 사람이 아닌 듯한 비서가 졸졸 따라다녔다. 친모는 작은 가게를 운영하고 본인은 외국에 오래 있다 왔다면서, 비서가 있었다. 누군가 붙인 꼬리였다.

"아아."

남자들은 원래 다 이리 눈치가 빠르고 말이 필요 없는 걸까? 아니면 이 두 남자가 남다른 걸까. 다 알겠다는 그 목 울림 소리에 봄은 두 뺨을 붉혔다. 아버지에게 남자 친구를 처음 소개하는 기분, 분명 이런 걸 거다.

"내 딸이지만 남자 보는 눈이 제법이군."

"감사합니다. 장인어른."

"······자네 의외로 능글맞군. 난 오늘 딸이 생겼는데, 사위까지 생기는 건가?"

"그렇습니다."

대답도 참 시원시원해. 봄은 그의 곁으로 붙어 질긴 옆구리를 꼬옥 하니 꼬집어 주었다. 잘 늘어나지도 않는 근육을 열심히 비틀어 봤지만 그는 꼬집힌 시늉도 해 주지 않았다. 두 남자는 어색함과는 아주 거리가 멀었다. 그 직업들 때문일까.

"나는 지금 고백하러 갈 참이네. 자네는 여기 좀 있겠는가."

"예."

"그럼 둘이 좀 있게나. 이야기는 나중에 같이 하지."

봄에게 역시 여기서 기다리라는 시선이 주어졌다. 봄은 가만
고개를 끄덕였고, 안개꽃 다발을 들고 가게로 걸어가는 아버지의
모습을 지켜봤다.

김 교수는 문 앞에서 모자를 한 번 더 고쳐 쓰는 걸 끝으로 망
설임 없이 가게 안으로 들어섰다. 정말이지 1초가 바쁘다는 듯
말이다.

봄은 그렇게 문 닫힌 가게를 한참 바라보다가 곁에 서 있는 그
를 조용히 불렀다.

"선배."

"음?"

"고마워요."

"……당연한 거야. 고마워하면 미안할 정도로."

그의 손이 어깨를 감싸 오자 봄은 자잘자잘한 안개꽃 다발이
눈앞에서 흔들리는 듯했다.

예쁜 꽃이었구나, 그거. 아주 초라한 건 줄 알았는데. 주위를
채울 뿐인 흔한 꽃인 줄 알았는데……. 아버지의 손안에서 그건
세상에서 가장 아름다운 것이었다. 주변을 빛나게 해 주는.

그의 어깨에 기대 웃으며 물었다.

"내가 좋아하는 꽃, 알아요?"

"……아니."

"알려 줘요?"

"응!"

덩치 산만 한 남자가 찰나 시무룩했다가 반짝이는 눈으로 열심히 고개를 끄덕였다. 봄은 그의 귓가에 속삭였다.

"오늘 생긴 건데요⋯⋯."

자신도 그에게 꽃다발을 받고 싶어졌다. 부모님들처럼.

13장

세 달 뒤.

여름과 가을의 사이 화창한 어느 날, 결혼식이 치러지는 건 김 교수의 별장이 있는 제주도였다. 길게 바닷가를 낀 2층 건물은 서양식의 하얀 벽체와 파란 지붕으로 길 가는 사람들의 시선을 잡을 만큼 아름다웠다.

한적한 평소와 달리 오늘은 12시에 있을 결혼식을 위해 정원에서는 가든 형식의 웨딩 준비가 한창이었다.

식을 앞두고 초대된 사람들이 속속 몰려들고 있었다. 하지만 단출하게 치러질 예정이라 하객은 서른 명이 넘지 않았고, 그중 하나인 신강오는 도착하자마자 봄부터 찾았다.

"봄아!"

"?"

정원에서 테이블 세팅을 거들고 있던 봄은 그가 저를 크게 부르는 목소리에 뒤를 돌아봤다. 그러는 사이 이미 봄을 발견한 그는 큰 걸음으로 다가와 봄의 허리를 단번에 휘어잡고는, 기다렸다는 듯 반가움의 키스를 해 왔다.

그나마 다른 사람들의 시선을 의식해 눈꺼풀 위로 하는 자잘한 입맞춤이었다. 봄은 그마저 충분히 민망해 어쩔 줄 몰라 했다.

"보고 싶었어."

"선배……."

이 남자는 왜 갈수록 커다란 개처럼 굴까. 며칠 만에 만나게 되면 꼭 하니 달라붙어 떨어지지를 않는 통에 사람들의 시선이 곤욕스러웠다.

"정말 예쁘다. 봄아."

그는 그걸 알면서도 아무렇지 않게 한술 더 떴지만 말이다. 그는 봄이 부끄러움 타는 게 상당히 즐거운 모양이었다. 자신의 허리를 끌어안은 그의 손에 봄은 제 연분홍색 미니 드레스가 너무도 민망하게 느껴졌다.

"……드, 들러리 드레스는 화사해야 한다고 해서. 그래서……."

그도 그럴 것이 서른에 시폰 달린 분홍색 드레스가 웬말이란 말인가. 기장은 무릎 정도로 조금 긴 편이었지만 상의는 어깨가 훤히 드러났고, 목장식이라고는 조금도 없어서 쇄골이 전부 보이는 디자인이었다.

심지어 가슴 아래가 거의 시폰 소재라 귀여운 것에 가까운 들러리 드레스는, 봄이 한 번도 입어 본 적 없는 생소한 스타일의 것이었다. 사람들의 시선이 쏠릴 때마다 절로 긴장이 될 정도였다.

그래도…… 쉰을 코앞에 두고 하얀 웨딩드레스를 입은 어머니보다야 덜 망측하고 부끄러울 테니 꾹 참아야 했다.

오늘에야 웨딩드레스를 입은 어머니는 내내 낯부끄러워하셨지만 봄은 그게 아주 예쁘다고 생각했다. 저더러 예쁘다고 하는 소리는 반갑지 않았지만 말이다.

"아주 좋아. 잘 어울려."

"윽, 아닌 거 아니까 그만해요."

"정말이야. 내가 거짓말하는 거 봤어? 전부 진심인걸."

봄이 퉁명스러운데도 그는 꿋꿋이 찬사를 속삭였다. 부모님의 결혼식 준비를 거드느라 봄이 제주도에 내려온 지 어느덧 일주일째였다.

그동안 그는 봄에게 많이도 목말랐나 보다. 눈 위에 하지 못하게 했더니 뺨에 입 맞췄고. 고개를 돌려 버리자 귓가에 키스하며 꼭 하니 제 품으로 끌어안았다. 이 화창한 날씨에 춥기라도 한 것처럼 말이다.

겨우 일주일 떨어져 있었다고 이렇게 난리가 나다니. 그렇게 좋을까? 온몸으로 저를 사랑스럽다 말하며 안고 놓아주지 않는 남자에게 봄은 결국 항복했다.

"……고마워요. 사실은…… 나도 보고 싶었어."

그의 손에서 빠져나가려 꼼지락대던 것을 멈추고 기어들어 가는 작은 음성으로 그의 칭찬에 화답했다. 사실은 봄도 그와 전혀 다르지 않은 마음이었지만, 이 담대한 남자와 달리 직구로 승부하는 재주는 없었으니 말이다.

그는 큰 칭찬이라도 받은 양 진한 웃음을 지어 보였다. 보는 사람이 쑥스러울 만큼 훌륭한 얼굴로.

"그런데 왜 이렇게 일찍 왔어요?"

봄은 슬쩍 말을 돌렸다. 이 남자는 나날이 매력적이 되어 가서, 보기만 해도 부끄러워지고는 했다. 사랑하는 사람에게 또 반해서 어쩌자는 건지. 대책 없이 잘난 그가 나쁜 거다.

"몰라서 물어?"

"……모르겠는데요? 아직 한 시간이나……."

"죽을 만큼 보고 싶으니까."

진지한 얼굴로 하는 소리가 그런 거였다. 이러니 봄이 부끄러워하지 않을 수 없는 노릇이었다. 이 남자 설마 평생 이렇게 닭살 떨지는 않겠지. 만약 그렇다면 심장이 남아나지 않을 텐데.

"아우, 정말!"

"그보다 네 방은?"

그가 별장을 돌아보며 물었다. 봄의 아버지의 아버지가 20년 전쯤 사 두었다는 별장은 낡았지만 멋스러운 구석이 있었다. 안쪽은 북유럽풍으로 꾸며져 있었고, 보존이 잘 되어 있었다. 그래서 봄은 그가 내부를 구경하고 싶은가 보다 했다.

"제 방이요? 2층에 방을 하나 쓰고 있기는 한데, 그보다는 1층이 볼 게……."

"방 좀 구경시켜 주라."

"왜요?"

별장이 아니고 자신의 방? 그가 손을 잡아 이끌어서 봄은 의아해하기만 했다. 갑자기 자기 방은 왜 보고 싶어 하는 걸까. 오래 지낸 곳도 아니고 겨우 일주일 짐을 풀고 지낸 곳일 뿐인데.

"선배? 내 방이라고 해도 볼 건 없는데요?"

이미 그에게 허리를 잡혀 걸어가고 있었다. 봄은, 아직 그에 비하면 순진했다.

침대가 흔들릴 때마다 삐걱거리는 낡은 나무 바닥 때문에 미칠 것 같았다. 이 소리가 1층에 들리면 어쩌지 싶었다. 아니, 그보다 이 신음.

"으읍……! 하으, 흑!"

벌어진 입술 사이로 절로 타액이 흘렀지만 아무리 목에 힘을 주어 봐도 소용이 없었다. 봄은 채 구두도 벗지 못했고, 그 역시 침대에 겨우 무릎 한 쪽만 올린 채였다. 하지만 분명 연결되어 있었다.

젖은 하체가 엉겨 붙어 자극적인 마찰을 했고, 그가 강하게 파고들어 오면 무리라고 여기면서도 봄은 매번 전부를 받아들였다.

"하아…… 이거, 벗기면 안 될까?"

"안…… 돼요……! 안…… 앗, 아웃."

그가 원피스 상의의 가슴 사이를 잡아당기며 물어서 봄은 숨이 가쁜 와중에 고개를 저었다. 둘은 옷을 하나도 벗지 않은 채로 뒤섞이고 있었다. 엮인 것은 오로지 하체뿐이었다.

방의 문을 잠갔지만 아래층에는 부모님이 있었고, 별장 안에는 도우미들이 계속 돌아다니고 있었으니까.

그는 자신도 전혀 벗지 않으면서 팬티만 반쯤 벗었을 뿐인 봄이 매우 불만족스러운 모양이었다. 그도 그럴 것이 화장이 번진다며 키스도 하지 못하게 했고, 쇄골이 훤히 보이는 드레스라 평소처럼 목덜미를 잘근거릴 수도 없었기 때문이다.

그는 아쉬움을 담아 봄의 귓가를 깨물고, 귀의 뒤편 으슥한 곳에 키스마크를 냈다. 욕심껏 소유하고 싶은 갈급함은 봄의 손바닥 안에 키스하는 것으로 채웠다. 더욱 강하게 허리를 움직이며. 쑤욱 하니 제 안으로 깊숙이 파고들어 오는 그를 느끼며 봄은 치를 떨었다.

"방…… 구경시켜 달라더니. 흐으……! 이러려고, 그런 거죠."

"우리, 일주일 만에 만난 거야. 참을 수 없었다고."

반면 그는 느른하게 웃으며 당연하다는 듯 말했다. 그렇다면 봄이 없던 8년은 대체 어떻게 버틴 걸까. 봄은 원망 삼아 그의 어깨를 밀쳤지만 사실은 자신도 부족함에 시달리고 있었다. 그를 받아들이면서도 애가 타서 원피스를 전부 벗고 맨살로 그에게 안기고 싶을 뿐이었다.

조금의 이성이 가까스로 그것을 말리고 있었다. 그가 봄의 목덜미를 핥은 직후 물었다.

"시간은?"

"……이십 분……."

"그거 부족하겠는걸."

결혼식까지 남은 시간이래 봐야 고작 사십오 분 정도였었다. 그렇다면 둘이 이런 밀애를 나눌 수 있는 시간은 그 반 정도였다.

"아."

"가볍게 한 번 보내 줄게."

남은 시간을 확인한 그가 시폰 소재의 치맛단 아래로 불쑥 자신의 손을 밀어 넣더니, 골반을 부서트릴 듯 힘껏 쥐고는 그보다 더 강한 힘으로 안쪽까지 밀고 들어와 울게 하는 부분을 건드렸다. 집요하게 반복적으로 비벼 봄이 움찔움찔 힘을 쓸 수 없게 만들었다.

"악, 으…… 아흑! 아앗!"

그가 침대 아래로 일어섰고, 봄의 허리는 허공으로 들렸다. 겨우 상체만 침대에 걸린 위기감에 봄이 그의 허리를 두 다리로 휘감자 그는 지금까지는 장난이었다는 듯, 이를 사리물고 더욱더 강하게 치받아 왔다.

물러서기는 감질나게 느렸으나 파고들어 오는 순간은 숨이 멎을 만큼 강했다. 가볍게가 아니었다.

그가 단단한 몸으로 휘젓는 곳이 끈적하게 달아올랐다가 한순간에 전부 녹아내렸다. 허리가 뒤틀렸고 튕겨 올랐다. 턱이 떨려

오는 감각에 봄은 그만 눈물을 흘리고 말았다. 희열이 강해지면 절로 무언가 흐르는 법이었다.

그는 자신의 입술을 핥으며 봄의 그 모습을 제 눈 안에 담았고, 저를 내려다보는 그의 시선이 너무 관능적이라, 봄은 더욱 죽을 것 같은 기분이었다.

"너무, 좁아."

"으읏……."

"봄아. 힘주지 마."

"난, 아니에요……. 선배가…… 읏!"

아직 숨을 고르지도 못했는데 그의 손이 봄의 무릎을 자신의 어깨에 걸쳤다. 방금 가볍지 않게 전율한 봄의 몸은 절로 그를 움켜쥐었고, 그는 목에 핏대를 바짝 세우고는 이제야 자신을 위해 움직였다. 봄은 이미 흠뻑 젖었는데 그는 이제 겨우 본격적인 시작이었다.

살갗이 뜨겁게 달아올랐고 그에게 휘저어지는 내부가 고통스러울 만큼의 쾌락에 욱신거림을 호소했다. 봄은 몸부림치고 말 것 같아 그의 팔뚝을 쥐고 손톱을 세웠다.

"봄아."

땀을 뚝뚝 흘리며 그가 봄의 시선을 찾았다. 흔들리며 겨우 맞췄더니 그가 소원했다. 전율이 온몸을 짓누르는데.

"말해 줘."

"흐읏……."

"어서."

그가 찡그린 얼굴로 재촉했다. 안쪽까지 꽉 채운 그 때문에 힘겨워 봄은 말을 더듬거려야 했다.

"사……랑해요."

"다시."

"……하아, 하."

"제발……."

"사랑해, 선배. 응……!"

마치 그 말을 듣지 못하면 절정에 다다르지 못하는 것처럼 애타게 애원하는 남자 때문에 봄은 이 순간이면 아무리 혼미해도 그것을 각인해야 했다.

그의 머리를 끌어안고, 그 머리칼 속으로 손끝을 파묻었다. 제 심장 위에 그의 입술이 있는 게 당연했다. 자신은 그의 여자였고, 그 대가로 그는 자신의 남자였다. 그는 기쁜 듯 봄의 것이 되었다.

♠　　　♠　　　♠

"축하드려요."

"결혼 축하해요."

신부 대기실로 꾸며진 1층의 방에서 봄은 어머니와 함께 사람들을 맞았다. 처음 보는 사람도 있었고, 몇 달 사이에 안면을 튼 사람도 있었다.

식 직전이 되자 사람들의 발걸음이 뜸해졌다. 시계를 보며 시간을 가늠하는 봄이 바빠 보였는지 어머니가 걱정스레 말했다. 그렇지 않아도 봄의 안색이 조금 붉은 듯해 걱정이었다.

"일이 많지? 피곤한 것 같은데 좀 쉬어야 하지 않니?"

"……괜찮아요. 조금 더워서 그런가 봐요."

대꾸하는 봄의 얼굴이 화끈 달아올랐다. 어머니가 예뻐라 하는 그 남자 때문에 기력이 떨어졌다고 사실대로 말할 수는 없는 노릇이니 말이다. 아직도 몸 안이 저릿거린다고는 차마.

"요즘 나 때문에 무리해서 그런가 봐……."

"제가 좋아서 하는 건데요."

"어휴, 내가 주책맞게 이 나이에 결혼을 한다고 해서……."

"……어머니, 너무 예쁘세요."

봄은 정말 어머니가 부러웠다. 이 순간 고운 웨딩드레스를 입고 수줍어하는 그 모습은 영락없는 소녀 같았다.

"고맙다. 다 네 덕이야."

"제가 뭘요. 전 한 게 없는걸요. 다 아버지가……."

"네가 아니었으면 우리가 이렇게 모였을까."

어머니는 매번 지금처럼 봄의 손을 잡으며 말했다. 세 사람이 이렇게 가족으로 있을 수 있는 건, 전부 딸인 봄이 있어 준 덕분이라고.

"봄아, 너는 최고의 딸이야. 세상에서 가장 고마운 내 딸이야. 네가 있어서 우리가 가족이잖니? 그걸 잊지 말아 주렴."

"……네."

오늘은, 너무도 기쁜 날이었다. 봄은 지극히 행복하게 웃었다.

따듯하게 손을 잡아 주는 사람이 행복해서 자신도 행복했다.

부모님의 결혼식은 주례가 있었나 싶을 만큼 짧았다. 연세가
연세다 보니 양가의 조부들이 모두 돌아가셔서 부부의 연을 맺
은 둘이 사람들 앞에서 오붓하게 반지를 교환하는 것으로 끝이
었다.

늘그막에 화려한 결혼식은 하고 싶지 않다며 식에 초대한 사
람도 서른 명이 조금 넘었을 뿐이고 제주도로 식장을 정한 건 신
혼여행을 겸해서였을 만큼 조촐했다.

그래도 가든 형식의 결혼식이라 식이 끝난 뒤에도 많은 사람
들이 남아 뷔페를 즐기고 있었다. 부족한 곳이 없나 사람들 사이
를 살피던 봄은 제게 다가오는 사람 하나를 발견하고는 깜짝 놀
랐다.

"어머님?"

딱 한 번 본 적 있는 낯익은 얼굴이었다. 봄의 어머니가 아니
라, 그의 어머니였다. 봄은 두 다리가 뻣뻣하게 굳는 듯했다. 민
망스러운 분홍 원피스 차림이라는 것도 잊고 말았다.

제주도까지 어떻게 오신 걸까. 그가 초대한다고 했을 때는 농
담인 줄 알았다. 만일 초대한다고 해도 정말 오실 줄은 몰랐는
데. 아니, 그보다 언제 오신 걸까.

"봄이 씨."

어쩜 그리 우아하면서 살갑게 부르며 웃어 주시는지. 정말이지
황송하다 싶을 정도였다. 봄은 이럴 때만 차분하지 못한 자신이

원망스러웠다.

"어, 언제 오셨어요?"

"으음, 예식하기 30분 전쯤에?"

"아……."

"대기실에 가 봤는데 사돈만 계시기에 인사만 드리고 나왔어요."

식 30분 전이면, 봄이 한창 그와 실랑이를 벌일 때였다. 잠깐
이라고, 한 번만이라고 해 놓고 그 남자는 매번 길어졌으니 말이
다.

"그이는 못 왔어요. 바쁜 사람이라…… 미안해요. 섭섭해하지
말아요?"

"전혀요. 와 주셔서 정말 감사드려요."

"감사는 내가 하죠. 혼기 꽉 찬 내 아들 데려가 줘서 얼마나
고마운지 몰라요."

그의 어머니는 어떤 사람이냐면, 재미난 사람이었다. 신강오의
대외적인 이미지가 그의 친부를 닮았다면, 종종 봄에게 보여 주
는 숨겨진 그 개구진 구석은 이 어머니의 것이었다.

"후훗, 요즘 혼수는 손주라던데……. 잘 부탁해요."

분명 우아한 사람이었다. 그런데도 친근하게 웃어 주는 분이었
다. 그리고 그와 닮은 부분이 상당한, 그러니까…… 민망할 만큼
솔직하다는 점에서 말이다. 바짝 굳은 봄에게 그녀가 누군가를
소개했다. 곁에 있던 젊은 남자였다.

"참, 소개가 늦었죠? 여기는 그이 대신 데려온 내 조카."

"축하드립니다. 김도규입니다."

"와 주셔서 감사합니다."

그의 어머니가 신경 써서 와 준 걸 알 수 있었다. 봄은 깊숙이 고개 숙여 인사했고, 여기저기 인사하느라 바빴던 그가 돌아온 건 조금 시간이 지나서였다.

"선배, 어머님 오셨어요."

"알아. 내 다음 비행기로 오셨을걸?"

"……같이 모셔 오지 않고."

뭐가 그리 급해 혼자 왔냐는 봄의 핀잔에 그는 어깨를 으쓱해 보였다. 말을 말지 싶어 봄은 방금 전까지 앞에 있던 그의 어머니를 찾아 사람들 속을 살폈다. 다행히 함께 있는 조카의 키가 훤칠해 금방 찾을 수 있었다. 그도 동시에 찾은 모양이었다.

"도규를 데려오셨군."

"아, 그렇지 않아도 말하려고 했는데…… 저분 선배와 닮았어요."

"외사촌이니까. 동생 같은 녀석이지. 아주 친해."

자랑스레 웃는 얼굴을 보니 정말 아주 많이 아끼는 사촌인 모양이다. 봄은 그렇다면 저도 친하게 지내야지 싶어졌다. 그가 좋아하는 사람은, 자신도 잘해 주고 싶었다.

"저랑 동갑이라고 하시던걸요?"

"요즘은 수암지구에 출마 준비 중이지. 우리 당에 들어오라고 해 봤는데 무소속으로 출마하겠다고 고집을 부려. 젊은 녀석이 아주 제법이거든."

"와, 대단하네요."

이럴 때면 그의 직업이 상기됐다. 봄은 작게 감탄을 터트리며 그와 닮은 김도규라는 남자를 빤히 바라봤다.

그러고 보니 제주도까지 와 준 건 매우 고마운 일이었다. 따로 인사를 더 해야 할까 싶어서 시선을 주는데…… 외사촌에 대해 뿌듯한 자랑을 늘어놓으려던 그가 돌연 낮은 목소리로 심술을 부렸다.

"나 말고 다른 남자를 그런 눈으로 보지 마."

"……질투해요?"

"그래, 질투 나."

"……점잖지 못한 거 알아요?"

"잘 알지."

한 시간도 되지 않았는데. 그의 품에서 사랑한다고 말하며 울어 버린 게 말이다. 그는 정말 봄이 제 사촌에게 시선을 오래 준 게 불만스러운지 샴페인을 마시는 척 입술을 내밀었다.

"풋!"

"나는 진지하니까 웃지 마."

"쿠쿡."

그는 보면 볼수록 아이 같은 구석이 있었다. 꽁꽁 숨겨 두고 봄에게만 가끔 내보이지만 말이다. 예전에는 그의 어른스러운 진중한 면모를 사랑했는데, 근래는 그의 다른 면을 더욱 사랑하게 되었다. 사실은 그의 모든 면을 사랑했다.

밖에선 칼날 같은 점도, 둘이 되면 말랑해지는 부분도. 사람들이 많은 데서 아무렇지 않게 욕망 그대로인 손으로 제 허리를 붙잡는 점도. 틈이 나면 키스해 달라고 조르고, 허락해 주면 너무 깊어질까 덜컥 겁이 날 만큼 깊이 몰입하는 것도.

봄은 그를 불렀다. 행복해서.

"그런데 선배."

"음."

"나한테 언제 할 거예요?"

"……뭘?"

샴페인 잔을 마저 비우며 바다를 보던 그가 고개를 갸웃거렸다. 보면 볼수록 귀여운 남자. 남들은 그렇게 생각하지 않을 테지만. 봄은 눈을 둥글게 휘며 말했다. 즐거운 마음으로.

"프러포즈요."

부모님을 포섭해 자연스레 날을 잡고 상견례를 하나 싶더니 어느새 둘의 결혼식이 한 달 뒤였다. 어느 날인가 그와 드레스를 맞추고 있었고, 정신을 차리니 결혼식 날이 잡혀 있었다. 우려했던 그대로 말이다.

그는 봄이 또 멈춰 설까 봐 바쁘게 몰아붙이느라 잊은 모양이지만, 예감했던 만큼 봄은 기쁘게 받아들이기로 했다. 그리고 한 가지 잊은 걸 챙기기로 했다.

"난 아직 받은 기억이 없어서요. 내 식장에 서기 전엔 받아야 할 것 같아."

먼저 원한 게 너무도 의외였던 걸까. 바보 같은 얼굴로 서 있던 남자가 너털웃음을 웃으며 그 자리에서 무릎을 꿇었다. 정원에 서 있던 사람들의 시선이 또 다른 주인공들에게로 향했다. 그가 달콤하게 자신을 불렀다.

　"봄아."

—The end

에필로그

봄이 처음으로 참석한 재계 파티는 생각보다 흥청망청하거나 화려하지 않았다. 그보다는 딱딱한 분위기가 지배적이었고 사람들은 격식을 차리느라 바빠 보였다. 뭐랄까, 모두가 누군가의 눈치를 보고 있는 듯한 느낌이었다. 극단적인 예를 들자면 고양이를 지척에 둔 쥐와 같달까.

눈치가 둔한 편은 아니라 봄은 주춤했고, 곁에서 그가 대수롭지 않다는 듯 말했다.

"파티 나름이지만 확실히 오늘은 조금 무거운 것 같아."

"……그래요?"

"아마 내 아버지 때문이겠지."

혹시 했던 가설이었는데 우려했던 그대로인 모양이다. 그가 새삼 사실을 확인시켜 주자 봄은 더욱 긴장이 되었다. 일명 성북동 어르신이라 불리는 그의 아버지를 결혼식 전에 한 번 더 찾아뵙고자 참석한 파티인데, 작은 파티다 보니 그 존재감이 유달리 커다랬다. 가까이 가기 어려울 만큼 말이다.

사람들이 긴장하고 서 있는 곳에는 반드시 그의 아버지 신용태가 있었다. 국민당의 전 원내 대표이자 서울시장을 역임한 차기 대권주자.

"오랜만에 뵙습니다. 신 대표님."

"전에 출판기념회에서 인사드렸는데……."

"그보다 조만간 저희들과 식사 한번……."

파티장은 그 거물에게 잘 보이고 싶은 사람들로 둥글게 줄 지은 듯한 형상이었다. 봄 역시 그들과 같은 이유로 이 자리에 와 있었다. 신용태 전 대표에게 잘 보이기 위해서 말이다. 하지만 입장만은 남달랐다. 예비 며느리로서였으니까. 봄의 어깨를 호위하듯 감싸 안은 강오가 사람들 속으로 파고들었다.

"아버지."

그의 낮은 부름에 신 전 대표가 뒤를 돌아봤다. 그러자 주변 사람들이 다 그와 같이 행동했다. 기묘할 만큼 일사불란했다. 시선은 우선 강오에게 쏠렸고, 그 곁에 있는 봄에게로 흘렀다.

"네가 여긴 웬일이냐."

"오신다는 소리를 듣고 얼굴이나 뵐까 해서 들렀습니다."

"그러냐."

그의 아버지는 어떤 인물이냐면, 평생 눈썹 한번 움직여 보지 않았을 것 같은 무뚝뚝한 인사였다. 봄의 친부 역시 한 무뚝뚝했지만 그와는 또 달랐다. 친부의 것이 말없이 나를 지켜보는구나 싶은 것이라면 시부의 것은, 뜻을 하나도 알 수 없어 가시방석이 따로 없었다.

하기야 친부가 주는 무언의 시선과 시부가 주는 시선이 같게 느껴질 수는 없는 일이었다.

신 대표의 시선이 봄의 어깨를 다정히 감싼 제 아들의 손에 닿 았다가, 봄의 얼굴로 향했다. 봄은 심장이 오그라드는 듯했다. 눈 빛만으로도 어려운 분이었다. 서서 바라보는 것만으로 묵직한 힘 이 느껴진다고 해야 할까.

"누가 보면 벌써 결혼한 줄 알 게다."

"삼 일 남았습니다."

"그걸 못 참아서?"

그것은 명백한 핀잔이었다. 날이 잡혔고 양가 중 딱히 반대하 는 어른이 없다고 해도 아직 식전일진대 어째서 한집에 함께 사 느냐는. 그것은 분명 보기 좋지 않았다.

봄 역시 같은 마음이었지만 신강오라는 인물은 진득하기가 보 통이 아니라 봄이 가는 곳마다 따라다녔다. 떨어지면 큰일 나는 줄 아는지 떨어지려 하지를 않았다. 좋게 말해 벌써 애처가였고, 나쁘게 말하면 집착에 가까웠다.

봄이 일부러 한동안 여주의 어머니 집에 가 있었을 때는 매일 그리로 출퇴근했고, 부모님이 늦은 신혼 생활을 즐기시는 동안 혼자 살 집을 구하려 했더니 제 아파트를 정리하려고 했다.

식전에 사람들의 시선을 생각해 일부러 거리를 두려고 하는 걸 뻔히 알면서도 말이다. 그러니 그를 누가 이기겠는가, 결국 봄은 옴짝달싹할 수 없었다. 내색은 안 하시지만 시부가 저를 탐탁지 않아 하는 것도 당연하다고 생각했다.

"아버지, 참는 게 불필요한 일도 있다는 걸 알지 않으십니까."

"거 말은 잘하는구나."

"그리고 이미 제 사람인데, 좀 이르면 어떻습니까."

그는 반성은커녕 당연하다는 태도였고, 봄은 이 남자와 달리 전혀 뻔뻔스럽지가 못했다. 그저 그 곁에 가만 서서 시선을 내리깔고 최대한 조신한 척하는 수밖에. 얌전 떠는 자신이 우스웠지만 그것은 봄 나름대로 최선의 노력이었다.

언뜻 보면 별로 친해 보이지 않는 부자지만 사실은 그가 제 아버지를 존경한다는 걸 알아서…… 가당치 않지만 자신도 예쁨받기 위해 죽어라 노력하는 중이었다. 오늘도 이 파티에 먼저 와 보자 한 것은 봄이었다. 저 눈빛 앞에서는 매번 목 안이 바짝바짝 마르지만 말이다.

"……."

처음 그에게 이끌려 인사드리러 갔을 때도 꼭 저런 시선으로 바라볼 뿐 가타부타 말을 하지 않으셨다. 봄은 그게 제가 마음에 들지 않아서 하는 행동이라고 생각했고, 너무 당연해서 상처받지도 않았다.

그도 그럴 것이 하나 있는 아들이 지난 8년간 언제 돌아올지 모르는 여자를 무작정 기다렸으니 말이다. 모를 수가 없을 것이다. 그 여자를 찾기 위해 그는 아버지의 힘을 빌려 호주 대사관을 뒤졌으니까. 본래는 직계 가족만 할 수 있는 여행자 조회를 가능하게 한 건, 권력이었다.

그는 그렇게 봄을 찾아냈고, 봄이 어느 병원에 있다는 걸 알아냈다. 그리고 유산 소식까지.

당시의 그에게는 별다른 힘이 없었고, 전부 아버지의 힘을 빌려야만 할 수 있는 일이었다고 한다. 그러니 그의 아버지인 신 대표는 그와 함께 상황 전부를 지켜본 것이다. 최악의 첫인상이었으리라. 봄은 자신이 결코 좋은 이미지일 수 없다는 걸 알았다.

"봄아, 미안한데 아무래도 저쪽에 좀 다녀와야 할 것 같다."

"다녀와요."

"시간이 좀 걸릴 것 같은데."

"……그래요?"

"……다른 데 가 있는 게 낫지 않겠어? 데려다 줄게."

자리를 잠시 비키면서 그는 봄이 제 아버지를 매우 어려워한다는 걸 알아 귓속말로 그렇게 물었다. 데려가긴 힘들고 두고 가기도 걸리는 모양이다.

어깨를 당겨 안으며 속삭이는 그의 목소리를 듣는 동안 또 시부와 시선이 맞닥뜨렸지만, 도망치지는 않았다. 조금이라도 더 가까워지고 싶어서 온 자리가 아니던가. 그가 없다고 쪼르르 도망가 있는 것은 내키지 않았다.

"아뇨. 여기 있을게요."

그러나 막상 단둘이 되자 곧장 후회가 됐다. 어찌나 어색하고 숨 막히는 자리인지. 말이라도 조금 붙여 보려 노력했지만 그럴 틈이 없었다. 사람들이 줄 지어 신 대표와 대화하기를 바라서 정작 봄의 차례는 없는 것이었다.

곁에 서 있는데도 일행으로 안 보일 것만 같았다. 어렵사리 옆에 설 수 있었지만 그래도 너무 먼 사람이었다. 가까이하기에 쉽지 않은……. 봄은 속으로 한숨만 내쉬었다.

왜 자신은 살가운 성격이 못 되는 걸까. 애교도 부릴 줄 모르고, 화술이 좋은 것도 아니다. 방실방실 잘 웃지도 못해 귀여운 구석이라고는 없다.

이래서야 시부한테 어떻게 사랑받아 보겠다는 건지. 사람 좋게 말 한마디 붙일 줄 모르면서……. 거슬려 하지나 않으시길 바랄 뿐이었다. 노력하지 않으면 사랑받을 수 없는데. 가만있어도 사랑해 주는 건 세상에 부모뿐이라지 않은가.

봄은 자신이 저 엄한 눈에 어떻게 보일까 그것이 걱정되었다. 혹여 요망한 계집으로 보이지는 않을까. 아들의 아이를 가졌다는 사실로 강직한 그를 옭아맨 요령 좋은. 봄 스스로도 그의 사랑에 그런 의심을 품었지 않았는가.

힐긋, 저 멀리 떨어진 강오를 바라보자니 마침 봄을 바라보고 있던 그가 웃으며 작게 손을 흔들었다.

마주 흔들다가, 시부와 눈이 마주쳤다. 그 냉한 시선에 봄은 부끄러워 얼른 손을 내렸다.

자신은 아들을 바보 같게 만드는 여자가 아닐까? 봄이 보아도 강오는 다른 사람들의 앞에서와 자신의 앞에서 너무도 다른 얼굴이었다.

남들에게는 일체의 접근도 반문도 허용치 않는 남자였다가, 봄에게만은 다정한 손으로 쓰다듬고 키스하고 싶은 눈을 하고 바라봤다. '이 사람에 내게 너무 소중해서, 나는 그냥 바보같이 좋다.'라고 말하는 풀어진 얼굴이었다. 그러니 근엄한 저 아버지의 눈에 그것들이 얼마나 언짢겠는가.

"드시겠습니까?"

근처를 지나가던 웨이터가 마실 것을 권했다. 봄은 아무것도 할 수 없는 답답함에 목이 바짝 말라 있던 터라 눈에 띄는 것 하나를 집어 들었다. 입가에 가져와서야 향으로 그 레몬빛 액체가 술이라는 걸 알아챘다. 과일주인 모양이다.

"술은 안 했으면 좋겠군."

"……네."

그렇지 않아도 멈칫하는 차였지만 높낮이 없는 목소리에 한소리 듣는 게 먼저였다. 정말이지 되는 일이 없었다. 술이라고는 하나도 못하는데 하필 이걸 들어서는. 이러다 술을 좋아한다고 찍히면 어쩌지 싶었다. 파티에 익숙지 않아 이게 술인 줄 몰랐다 핑계를 대는 것도 우스운 일이었다.

잘 보이고 싶은 마음은 가득했지만 아무 말도 못 하고 서 있는 이상은 지금 할 수 있는 게 없었다. 위가 아파 올 만큼 자신이 무력하고 한심스러웠다. 가만있으면 반이나 간다는데, 차라리 그러는 편이…….

"어휴, 어디서 저런 통역을 갖다 둔 건지."

상당히 짜증스러운 얼굴을 한 부인이 스쳐 가며 말했다. 봄에게 한 말은 아니었지만 봄의 시선이 절로 따라간 것은 잇따라 들린 호주 억양이 심한 영어 때문이었다.

자로 잰 듯 정직한 발음을 구사하는 호주 영어는 자유분방한 미국식 발음과도 다르고 우아한 영국식 발음과도 달랐다. 또한 관용어나 관습어가 많아 알아듣기 힘들었다. 특히, 저렇게 말이 빠르고 사투리까지 섞였다면 영어 좀 한다는 사람에게도 제주도 방언만큼 낯설 것이다.

"뭔가."

"외국에서 온 기업가인 모양인데…… 소통이 좀 어려운 모양입니다."

"통역은 뭐하고."

"준비는 한 모양인데 별로 도움이 안 되나 봅니다."

막연히 영어 하는 사람이면 되겠지 싶어 그런 통역을 준비했나 보다. 성질이 제법 다른데……. 그것은 주최자의 실수였다. 그런가 보다 하고 지나가려던 신 대표지만 이내 그럴 수 없게 되었다. 호주에서 온 손님이 그에게로 향했기 때문이다. 연신 더듬거리는 통역을 달고는 말이다.

당연한 일이겠지만 이 파티에서 제일 큰 힘을 자랑하는 인물과 말을 트고 싶은 모양이었다.

처음 가볍게 악수를 나누고 인사를 하고 이름을 말하는 정도는 신 대표 스스로도 할 수 있었다. 평균 이상의 영어는 구사했기 때문이다. 하지만 막상 이야기가 길어지자 통역은 있으나 마나해졌고 신 전 대표는 불편한 얼굴을 했다. 급히 준비된 듯한 젊은 통역관은 이제 울 것 같은 모양새였다.

"모르겠군. 너무 심한걸."

"······저, 아버님."

"왜 그러나."

"제가······ 통역할 수 있습니다."

나도 뭔가 할 수 있겠다. 그런 생각이 들자 없던 용기가 나왔다. 봄은 마른 입술을 달싹이며 시켜 달라는 얼굴을 했고 시부는 미심쩍은 모양이었다.

"알아듣겠나?"

"네. 웬만한 사투리도······ 다 알아듣습니다. 맡겨 주세요."

이건 수준급의 영어를 구사한다고 해도 곤욕을 겪을 만큼 억양이 강한 호주 사투리였다. 아무리 영어영문학을 전공했다 한들 영어의 능력을 떠나 발음 자체를 알아듣기가 힘든 것이다.

하지만 봄에게는 익숙했다. 지금도 통역관이 건너뛰는 말을 전부 알아듣고 있었다. 많은 곳을 여행하고 많은 여행자를 만나며 봄이 익힌 거라고는 어지간한 사투리도 알아듣는 능력이었다.

"Incheon International airport is the latest symbol of South Korea's economic ambitions."

"······인천 국제공항은 한국 경제 야망의 거대한 상징으로 보인다고."

처음 몇 마디를 통역할 때는 긴장이 되어서 멈칫거렸다. 호주 손님의 말이 너무 빨랐고 경제 관심사에 대해 통역하는 건 익숙지 않은 일이었으니 말이다. 하지만 봄은 이내 자신이 외국인과 대화하는 데 익숙하다는 것을 되새겼다. 차분하게 곱씹으면, 다 알아들을 수 있었다.

"The $5.6 billion dollar project includes a passenger terminal, which is the largest building in the country. Incheon is also ideally situated, lying midway between the capitals of two of the world's major economies; China and Japan."

"국내 최대 빌딩인 여객 터미널을 포함한 56억의 설비라고 들었고 그 공항은 동남아에서 수송과 관광 산업의 중심 국가를 이루기 위한 장기 전략 분야가 아니냐고. 또한 인천은 세계 주요 경제국인 중국과 일본의 수도 중간 길에 놓인, 이상적인 곳에 위치해 있답니다."

그러고 보니 봄의 고등학교 시절 꿈은 통역관이었다. 대학교에 진학해서는 번역가를 꿈꿨지만 너무 힘든 길이라 포기했던 기억이 났다. 시간도 많아야 했고, 연줄도 있어야 했다. 무엇보다 기본적으로 든든한 뒷배경이 없으면 할 수 없는 일이었다. 톡 까놓고 말하면 십 년 이상 영어 공부만 해도 될 만큼의 돈이 필요했다. 모범생인 것만으로는 안 되는 일이었다.

그런데 문득 지금이라면 할 수 있겠다는 생각이 들었다. 그가 자신이 일하는 걸 싫어하지만 않는다면…… 해 보고 싶었다. 그렇게 마음먹자 무력한 것만 같던 자신이 조금 쓸모 있게 느껴졌다.

"세상에, 아주 유창한 아가씨네요. 외교부 직원인가 봐요?"

"……과찬이세요."

"그럼 영사관?"

"아닙니다."

지켜보던 사람 중 하나가 손뼉까지 치며 감탄했다. 그만큼 봄은 능통했고 차분했다. 정작 통역관이 배우는 얼굴이었다.

봄을 공무원 쪽으로 착각한 것은 봄의 분위기가 고위 공무원 특유의 그 사무적인 부분과 닮아 있었기 때문이다. 정갈하고 지적인데 웃음기 없는 진지한 얼굴이었다. 얌전하다 못해 답답한 연회색 투피스 차림도 그 오해를 한몫 거들었다.

"그럼?"

"……저는……."

누구냐는 말에 봄은 곧장 대꾸할 것이 생각나지 않았다. 차라리 통역이 쉬웠다. 뭐라고 말해야 할까. 그의 이름을 대면 될까? 아니면 시부인 신 전 대표……? 하지만 시부가 그걸 싫어하면 어쩌지 싶어 말하기가 조심스러웠다. 그래서 그가 먼저 소개해 준 것이 상당히 의외였다.

"아들의 안사람 될 아입니다."

"……어머, 그렇다면 신 의원님의?"

"제 며늘아기이기도 하고."

"어쩐지! 그러고 보니 사모님께서 딸이 생긴다고 신나 하신 게 기억나네요. 이 아가씨였군요. 축하드려요."

봄이나 시부와 달리 사근사근한 부인이 한참 호들갑스럽게 칭찬을 늘어놓는 바람에 오히려 단둘이 되자 더욱 머쓱해졌다. 너도나도 인사하러 왔던 사람들은 외국인의 등장에 슬쩍 자리를 비킨 뒤였다.

기껏 대화 나눌 기회가 왔건만 봄은 또 꿀 먹은 벙어리가 되었다. 친화력을 어디선가 팔았으면 좋겠다. 그런 얼간이 같은 생각을 할 때쯤 시부가 먼저 말문을 텄다.

"평소에 너무 통역에 의지한 모양이야."

"……아닙니다. 그 손님분의 억양이 너무 난해했고……."

"공부하겠네."

"……."

부끄럽지 않은 얼굴이었다. 당연한 일을 하겠다는 그 표정은 강오와 닮아 있었다. 하지만 자신보다 한참 아래의 사람에게 부족함을 인정하고, 공부하겠다고 말하는 사람이라는 점에서 더 대단했다.

그가 자신의 아버지를 존경할 이유는 충분해 보였다. 이런 사람에게 인정받는다면…… 그건 어떤 기분일까. 나는 아마 어렵겠지.

봄은 발끝을 내려 보며 한차례 침울했다가, 강오를 떠올리며 다시 힘내 보자는 생각을 했다. 자신을 며느리로 받아들여 준다는 점에서 노력할 이유는 넘쳤으니 말이다.

"자네, 아이 생각은 있나?"

"……네?"

"아들 녀석은 바로 아이를 가질 작정인가 본데. 자네는 어떤가."

갑작스러운 질문에 봄은 순간 매우 당황했다. 시부모가 할 수 있는 당연한 질문 중 하나인데 말이다. 저도 모르게 손끝은 붙잡고 고개를 들었다.

그사이 손에 샴페인 하나를 받아 든 시부는 여전히 무표정했다. 아무 일도 없다는 듯. 그러나 봄은 혼자 심장이 콩닥거려 떨리는 목소리를 가까스로 냈다.

"……갖지, 말까요?"

역시, 역시 자신이 너무 부족해서 그것만은 싫으신 걸까. 결혼하고 나서 어떻게 될지 모르니 느지막이 낳으라는 말이 하고 싶으신 걸까. 되물으면서도 머릿속은 부정적인 생각으로 가득했다. 그러나 떨리는 심장이면서도 은연중 한편으로 안도했다.

사실은 아이를 갖고 싶지 않았으니까. 그는 항상 원하지만 봄은 어딘가 마음이 걸려서 내키지가 않았다.

사람들은 멍청이라 할지 모르지만. 천성이 하나밖에 모르는 봄은 오래전 잃은 아이에 대한 연민을 아직도 잊지 못하고 있었다. 그건 누가 뭐라고 달래 줘도 평생 없어지지 않을 것 같았다. 그러니 어떤 핑계로 아이를 낳지 않아도 된다면, 차라리 그러고 싶었다. 그것 말고는 이름도 없는 그 아이를 기리는 방법이 없는 것 같아서…….

"……어째서? 내 아들은 외동이네만."

"그럼……?"

"오히려 빨리 부탁하고 싶은 입장이야. 많이 낳아 줬으면 싶고."

그건 담담했지만 진심이었다. 봄은 순간 긴장이 탁 풀렸다. 시부는 그저 물었을 뿐이었는데 저 혼자 발 저린 격이니 말이다.

"나도 내 안사람도 아이를 좋아하네. 하지만 자식이라고는 아들 녀석 하나라……. 안사람은 자넬 정말 반기고 있어. 반듯한 아이라고 매우 기뻐한다네."

"가, 감사합니다."

"내가 그런 걸 물은 건 녀석 혼자 아이를 바라나 싶어서네. 같이 하는 생각이면 자네가 술을 집진 않았겠지. 그 녀석은 될 수 있는 한 빨리 갖고 싶어 하는 것 같았거든. 내게…… 결혼 전에 생겨도 놀라지 말라고 하더군. 귀에 못이 박히게, 빠르면 좋지 않느냐고 세뇌를 시키려 들어서…… 내 아들이지만 정말 속 보이더란 말이지. 뭐, 결국 자네가 협조해 주지 않은 모양이지만 말이야."

그래서 술을 집지 못하게 한 건가 보다. 혹시…… 몰라서. 하기야, 신혼 초에는 감기약도 먹지 말라던데.

봄은 제가 괜한 오해를 했다는 것과, 강오가 이 어려워 보이는 시부에게 그런 얘기까지 했다는 데 당황해 뺨은 물론이고 귀 끝까지 붉혀야 했다. 또한 시부가 저를 생각해 주고 있다는 것도 의외였다.

"저로…… 괜찮으세요, 아버님?"

"……난 내 아들을 그리 사람 보는 눈 없는 사람으로 기르지 않았네."

그를 믿어서 저도 믿어 주는 걸까. 믿음 살 만한 뭔가를 보여 드린 기억이 없는데도. 딱 한 번 얼굴을 봤을 뿐이었다. 그래서 식전에 한 번 더 뵙고 싶었다.

"녀석이 그렇게까지 자네를 기다린 데는 뭔가 이유가 있겠지. 일이 년도 아니고 팔 년이야. 그런데 내가 뭐라고 한다고 마음을 바꾸겠는가? 애초에 어련히 알아서 신부 삼았으리라 믿네. 자기 자식 하나 못 믿고 못 기르면서 내가 정치를 하면 쓰겠나."

"저에 대해…… 알려 드린 게 없는 것 같아서 불안했어요."

"분명 자네는 잘 모르지만 내 아들이라면 알지. 절대 멍청한 놈은 아니라는 것도, 그리고 자네가 적어도 노력하는 사람이라는 것도 알겠네. 보면 티가 나지 않는가."

우습지만 이렇게 길게 대화를 해 봤다는 것만으로도 마음이 편해졌다. 말 한 번 건네주지 않는 시부에게 많은 불안감을 느꼈던 타다. 제게 무언가 언짢으셨던 게 아니라 사실은 무슨 말을 해야 할지 모르셨던 걸까. 봄과 같이? 며느리를 처음 맞는 거라 역시 어색함을 느끼신 걸까.

"그리고…… 분명히 말해 두지만 자네가 부모를 찾지 못했을 때도 나는 반대하지 않았네. 다른 여자를 붙여 줬던 것도 사실이지만 그때는 자넬 몰랐으니 섭섭해하지 말아. 하나 있는 아들 녀석이…… 그때껏 여자라고는 관심이 조금도 없어 보여서 그렇게 해 줘야 하는 줄 알았거든."

"……감히 섭섭할 것도 없는걸요."

"파혼하겠다고 덤볐을 때야 자네를 알았지. 그제야 아, 내 아들놈이 사내놈은 사내놈이구나 했지."

"저는…… 저를 싫어하신다고만……."

봄은 그만 울어 버릴까 봐 말을 끝맺지 못했다. 미움받거나 싫어해도 할 말이 없다고 생각했다. 당연히 감수해야 한다고 말이다. 하지만 그의 아버지는, 역시 그의 아버지였다. 신강오 같은 남자를 기른 사람이니 어쩌면 이게 당연했다. 봄은 자신이 너무 겁먹고 있었다는 걸 깨달았다.

"귀한 내 자식이 귀하다 하는 사람은 내게도 귀한 거네. 그게 사랑하는 방법 아닌가."

예의 그 무심한 얼굴로 시부가 말을 이었을 때 봄은 자신도 이 사람을 존경하게 될 것임을 직감했다. 이 어려운 사람이, 그를 가르친 사람이었다.

♠　　♠　　♠

돌아가는 차 안에서 결국 눈시울을 붉히고 말았다. 그가 볼까 싶어 창밖으로 시선을 뒀지만 그 부자연스러운 기색을 눈치채지 못할 남자가 아니었다.

"왜 그래?"

"……."

말소리를 내면 참았던 눈물이 날 것 같아 봄은 고개만 저었다. 이럴 때 나는 눈물은 뭐라고 설명해야 할지도 알 수 없었다.

"누가 괴롭혔어?"

"아니에요."

"……차 세워."

아주 조금 울먹이는 음성이었다. 그저 그것뿐이었는데 그가 화난 음성으로 차를 세우고, 봄의 어깨를 잡아 줘었다. 누군지 기어코 캐물어서 차를 돌려 쫓아갈 것만 같았다. 봄을 울린 사람을 찾아내 죽일 듯 팬다고 해도…… 당연해 보이는 얼굴이었다.

"누구야."

"아녜요. 그런 거."

"말해, 봄아."

"정말…… 그런 걸로는 안 울어요."

설마하니 이 나이에 괴롭힘당했다고 울까. 봄이 젖은 속눈썹을 하고는 안심해라 웃어 보이자 그는 그제야 믿는 눈치였다. 세상에는 좋은 사람들도 있지만 분명 잔인한 사람들도 있었으니까.

그는 아무렇지 않게 봄에게 상처 주는 사람들을 봐 왔다. 그 속에서 끝끝내 울지 않았던 봄을 안다. 봄은 우는 대신에 철저하게 스스로를 고립시켰다.

그리고 마침내 운 것은, 전부 포기해 버린 뒤였다. 버티지 않기로 하고, 그 대신 아무것도 바라지 않기로 했을 때.

그런 봄을 겨우 달래 속살을 끌어안기까지가 얼마나 걸렸는지. 사람을 잘 믿지 못하게 되어 버려서 그 믿음을 사는 데는 또 얼마나 걸렸는데. 혼자 살겠다는 사람을 품 안에 영원히 들이기까지는……. 그러니 얼마나 소중한지는 말할 수 없을 만큼이었다.

"그럼?"

"그냥……."

"걱정되게, 왜 울고 그래."

어지간한 것에는 흔들리지 않는 그의 마음은 이상하게도 봄의 작은 것에도 사시나무처럼 되었다. 스스로를 강하게 만들어 왔는데도, 가장 깊이 담은 것에는 여전히 버텨 내지 못했다. 이 여자가 웃거나 울 때면 그것 외에는 중요치가 않았다.

"……아버님이 너무 좋으셔서. 그래서."

"……뭐야 그게."

"어머님도 좋으시고. 내가 이렇게…… 행복해도 되는 걸까 싶어서."

눈물의 이유에 안도한 듯 그의 손이 봄의 어깨를 끌어안아 왔다. 봄은 그의 목에 뺨을 기대며 속삭였다. 현실임을 믿기 위해 그의 가슴 안으로 파고들며 그의 옷깃을 쥐었다. 이게 현실이라는 걸 알아서 웃으며 말했다. 그의 품 안은 따듯했다.

"혹시 전부 꿈이면 어쩌지 싶어서."

"……너를 위하고, 너만 바라볼게."

그가 프러포즈할 때 했던 말이었다. 다짐하듯 말했었다.

"너를 위해 살게."

웃고 있는데 또 눈물이 났다. 슬플 때 나오는 눈물은 참을 수 있는데, 기쁠 때 나오는 웃음은 참기가 힘들었다. 그가 품에서 반지를 꺼내던 순간이 떠올랐다.

한 달째 가지고 다녔단다. 부모님의 결혼식 날, 봄의 앞에서 그가 무릎 꿇었을 때 이미 품 속에 있었던 것이다. 그럴 줄 알았으면 재촉하지 말걸. 그의 목덜미를 더욱 끌어안았다.

봄은 봄날처럼 웃으며 그의 귓가에 속삭였다. 자신이 할 수 있는 최대한의 사랑 고백이었다.

"다음에 태어나도…… 선배를 사랑했으면 좋겠어요."

"……기다릴 거다."

"그 다음 생에도, 계속이요."

그를 끌어안자 무서울 만큼 행복했다. 자신을 안고 힘을 주는 그가 있어서 부족한 건 없었다. 그는 전부가 되어 주었다.

작가 후기

안녕하세요. 애원입니다.

미스테이크는 제 5번째 글입니다. 어느 날 갑자기 찾아온 아이라 어느 날 갑자기 쓰기 시작했습니다.

처음 시작할 때 신 의원(이름 있습니다. 이름 선배 아닙니다. 웃음)은 상당히 집착적인 남주였습니다. 그런데 풀어 보다 보니 상당한 순정파였어요. 의외였지만 이런 남자가 정말 있었으면 좋겠다 싶은 인물이었습니다.

봄이 역시 잘 웃는 아인 줄 알았더니 속이 곪아 터진 아이였습니다.

신 의원은 본인이 말하듯 봄이 받아 주지 않으면 그냥 스토커에 가까울 뿐이고, 봄은 약하다기보다는 너무 꼿꼿하다 보니 스스로를 힘들게 하는 여자였어요. 개인적으로 저는 봄이 제법 괜찮은 여자라고 생각하지만요.

한 남자가 한 여자를 어디까지 행복하게 해 줄 수 있을까. 그런 생각을 해 봤어요. 그리고 한 남자가 한 여자로 완전체가 되는 그런 생각이요.

신 의원은 아주 완벽한 남자인데 딱 한 가지 부족했던 게 사랑하는 일이고, 봄은 아무것도 없는데 한 가지 가진 게 그의 사랑이었습니다. 가지려고 하지 않았는데 갖고 있었어요(첫사랑은 그런 거라고 생각 합니다). 그런 둘이 만났으니 완전체라고 생각합니다.

봄이 강오에게 완전한 사랑을 고백했을 때 둘은 부족한 것이 없어졌다, 라는 게 제 이상인데…… 부족했을지도 모르겠다 싶습니다.

좀 더 깊이 파고 좀 더 길게 들려 드리고 싶었는데…… 항상 부족함을 느껴요. 그런 제가 완벽한 커플을 그리려고 하다니, 당연히 힘든 일이었어요.

그래도 지켜봐 주셔서 감사합니다. 많이 부족한데 아껴 주시는 분들, 이 은혜 어떻게 갚아야 할지 모르겠습니다. 열심히 쓰다 보면 언젠가 가능할까요. 그걸로밖에 갚을 수가 없네요……. 조금이라도 나은 글 쓰는 게 주신 은혜 갚는 법이라고 믿습니다. 열심히 하겠습니다. 감사합니다.

마지막으로 우리 아모르 빈시트 옴니아 (사랑은 모든 걸 정복한다) 여러분. 행복하시고 항상 함께해 주셔서 힘이 됩니다. 저의

조련자 작게 언니들도요. 피투성이 되기 직전 가규k 작게님, 의리파 늦은 봄 작게님, 모자 선물 하고 싶은 리밀 작게님, 이쁜데 착하기까지 한 붉은 꽃 작게님, 몸 조심해요 서정윤 작게님, 아모르의 요정 고지영 작게님, 미팅하고 싶은 이유진 작게님, 별장지기 에이나 작게님, 잊을 수 없는 오물오물 최양윤 작게님. 모두들 아모르(사랑) 합니다.

Mistake
미스테이크

초판 2쇄 찍음 2015년 3월 19일
초판 2쇄 펴냄 2015년 3월 25일

지은이 | 김애정
펴낸이 | 정 필
펴낸곳 | 도서출판 **뿔미디어**

편집장 | 이재권
기획 · 편집 | 주종숙, 이은정

출판등록 | 2002년 9월 11일 (제1081-1-132호)
주소 | 경기도 부천시 원미구 소향로 17, 303(두성프라자)
전화 | 032)651-6513 / 팩스 | 032)651-6094
E-mail | dahyangs@naver.com
블로그 | http://blog.naver.com/dahyangs
홈페이지 | http://bbulmedia.com

값 9,000원

ISBN 978-89-6775-993-3 03810

www.bbulmedia.com

www.bbulmedia.com